古典文學研究輯刊

四　編

曾永義　主編

第8冊

和邦額《夜譚隨錄》研究

洪佳愉　著

國家圖書館出版品預行編目資料

和邦額《夜譚隨錄》研究／洪佳愉 著 — 初版 — 新北市：花
木蘭文化出版社，2012〔民 101〕
目 4+180 面；19×26 公分
（古典文學研究輯刊 四編：第 8 冊）
ISBN：978-986-254-757-1（精裝）
1.（清）霽園主人 2. 志怪小說 3. 文學評論
820.8 101001734

ISBN-978-986-254-757-1

9 789862 547571

古典文學研究輯刊
四 編 第 八 冊 ISBN：978-986-254-757-1

和邦額《夜譚隨錄》研究

作　　者　洪佳愉
主　　編　曾永義
總 編 輯　杜潔祥
出　　版　花木蘭文化出版社
發 行 所　花木蘭文化出版社
發 行 人　高小娟
聯絡地址　新北市永和區中正路五九五號七樓之三
　　　　　電話：02-2923-1455／傳真：02-2923-1452
網　　址　http://www.huamulan.tw 信箱 sut81518@ms59.hinet.net
印　　刷　普羅文化出版廣告事業
初　　版　2012 年 3 月
定　　價　四編 32 冊（精裝）新台幣 52,000 元　　　　版權所有·請勿翻印

和邦額《夜譚隨錄》研究

洪佳愉　著

作者簡介

洪佳愉，臺灣省彰化縣人，有著堅硬外殼和柔軟內心的巨蟹座女子。銘傳大學應用中國文學系所畢業，現職國文教師。希望可以一直在跟國文有關的環境實現夢想與麵包的平衡。生長在草莓世代，但卻是一顆堅韌的塑膠草莓。雖然已經是一個孩子的媽，但是永遠擁有一個童稚之心，也永遠深愛中國文學。

提　　要

　　清代文言小說依舊維持著志怪小說繁榮的局面，和邦額的《夜譚隨錄》就是其中一個重要作品。《夜譚隨錄》雖為談狐說鬼之作，但卻可以從一個八旗子弟的筆法，更加了解當時社會文學作品的寫作現象以及志怪小說在當時社會所展現的風貌。

　　第一章為「緒論」，此章敘述研究動機與目的、研究方法，再敘述文體界說，期望能說明本研究之梗概。

　　第二章為「和邦額與《夜譚隨錄》」，此章敘述和邦額生平，從其家世考、交遊考和作品考探究。另論及《夜譚隨錄》之撰作，從寫作緣起、版本流傳和各家評註討論。

　　第三章為「《夜譚隨錄》的故事內容」，分為動物奇譚、鬼魂軼事、風俗景物和奇人與其他。本章將故事加以分類，並探究《夜譚隨錄》故事內容的相似性與相異性。

　　第四章為「《夜譚隨錄》的思想內涵」，從五倫觀、婚姻觀、果報觀與異類觀來進行探討。此章根據前一章的分析結果再深入探討《夜譚隨錄》的思想內涵。

　　第五章為「《夜譚隨錄》之寫作特色」，分別從人物刻劃、情節安排和語言修辭討論。

　　第六章為

　　「結論」，敘述對《夜譚隨錄》的研究心得、《夜譚隨錄》在小說史上的價值與地位以及研究展望與限制。總結本文的研究成果，並期許未來的研究方向。

目次

第一章　緒　論

第一節　研究動機與方法

一、研究動機

　　明末志怪群書，大體簡略，且多荒怪，誕而不情。清代的小說樣式豐富多采，有著長足的發展。文言短篇小說中，有的作品融合了魏晉南北朝志怪小說和唐代傳奇小說的風格和手法，有的作品使故事和議論結合一起，形成筆記加上小說的格局。

　　雍正、乾隆時期的小說，依舊維持著志怪小說繁榮的局面。《聊齋誌異》首次刊行於乾隆年間。從這個時期開始，可以在小說界感受到它的影響力。文言和白話小說藝術表現手法的交融，也是清代小說對中國小說發展史作出的新貢獻。《聊齋誌異》特爲詳盡之外，而使花妖狐魅，多具人情，和藹可親，並使它們不以異類出現，故使爲後人所喜愛並盛傳之因。例如在語文上接受了「三言」、「二拍」等作品以及語錄體文字的影響，人物的對話則有時儘量向著明白如話的方向努力，截然不同於作者敘述語言的風格。它的某些篇章改編或再創作，文言小說變成了白話小說。較早的作品有《醒夢駢言》；其次，在它的直接影響下，一系列的文言短篇小說陸續出現，比較著名的有《子不語》（一名《新齊諧》）、《夜譚隨錄》、《諧鐸》、《螢窗異草》等。

　　學者多認爲《夜譚隨錄》未能完全擺脫前人的窠臼，成就也未能超越於《聊齋志異》。這些說法如魯迅先生認爲《夜譚隨錄》：「頗借材他書（如〈佟

觭角〉、〈夜星子〉、〈瘍醫〉皆本《新齊諧》，不盡己出，詞氣亦時失之粗暴，然記朔方景物及市井情形者特可觀。」〔註1〕另又有學者認為和邦額的的寫作態度，不能打動讀者的內心。又有學者認為《夜譚隨錄》大都僅是模仿《聊齋志異》的形式，而丟掉它的寄託「孤憤」的積極精神，在《夜譚隨錄‧自序》中說：「談虛無勝乎言時事也。」〔註2〕離開現實生活較遠，缺乏進步的思想內容，藝術水準也不高。不過，《夜譚隨錄》雖為談狐說鬼之作，但卻盡力表現當代生活、社會現實、倫理愛情、譴責諷刺等內容。這些嘗試與努力，即為《夜譚隨錄》的貢獻。本文嘗試研究和邦額生平與其《夜譚隨錄》，還原和邦額與其《夜譚隨錄》應有的正確評價。並且發現和邦額對於整個社會的看法，進一步也可以呈現出清朝時人對於社會所抱持的觀念，增進吾人對於這段時期小說文學的發展與體認。

二、研究方法

研究清代志怪小說的方式，可以有下面兩種：第一為挑選清代志怪小說中具有代表性的作品，研究作者、內容，和小說的藝術價值等等；第二則探討相似性質的多部小說相似處與相異處，分析清代志怪小說傳承和變革的脈絡。無論選擇何種方向，都呈現清代志怪小說的時代意義，和作者的思想與抱負。本文選擇第一個方向研究清代志怪小說，以《夜譚隨錄》作為研究對象。

本文共有六章，第一章為緒論、第二章為和邦額的生平和《夜譚隨錄》之撰作、第三章為《夜譚隨錄》的故事內容、第四章為《夜譚隨錄》的思想內涵、第五章為《夜譚隨錄》的寫作特色、第六章為結論。本論文的研究方法主要有分析法、歸納法、歷史考證法、比較法等四種，分別敘述如下。

（一）分析法

第二章運用此法，探討時代背景對和邦額各個著作的影響，及《夜譚隨錄》的寫作動機。在藉由各家的評註進一步了解除了和邦額本身對故事的看法，其他當代作家對於這些故事的看法與見解。第三章運用此法，經過歸納之後，再加以分析其中故事所要呈現的意義與啟示。第四章使用此法，分析

〔註1〕 魯迅：《魯迅小說史論文集：中國小說史略及其他》，臺北市：里仁書局，2003
年9月，增訂一版，頁359。

〔註2〕 〔清〕和邦額、樂均著：《夜譚隨錄、耳食錄》，黑龍江：黑龍江人民出版社，
1997年6月，一版，頁1。

《夜譚隨錄》中所要表現的思想內涵。分別五倫觀、婚姻觀、果報觀與異類觀。第五章使用此法分析《夜譚隨錄》之寫作特色。從書中的人物刻劃、情節安排和語言修辭探討這其中所使用的寫作技巧。第六章使用此法，整理出《夜譚隨錄》在結構、題材、思想，和人物等寫作優缺點。

（二）歸納法

第二章運用此法，將和邦額生平、著作加以統整，歸納出他的人格特質、著作特色等等。第三章運用此法，經由筆者的歸類與析論，區分本書的故事內容。本書的故事內容可分為四類：動物奇譚、鬼魂軼事、風俗景物和奇人與其他。第四章運用此法，歸納出即使是相似觀點的故事，所表現的方法也有所不同。第六章使用分析法，整理出《夜譚隨錄》在結構、題材、思想，和人物等寫作優缺點。

（三）歷史考證法

第二章運用此法，考證和邦額的傳記資料，敘述其生平事蹟，和《夜譚隨錄》的刊行經過。第六章運用此法，引用前人對志怪小說和《夜譚隨錄》的見解，加上筆者的心得，定義此書的文學價值。

（四）比較法

第四章運用此法，先在歸納的結果中，再使用此法比較觀點的差異。

不論使用何種方法，都是以和邦額《夜譚隨錄》為主軸，驗證本文論點成立，以對《夜譚隨錄》作一全面且正確的研究。

第二節　前人研究與文體界說

一、前人研究

本篇論文所參考的之黑龍江出版社《夜譚隨錄、耳食錄》十二卷〔註3〕為主，以新興書局〔註4〕四卷之為輔，〔註5〕其他有關研究《夜譚隨錄》的專書、碩博士論文、期刊論文等，都是作為研究時的重要參考資料。對《夜譚隨錄》

〔註3〕 同註2，〔清〕和邦額、樂均著：《夜譚隨錄、耳食錄》，頁1。
〔註4〕 收入《筆記小說大觀》二編，第十冊，臺北市：新興書局，1978年。
〔註5〕 《夜譚隨錄》有四卷與十二卷之別，實為刻本上的差異，參見本文第二章第二節第二項。

雖爲仿效《聊齋誌異》後起之作，但其思想內涵與藝術表現卻與《聊齋誌異》
迥然不同。並且對當時的志怪小說的繼往開來也做出了不小的貢獻。而前人
研究的手法可分爲書中引論、期刊論文、學術論文等三類。

（一）書中引論

這類相關說法有像如下敘述。如昭槤《嘯亭續錄》中提到：

> 有滿洲縣令（和邦額）著《夜譚隨錄》行世，皆鬼怪不經之事，效
> 《聊齋誌異》之轍，文筆粗獷，殊不及也。其中有記與狐爲友者云：
> 「與若輩爲友，終爲所害。」已屬狂謬。至陸生楠之事，直爲悖逆
> 之詞，指斥不法，乃敢公然行世，初無所論劾者，亦僥倖之至矣。
>
> 〔註6〕

這段文字論及和邦額《夜譚隨錄》的故事內容，並批評和邦額的文筆粗獷。
不過卻讚頌和邦額能將當代不法之事，直接陳述，是一好現象。也替他沒有
被討論以及彈劾感到幸運。

孫楷第《戲曲小說解題》提到：

> 其書多言鬼狐之事，與蒲松齡《聊齋誌異》之旨趣全同，蓋即效《聊
> 齋》而爲書者。其文筆亦頗流暢，亦涉猥褻，稍嫌刻露。唯所記多
> 京師及河朔風物，以耳目切近，敘述描摹，往往得其似，其勝處自
> 有不可設也。〔註7〕

此處批評和邦額所寫故事與《聊齋誌異》旨趣完全相同。雖然文筆流暢，卻
還是有些地方猥褻、刻露。不過敘寫風俗景物，有可觀之處。

錢鍾書《管錐篇》：

> 又按《隨錄》詞氣，作者必是滿人，觀《嘯亭續錄》卷三，乃知名
> 和邦額，官止縣令。此書摹擬《聊齋》處，筆致每不失爲唐臨晉帖。
>
> 〔註8〕

這段文字敘寫《夜譚隨錄》是效法《聊齋誌異》，還像唐代人學習晉代人筆帖
一般，並無新意。

〔註6〕 〔清〕昭槤：《嘯亭續錄》五卷，臺北市：新興書局，1984年，收入《筆記小
說大觀》三十六編第六冊，頁453。

〔註7〕 孫楷弟：《戲曲小說解題》，北京：人民文學出版社，1990年10月，一版一刷，
頁49。

〔註8〕 錢鍾書：《管錐篇》五冊，臺北市：書林出版有限公司，1990～1996年，收入
《錢鍾書作品集》六，頁64。

魯迅《中國小說史略》有言：

> 滿洲和邦額作《夜譚隨錄》十二卷（亦三十六年序），頗借才他書（如〈佟騎角〉、〈夜星子〉、〈瘍醫〉皆本《新齊諧》），不盡己出，詞氣亦時失之粗暴，然記朔方景物及市井情形者特可觀。〔註9〕

此處批評《夜譚隨錄》為抄錄他人之作，言詞也十分粗暴。不過敘寫一般景物與情形，還是有可看之處。

蔣瑞藻《花朝生筆記》記載：

> 乾隆間，有滿洲縣令（和邦額）著《夜譚隨錄》行世，皆鬼怪不經之事，效《聊齋誌異》之轍，文筆粗獷，殊不及也。然記陸生楠之獄，頗持直筆，無所隱諱，亦難能矣。出彼族人手，尤不易得。〔註10〕

此處也是論及和邦額所寫故事與《聊齋誌異》幾乎如出一轍，文筆也不及《聊齋誌異》。不過能指陳當代公案，是一難得之事。

以上說法都只有簡要式說明，雖然有昭槤、孫楷第及魯迅的一些讚揚和邦額寫風俗景物之事為可取之外。不過每個人的評論還是以負面評價為多。

（二）期刊論文

與《夜譚隨錄》有關的期刊論文則有如下幾篇。如李紅雨〈清代滿族作家和邦額與夜談隨錄〉，簡要討論和邦額與《夜譚隨錄》的梗概。韓錫鐸、黃岩柏〈阿林保與夜譚隨錄〉，則是討論為《夜譚隨錄》作註的阿林保的一些事蹟與提及為《夜譚隨錄》作註的經過。方正耀〈和邦額夜談隨錄考析〉中，討論關於和邦額生平與《夜譚隨錄》版本的辨析。王同書〈在頌揚和陶醉中滑坡～就夜譚隨錄、三談聊齋和閱微草堂筆記的優劣〉中，從《夜譚隨錄》的篇章內容去提及《聊齋誌異》和《閱微草堂筆記》的一些問題。薛洪勣〈夜譚隨錄並沒有「己亥本」〉，則是論及《夜譚隨錄》的版本問題。鄭海軍〈夜談隨錄險遭彈劾〉，則是提出《夜譚隨錄》在發表上曾面臨的問題。張佳訊〈論夜譚隨錄〉一篇，簡單敘述《夜譚隨錄》的故事內容與價值。Charles E. Hammond "Yetan Suilu：Casual Records of Night Talks" 一篇，也是粗略對故事作出分類與解析。戴力芳〈和邦額評傳〉一篇，則是討論和邦額的生平與作品。蕭相愷〈和邦額文言小說霽園雜記考論〉、〈由霽園雜記到夜談隨錄——論和邦額

〔註9〕 同註1，魯迅：《魯迅小說史論文集：中國小說史略及其他》，頁359。
〔註10〕 蔣瑞藻：《小說考證》，上海市：古典文學出版社，1957年，第一版，頁311～312。

對作品的修改）兩篇，則為討論在《夜譚隨錄》刊行之前的稿本《霽園雜記》。以上所述之期刊論文，也是簡要式的說明或與其他作品做比較，雖有參考價值，但卻不夠完整。

（三）學術論文

以全書內容作詳細的專著與碩博士論文，現有五篇，如下說明之。王文華《和邦額及其夜譚隨錄研究》，只著重於思想內容與藝術特色兩部分，提出看法與分析。楊士欽《聊齋志異與其後的傳奇小說比較研究——以夜譚隨錄、諧鐸、螢窗異草、夜雨秋燈錄、夜雨秋燈續錄為例》，是比較幾本書的思想內容、藝術成就與創新與發展。紀芳《夜譚隨錄、螢窗異草報恩主題作品的文化闡釋》中只針對《夜譚隨錄》中的報恩主題作品一類有所著墨，並沒有提及其他類型的故事。吉朋輝《和邦額及其夜譚隨錄考論》只是對思想內容、藝術特色及評點做探討與研究，沒有再論及其他部分。梁慧《夜譚隨錄研究》只是對思想內涵及在傳奇小說方面的繼承做研究，也沒有在對其他部分做說明。上面諸位前人的研究，多為片面且不完整的，所以筆者仍有許多方向與內容可以討論。

《夜譚隨錄》至目前的研究，可說是毀譽參半。討論和邦額《夜譚隨錄》的作家或評論家如昭槤、孫楷第、魯迅、錢鍾書及蔣瑞藻等人，因《聊齋誌異》的光采太過耀眼，而無視於《夜譚隨錄》的真正價值。評論文字大多指陳《夜譚隨錄》的文字、語意套用自《聊齋志異》，並無新趣。但文學創作本就可能有所雷同，且和邦額與蒲松齡兩人時代相近、生活經驗也可能相似，所見所聞更可能是同一件事。兩人表達同一故事，不過用自己的文字書寫出來，並非絕無可能。但是因為《聊齋志異》的文學成就，的確是極為豐富。於是昭槤、孫楷第、魯迅、錢鍾書及蔣瑞藻的研究與評論，多說《夜譚隨錄》為抄襲之作或文采低下。今人與近人之研究則較能以客觀的角度來審視《夜譚隨錄》的價值，提出正面與其他不同的看法。不論是讚揚、貶抑或是兩者兼具的研究，都是著重在某一片段的分析研究。所以筆者得以藉這些前輩的研究，加以作一全面的探討。也有鑑於此書仍有許多可論述的空間，所以深入探討和邦額的生平與作品，再討論《夜譚隨錄》的思想內涵。並以小說分析等方法，對此書的寫作技巧做一探討，期能呈現《夜譚隨錄》的不同面相。

二、文體界說

　　作者在〈自序〉中稱該書為「志怪之書」。其中的作品，筆記體與傳奇體佔大多數，間雜些許散文。筆記小說在魏晉南北朝開始出現，被稱為「殘叢小語」。志人類者如劉義慶主編之《世說新語》、志怪類者如干寶《搜神記》等，其書內容已具小說之雛形。筆記體小說在《夜譚隨錄》中共有一百零九篇，在全書一百六十篇中，就佔了五分之三強，故在新文豐書局所出版的《筆記小說大觀》中收錄本書。多數研究者亦依循此分類將《夜譚隨錄》視為筆記小說之列。

　　在隋唐兩代，開始出現一類叫「傳奇」的文體，傳奇多用文言寫成，而其內容篇幅相對來說較長，情節結構也較為完整。書中亦見傳奇體小說四十一篇，研究者多認為《夜譚隨錄》書中傳奇體小說之寫作方式，陳述思想，人物性格等，較為可觀。也有將此書列為傳奇體小說之列，但較為少見。

　　另外關於散文的概念，各代說法不一，而散文一詞，最早出現在宋‧羅大經《鶴田玉露》引周益公「四六特居對耳，其立意措詞貴渾融有味，與散文同。」〔註 11〕一語。於是在《夜譚隨錄》中可視為散文方面的故事，雖然篇數不多，多是論述見聞、描寫風物的文章，但亦有可觀之處。如魯迅所說：「朔方情狀，亦有可觀。」〔註 12〕即為此類文章。雖沒有情節故事，但對風景描繪、人文特色、風俗民情等，皆可幫助閱讀者對當代情狀更加瞭解，窺見當時風貌。

　　不論是文體是筆記、傳奇或是散文的哪一類，這些作品都是為了傳達和邦額的內在情感、文字功力。所以在研究之時，筆者皆不敢有所偏廢。

〔註11〕轉引自陳必翔：《古代散文文體概論》，臺北：文史哲出版社，1987 年 10 月，初版，頁 2。

〔註12〕同註 1，魯迅：《魯迅小說史論文集：中國小說史略及其他》，頁 359。

第二章　和邦額與《夜譚隨錄》

第一節　和邦額生平

一、家世考

　　和邦額（1736 年～？）〔註1〕字閒〔註2〕齋、霽園、愉園。又號霽園主人、蛾術齋主人，隸屬滿洲鑲黃旗。

> 和睦州，字愉齋，號霽園，別署蛾述齋主人。里居、生平待考。所撰傳奇《一江風》，今存。宋弼爲之作序云：「霽園以弱冠之年爲之。」而郭浚甫序作於乾隆十九年（1754），傳奇當成於是年或稍前，故和睦州約生於清雍正十三年（1735），卒年不詳。〔註3〕

　　「蛾術齋」爲和邦額書齋名。《禮記・學記》：「《記》曰：『蛾子時術之。』其此之謂乎！」鄭玄注：「蛾，蚍蜉也。蚍蜉之子微蟲耳，時術蚍蜉之所爲，其功乃復成大垤。」〔註49〕和邦額爲自己的書齋取名爲「蛾術」，應指雖然自己鑽研的都是一些微不足道的小知識，但若日積月累也可成爲大學問。

〔註1〕據《夜譚隨錄・自序》：「予今年四十有四矣，未嘗遇怪。……乾隆己亥六月（1779 年）霽園主人書于蛾術齋之南牕（窗）。」可推算生年約在一七三六年。

〔註2〕現今傳本多做閑，應爲閒字之誤。《五音集韻・薺韻》：「閒，同閒。」轉引自《漢語大字典》：漢語大字典編輯委員會，臺北市：建宏出版社，1998 年 10 月，初版一刷，頁 1786。

〔註3〕郭英德：《明清傳奇綜錄》，河北：河北教育出版社，1997 年 7 月，頁 997。

〔註49〕鄭玄注，孔穎達疏：據見《十三經注疏》附校勘記第六冊《禮記》，臺北縣：藝文印書館，1997 年 8 月初版十三刷，頁 649。

　　其父生平事蹟不詳。祖父和明，字蘊光，號誠齋、澹寧齋。〔註5〕雍正元年（1723）癸卯科武進士，為聖安佐領。雍正、乾隆年間。曾在甘肅省武威縣、陝西省宜君縣、青海省烏蘭縣、廣東省左翼鎮和福建省汀洲鎮等地，擔任過總兵等軍職。〔註6〕和明工於詩文，著有《淡寧齋詩抄》，人稱「儒將」。

　　和邦額十四歲以前與父親隨祖父在官署居住，童年、少年時代在甘肅、陝西、青海一帶度過。乾隆十五年（1750 年）四月，和明調任福建省汀洲鎮總兵，十五歲的和邦額跟從祖父自「三秦入七閩。」〔註7〕舉家遷至福建、廣東等地。乾隆十七年（1752 年）二月，和明病故，和邦額「從家君扶祖柩自閩入都。」〔註8〕和邦額十七歲以前跟隨祖父轉宦各地，遊歷西北與東南等區域，為他日後的寫作增廣了許多與他人不同的閱歷與見識，也豐富了他的文學內容。入都後不久，和邦額便以「選其俊秀者」〔註9〕入咸安宮官學。在咸安宮官學就讀時，和邦額對於滿族文學、歷史等各方面知識都有了更深的涉獵與領悟，學術涵養更加的深厚。在《夜譚隨錄・自序》就著錄了以下文字：「而每喜與二三友朋于酒觴茶榻間，滅燭譚鬼，坐月說狐。」〔註10〕為小說創作的內容增添了許多的素材。和邦額在乾隆三十九年（1774）中舉，曾任山西省樂平縣知縣（今山西省昔陽縣），在《熙朝雅頌集》有載「和邦額，字霽園，滿州人，乾隆甲午舉人，官山西樂平知縣。」〔註11〕另外還有擔任福僧額佐領及鈕祜祿赴都統等職。

　　和邦額是個多才多藝的滿族作家，今天北京的中國歷史博物館尚存和邦額〈文姬歸漢圖〉一幅。〔註12〕〈文姬歸漢圖〉乃是描述東漢時蔡文姬於兵亂中被胡人擄去，後來被曹操接回之事。此圖敘蔡文姬心中的民族及國家矛

〔註 5〕 楊廷福、楊同甫編：《清人室名別稱字號索引》下，上海：上海古籍出版社，1988 年 11 月，頁 1108。

〔註 6〕 石昌渝主編：《中國文言小說總目》文言卷，山西：山西教育出版社，2004 年 9 月，頁 858。

〔註 7〕 同註 2，〔清〕和邦額、樂均著：《夜譚隨錄、耳食錄》，頁 18。

〔註 8〕 同註 2，〔清〕和邦額、樂均著：《夜譚隨錄、耳食錄》，頁 80。

〔註 9〕 鐵保：《欽定八旗通志》卷九十七之〈學校志之四・咸安宮官學〉，頁 730。

〔註 10〕 同註 2，〔清〕和邦額、樂均著：《夜譚隨錄、耳食錄》，頁 1。

〔註 11〕 〔清〕鐵保輯：《熙朝雅頌集》，趙志輝校點補，遼寧：遼寧大學出版社，1992 年 6 月，頁 1547。

〔註 12〕 戴力芳：〈和邦額評傳〉，《廈門教育學院學報》，2004 年一期，頁 28。

盾之感。爲歷史畫中，許多畫家多所描繪的一個題材。

二、交遊考

　　明末清初，盛行文人拜盟結社。這些社盟有的是反清組織，清廷十分警惕。乾隆時代出現以宗室文人爲核心的滿族文人集團，就具有了鮮明的傾向性。這些人多半是父祖遭到貶謫，個人政治上不得志的宗室貴族，彼此間志趣相投。在創作上，揭露政治舞臺充滿黑暗風險，抨擊社會風氣卑下，蔑視富貴權勢，要求個性自由，是他們共同的傾向。在高壓統治下，雖然不敢起文社之名，實際已有文社之實。〔註13〕和邦額也在此種風氣之下結識許多友人，他們平日以詩文交遊，互訴心事，排遣心中鬱悶，也留下了許多珍貴的文學作品。這些作品都可讓我們感受到當時社會風氣已及文人心中的眞實感受。也可讓這些政治上不得志的文人，一澆心中塊壘。與和邦額有較深厚情誼的友伴有永忠、蘭岩等人，生平事蹟略述如下。

（一）永 忠

　　永忠（1735～1793），中國清代的滿族詩人。姓愛新覺羅，字良輔（良甫），又字敬軒，號臞仙（蕖仙），又號栟櫚道人、如幻居士。爲康熙帝第十四子允禵之孫，封輔國將軍，任過宗學總管。允禵在奪嫡之爭中失敗後，皈依佛、道，對永忠影響很大。永忠一生以詩、酒、書、畫以及禪、道爲主要生涯，在藝術上達到了頗高水準，卻對皇權執掌者懷著離心情緒。有詩文集《延芬室集》傳世，其中〈因墨香得觀《紅樓夢》小說〉，〈吊雪芹三絕句〉等作品，表現出對曹雪芹所作《紅樓夢》的觀感。一九九〇年上海古籍出版社出版了影印本《延芬室集》。〔註14〕而在其《延芬室集》中載有〈書和霽園邦額蛾術齋詩稿後〉一詩，讚頌和邦額文才詩作之盛。

　　　暫假吟編向夕開，幾番撫几詫奇哉。日昏何惜雙添燭，心醉非是一復杯。多藝早推披褐日，成名今識謫仙才。詞源自是如泉湧，想見齊諧滾滾來。〔註15〕

〔註13〕李紅雨：〈清代滿族作家和邦額與《夜談隨錄》〉，《滿族研究》，1986 年一期，頁 43。

〔註14〕見史樹青〈延芬室集序〉，收入〔清〕愛新覺羅・永忠：《延芬室集》，江蘇：上海古籍出版社，1990 年 7 月，頁 1040。

〔註15〕同註 26，〔清〕愛新覺羅・永忠：《延芬室集》，頁 1040。

永忠在拜讀和邦額《蛾術齋詩稿》時，幾次都認爲實在是太奇特了。更評註「奇哉，有如來智慧德相出內典。」〔註 16〕可知和邦額學識廣博，無書不通。另又註解「先生綺歲時塡一江風傳奇，早在舍下。」〔註 17〕可知兩人交情絕非一朝一夕。最後又讚揚「蘇文如萬斛泉，不擇地而出。」〔註 18〕可知永忠對和邦額的文學素養及流暢文筆有著高度的認同與讚頌。

（二）蘭　岩

蘭岩，即爲恭泰，榜名永春，字厪安，一字伯震，號蘭巖（岩），富察氏，滿州鑲黃旗人。乾隆四十三年進士，官盛京兵部尙書郎。〔註 19〕他爲和邦額《夜譚隨錄》評註一百三十八則故事，可從文中看見恭泰的學識豐富，涉獵甚廣。

其他如洪孫道、石三、胡輝岩、李錦、上官周、來存、劉紫來（昱東）、鞠慕周（庄行）、薛魯園（廷楷）、章似、劉忠（閒齋僕人）呂正陽、顏勿三（圖情）、陳扶青、李伯瑟、嚴十三、葉省三、德書紳、錫谷齋（和邦額入咸陽宮官學同學）、隆君、黃門、賴冠千、周南溪、景君祿、青苹、吳金泉、雙丰將軍、伊君（冒阿）、逢書農等人都在《夜譚隨錄》中爲和邦額提供了許多材料。這些有些爲宗室後代，有些是官學同學，有些只是在旅途中偶然相遇。也可知道和邦額交遊廣闊，上至皇宮貴冑，下至平頭百姓，皆有相集。

三、作品考

和邦額文學才份很高，又有少年時代遍遊西北及東南地區的經歷，視野與學識都相當地豐富，這爲他的文學創作生涯奠定了堅實的基礎。他不僅創作了《夜譚隨錄》，還撰有《霽園雜記》、詩歌集《蛾術齋詩稿》和戲劇作品《一江風傳奇》等等。後兩部作品現在都已經失傳了，現僅存書目或零星記載，可略見其梗概。由作品的成書先後順序分別敘述如下。

（一）《一江風傳奇》

在郭英德《明清傳奇綜錄》中有《一江風傳奇》爲和邦額之作，其錄如下：

〔註 16〕同註 26，〔清〕愛新覺羅・永忠：《延芬室集》，頁 1040。
〔註 17〕同註 26，〔清〕愛新覺羅・永忠：《延芬室集》，頁 1041。
〔註 18〕同註 26，〔清〕愛新覺羅・永忠：《延芬室集》，頁 1041。
〔註 19〕同註 26，〔清〕愛新覺羅・永忠：《延芬室集》，頁 1041。

一江風

  未見著錄。現存乾隆間精抄稿本，北京圖書館藏。首封署「和愉齋填詞」，「霽園藏版」。首載署「乾隆十九年歲次甲戌（1754）秋八月四日長沙郭浚甫氏題於成均學署」之〈一江風傳奇序〉，署「乾隆丙子（二十一年，1756）冬十一月京江友人陳鵬程扶青氏題」之序，署「乾隆壬年（二十七年，1762）夏五月望日蒙泉宋弼題」之序，及無署名之〈凡例〉。末載署「乾隆二十三年歲次戊寅（1758）春三月望日葉河恩普書於槐蔭堂」之後序。正文首頁署「蛾術齋主人填詞」，「枕碧山房主人校閱及評」。凡二卷三十六齣。〔註20〕

文中「和愉齋填詞」、「霽園藏版」、「蛾術齋主人填詞」等稱號為和邦額之字號，〔註21〕而陳扶青亦可多見於《夜譚隨錄》中的〈棘闈誌異八則〉之二、〈瓦器〉等篇章中。從上列敘述可知，《一江風傳奇》的確是和邦額作品無誤。《一江風傳奇》的內容，則如下所述：

  事無所本。〈凡例〉云：「此作取事於烏有之鄉，人非真有其人，事非果有其事。而稍涉正史，必不有假亂真，一一宗之。」劇中所敘左梁玉事，見明史二七三本傳；鄭芝龍事，見《清史列傳》卷八十；然皆有緣飾。郭浚甫〈一江風傳奇序〉評云：「敘事則明暢典核，言情則莊雅纏綿，方之元人，彌覺詞旨兩盡，而填詞之能事畢已。」〔註22〕

由上可知，《一江風傳奇》主要為一虛構故事，但能見出和邦額對史書亦頗有涉獵，如角色之一的左梁玉可見於《明史》及《清列傳》中。而郭浚甫也讚揚其敘事明快暢達、典故來源詳盡；言情則莊重典雅、溫柔纏綿。讀者閱其書，可感受其文字不論詞藻語彙、章旨情意都面面俱到、無一偏廢。

（二）《霽園雜記》

  據蕭相愷的〈和邦額文言小說霽園雜記考論〉一文中，可見下面論述：

  一是《夜譚隨錄》成書前的一個稿本的傳抄本或這種傳抄本的過錄本；二是它系《夜譚隨錄》成書後的刪減本。考查的結果是，它屬於前者。〔註23〕

〔註20〕同註15，郭英德：《明清傳奇綜錄》，頁997。

〔註21〕「愉齋」應為「愉園」與「闇齋」兩者刊刻疏漏之誤。

〔註22〕同註15，郭英德：《明清傳奇綜錄》，頁997～998。

〔註23〕蕭相愷：〈和邦額文言小說《霽園雜記》考論〉，《廈門教育學院學報》，2004

在《霽園雜記‧序》中也有「時乾隆三十六年歲次重光單閼於涂月，葉河和邦額霽亭氏題。」〔註24〕可知其成書年代比《夜譚隨錄》更早。《霽園雜記》的篇目為四卷七十一篇，到了《夜譚隨錄》則擴展為十二卷一百四十一篇，足足多了七十篇。更可得知「《霽園雜記》是《夜譚隨錄》成書前的一個稿本的傳抄本或這種傳抄本的過錄本。」的這種說法，是可信的。

另外，蕭相愷也提出了幾點證明，如文同而名異、刪減文字或整個改寫、評註的人相同等等。不過《霽園雜記》並沒有付梓印行，而是經過和邦額的修改之後，另以《夜譚隨錄》刊印。在蕭相愷〈由霽園雜記到夜譚隨錄——論和邦額對作品的修改〉中，也提到本子的修改可看出和邦額思想的蛻變。《霽園雜記》雖為傳抄本，但對於研究和邦額思想改變及文字精煉的研究，幫助極大。另外對於文字、篇目等的校勘作用更是有一定的作用。

（三）《蛾術齋詩稿》

嘉慶一朝，由鐵保等人所編輯的《熙朝雅頌集》中收錄和邦額的詩作共九首。《熙朝雅頌集‧凡例》中提及：「是非之公定於身後，茲集於其人現存者，詩概不錄。」〔註25〕故可知和邦額應在嘉慶九年編纂完成前已過世。其詩作《蛾術齋詩稿》雖僅存九首，但其內容仍廣泛提及遊歷山水、友人贈答、感懷世事等敘述。本文便以《熙朝雅頌集》之序為次，分別析論如下。

第一首是〈水塔寺感歸〉，其文如下：

> 結侶登秋山，心儀水塔寺。塔寺兩無存，臨流空懷思。緬想建寺時，
> 有人運智力。能將榛莽區，闢作清涼地。滄桑更變換，烏有先生至。
> 色相剎那空，無人志一字。其在如來法，興廢原不繫。不以隆而隆，
> 豈以替而替。大千世界中，夢幻泡影內。凡此興廢者，難以恆沙計。
> 譬如琉璃屏，倩人做圖繪。丹綠在屏上，不予琉璃事。揩去丹綠色，
> 依然見本質。寺塔皆云無，即以作無視。歸去復歸去，從容覓晚醉。
> 杖底吼西風，秋林黃葉墜。〔註26〕

本詩先以景物起興，懷想昔日建寺之況。感慨世事變遷，人事物皆非。本欲尋水塔寺，不過卻無功而返，徒留懷想。回憶建寺過程艱辛，才能落成。但

年三期，頁 102。

〔註24〕轉引同註33，蕭相愷：〈和邦額文言小說《霽園雜記》考論〉，頁 103。

〔註25〕同註23，〔清〕鐵保輯：《熙朝雅頌集》，頁 5。

〔註26〕同註23，〔清〕鐵保輯：《熙朝雅頌集》，頁 1547。

人事物皆非，早已荒蕪，人煙罕至。以佛家「色相、如來」語，述所見境況，認為人事繁華不僅止於表象，且世事變遷在浩瀚無垠的世界，乃是常在之事。他用琉璃瓶舉例，顏色存在與否並不影響本質，水塔寺亦然。最後用「歸去復歸去」的複沓句式，表現出內心轉變成曠達自得。這種複沓句式也讓詩句留下意猶未盡，餘味繚繞之感。

　　第二首是〈歸宿大悲寺〉，主要論及借住大悲寺有感：

　　　夜氣侵衣冷，山中已二更。木魚清客夢，銀杏落秋聲。

　　　樹梢聽泉響，峰頭見斗橫。勞人當此際，徹底悟浮生。〔註27〕

本詩敘寫作者在二更天的夜晚，仍覺天冷難寢。連平時不會注意到的木魚、銀杏掉落聲，在此時，亦分外清楚。但泉水之聲、山頭之景，卻讓煩勞、庸碌的人們感受到生命的真諦。

　　第三首是〈避七里碥整之險，由白水泛舟，至略陽〉，主要論及為避七里碥整的水險，另走白水到略陽一段所見所感：

　　　十里嘉陵道，春風一葉舟。行人飛鳥外，去路亂灘頭。

　　　水陸皆天險，江山半客愁。閩中何日到，家遠寄涼洲。〔註28〕

本詩論及以景起興，後又見飛鳥至灘頭，皆為視覺描寫。又敘水路之險，令遊子不免發愁，更引起不知何時到目的地，也是懷想遙遠的家鄉。

　　第四首是〈泊江村〉，為一敘寫景色，心中所感之詩作：

　　　江靜晚鷗多，斜陽掛女蘿。淡煙迷古渡，驟雨亂春波。

　　　繞岸非黃蝶，當窗綰翠螺。韶華看冉冉，小泊感蹉跎。〔註29〕

景色由遠而近，由直視到仰視，從視覺到聽覺。又將視野拉近，描寫眼前所見。最後敘述心中感受，嗟嘆年華易逝，韶光易老。

　　第五首是〈泊鄱陽湖〉，主要論及船行經過鄱陽湖，所見之景。還想將其畫入圖紙之上：

　　　匡廬滴翠進彭湖，望里乾坤入畫圖。帆影日邊千葉下，山光天際一

　　　拳孤。（大孤山又名鞋山，獨峙波心，遠望如一拳。）湖村月黑燈明

　　　滅，澤國煙昏樹有無。此處篷窗聞吹笛，幾人懷土淚如珠。〔註30〕

〔註27〕　同註23，〔清〕鐵保輯：《熙朝雅頌集》，頁1547。
〔註28〕　同註23，〔清〕鐵保輯：《熙朝雅頌集》，頁1548。
〔註29〕　同註23，〔清〕鐵保輯：《熙朝雅頌集》，頁1548。
〔註30〕　同註23，〔清〕鐵保輯：《熙朝雅頌集》，頁1548。

行經茂密的樹影下時，遙見山景如天邊的一隻孤拳，心中的寂寥更乘疊而上。附近的村落，因爲夜深，也早已滅了燈火。能見之處，樹影、水景，皆昏暗難明。又在此時，聽聞笛聲，更覺孤單。想起家園，不禁潸然淚下。

第六首是〈答成六致仕閑居韻〉，敘述好友成六卸下官職，兩人以詩歌互相酬答：

兩袖清風去酒泉，歸來衣榔果蕭然。謝瞻門户芭籬隔，（成宗族極赫奕）仲舉交情草榻懸。此日蒲團堪坐破，當時鐵硯已磨穿。白衣蒼狗須臾事，宦海飄零二十年。〔註31〕

成六回歸田野，家中雖然顯赫，但早已與宦海隔絕，僅剩幾個知心好友相互往來。現在家中的蒲團，因訪客罕至，想要坐破，是極爲困難。但當時仕宦之時的硯臺，因現在頻繁使用，卻是已不堪使用。心中更覺過去仕宦之時，如白雲蒼狗，變化只在盧臾之間。

第七首是〈十月一日重過落伽庵感賦〉，主要論及再訪落伽庵的感受：

重過昭提漫扣扉，霜風瑟瑟景全非。秋花萎剩黏枯梗，衰柳凋殘掛晚暉。杖錫已隨行衲去，（智上人行脚出）車輪空輾小春歸。多情只有閑庭鶴，獨戀長松不肯飛。〔註32〕

拜訪寺廟，叩門詢問，但僅存霜風蕭瑟吹動，景物全非。花草枯萎僅存殘枝，柳枝也殘敗凋零，夕陽斜掛餘落的光輝。庵內之人已隨智上人離去，座車來到此處，也是空行一遭。只有自己像閑庭鶴一般，還眷戀著長青的松樹不願離去。

第八首是〈秋草〉，主要論及年華逝去，人兒也難以相認之概：

青袍難認舊儒衣，拾翠尋芳事已非。蝶影殢秋風正冷，蛩聲破曉露初晞。池塘夢醒人何在，蘭芷相殘客未歸。河畔青青芳意歇，蒙茸一片對寒暉。〔註33〕

人、事、物早已全非。秋天之際，西風正冷。自己一人的腳步聲，在清晨聽來格外分明。但之前與自己在池塘邊相聚的人兒早已不在，蘭花芷草也僅剩殘花斷枝，遠行的人也尚未歸來。只剩河邊的青草仍然茂盛的生長，但花兒早已停止綻放。只剩這一片青草面對著寒冷的陽光。

第九首是〈孫郎廟〉，主要論及懷想三國時期火燒連環船的史實之感：

〔註31〕同註23，〔清〕鐵保輯：《熙朝雅頌集》，頁1548。
〔註32〕同註23，〔清〕鐵保輯：《熙朝雅頌集》，頁1548。
〔註33〕同註23，〔清〕鐵保輯：《熙朝雅頌集》，頁1548。

一炬橫江鐵鎖開，孫郎霸業付嵩萊。荒祠秋老堆黃葉，野老猶攜麥

飯來。〔註34〕

本詩感懷孫郎因一把火及鐵鎖鎖船之事，霸業未成。如今孫郎廟也殘破不堪，
落葉堆積，只見老翁帶著麥飯前來祭祀，無限感傷。

　　我們可從和邦額的各類作品，知道他的興趣廣泛，不論是詩、小說、或
是戲曲，都有涉獵，還有作品傳世。雖然留傳下來的作品，也許不周全，或
僅剩其目，但仍可了解和邦額的多才多藝。

第二節　《夜譚隨錄》之撰作

一、寫作緣起

　　和邦額喜聽奇聞軼事，狐妖鬼怪故事，愛聽《太平廣記》之類的筆記小
說。在「志怪」的名義下，大量地記錄和展現京城和西北等地民情和風俗故
事，中間雖然雜有一些宣揚神鬼迷妄之作，但也有著更多頗具現實意義的好
作品。和邦額《夜譚隨錄・自序》中，開宗明義，宣稱本書：「子不語怪，此
則非怪不錄，悖矣。然而意不悖也。」〔註35〕和邦額認為孔子曾經說過自己
不說玄怪之事，但在和邦額的《夜譚隨錄》中，卻非怪之事不錄，看來似乎
是悖離孔子思想之事，但和邦額所堅持的原理原意卻是不悖離的。

> 夫天地至廣大也，萬物至紛賾也，有其事必有其理。理之所在，怪
> 何有焉？聖人窮盡天地萬物之理，人見以為怪者，視之若尋常也。
> 不然，鳳鳥、河圖、商羊、萍實，又何以稱焉！世人於目所未見，
> 耳所未聞，一旦見之聞之，鮮不以為怪者，所謂少所見而多所怪也。
> （〈自序〉，頁1）〔註36〕

　　其實主要的原因是因為天地之大，無其不有，又有什麼是怪異的呢？於
是天地如此廣大，萬物如此繁多，萬事萬物皆有其道理。既然有其道理，又
有那件事物是怪異的呢？聖賢之人探索天地萬物的道理，人們所認為的怪異
之事，在聖人眼中不過是在尋常不過的一般事物。否則，鳳鳥、河圖（洛書）、

〔註34〕同註23，〔清〕鐵保輯：《熙朝雅頌集》，頁1549。

〔註35〕同註2，〔清〕和邦額、樂均著：《夜譚隨錄、耳食錄》，頁1。

〔註36〕本論文關於《夜譚隨錄》引文，卷數、篇數、則數，皆出自同註2，〔清〕和
　　　　邦額、樂均著：《夜譚隨錄、耳食錄》。此版本詳細敘述見本文第二章第二節。

商羊、萍實，又該如何來稱呼呢？世間的人們因為眼睛未曾看過，耳朵未曾聽過，一但看到、聽到，很少有人不認為怪異的，正是所謂見識的少而認為怪異的多。

> 苟不以理窮，則人生世間，無論天地萬物之廣大紛賾也，即一身之耳召口鼻，言笑動止，死生夢幻，何者非怪，不求其理，而以見聞所不及者為怪悖也；既求其理，而猶以見聞所不及者為怪，悖之甚者也。（〈自序〉，頁1）

如果沒有深入探究其原理，則人生存在這世間，不論天地萬物的廣大多元及身軀所能看、聽、嚐、聞，言行舉止，死亡生存、夢中虛幻，哪個不是怪異之事。不探求其原理，仍認為未見未聽之事認為是怪異之事的人，才是極為怪悖之人。

> 予今年四十有四矣，未嘗遇怪。而每喜與二三友朋于酒觴茶榻間，滅燭譚鬼，坐月說狐。稍涉匪夷，輒為記載。日久成帙，聊以自娛。
> （〈自序〉，頁1）

和邦額在四十四歲時，自己闡述他從來沒遇見怪異之事。但總喜歡與幾個好友在酒肆茶坊之間，將燈火熄滅談論鬼事，在欣賞月光之時，說著狐事。稍微涉及疑惑難解之事，就馬上記錄下來。日子一久，就成為一本書冊，僅供自己娛樂之用。

> 昔坡公強人說鬼，豈曰用廣見聞，抑曰譚虛無勝於言時事也。（〈自序〉，頁1）

從前東坡先生亦談論鬼怪之事，是用來增廣見聞，抑或是用虛無未聞之事來討論時事呢？

> 故人不妨妄言，己亦不妨妄聽。夫可妄言也，可妄聽也；而獨不可妄錄哉。雖然，妄言妄聽而即妄錄之，是亦怪也。（〈自序〉，頁1）

所以人們不妨說些他人未聽聞之事，自己不妨多聽些未聽聞之事。但可說未聽聞之事，可聽未聽聞之事；只是不能任意記錄。如果任意聽聞未經查證便記錄下來，才是真正的怪異之事。

由上可知，和邦額自己並沒有見識過這些怪異之事。但他卻對這些故事有濃厚的興趣，透過他的文筆記載了許多聽聞而來的好故事。而對故事的期待，則是希望可以增廣讀者的見聞。更認為世人認為奇異之事，其實只是見怪則怪。換一個角度，若把怪異之事當作自己之知識的限制，用開闊的心去

看待，實在沒有甚麼事情是怪異的。當然他也表明立場，其實真正怪異的是聽取之人若不經查證就妄加記載，才是最不該的怪事。所以和邦額仍抱持著文人風骨，認爲文章乃經國之大業，不可任意著述。若任意寫作，則對後人的影響之深之重，自是不需多加贅述。從以上的敘述，也可看出和邦額寫作態度的嚴謹與慎重。

二、版本流傳

在清代，《夜譚隨錄》就一印再印，版本不少。光乾隆當代對於《夜譚隨錄》的版本流傳就有下列幾個說法：

（一）乾隆己亥（四十年）序的本衙刻本

> 《夜譚隨錄》在作者生前就有刻本傳世。較早的有乾隆乙酉（三十年）衙刻本、己亥（四十年）本。篇後有作者及其好友恩茂先的的附語與評語。所謂「非足本」共一百四十篇，遺漏卷四之〈紅衣婦人〉一篇，刪去了篇末評語和眉批，對正文也進行了潤色加工，較少訛誤和脫漏。可見，「非足本」比「足本」不僅刊印精審，流傳也更爲廣泛。〔註37〕

這是迄今爲止所能見到的最早刻本，也可能是此書的初刻本書凡十二卷，爲方正耀先生發現，上海古籍出版社曾出版發行。

（二）乾隆己酉（五十四年）衙刻本，在《販書偶記續編》著錄

卷下題署「霽園主人閑齋氏著，葵園主人蘭岩氏評閱」，如乾隆己亥本衙藏本、進步書局《筆記小說大觀》本和上海商務印書館平裝鉛印本等。「非足本」凡一百四十篇，較足本少〈紅衣婦人〉一篇，刊落篇末評語和眉批，並對原書加以刪改潤飾，如光緒丁亥鴻寶齋石印本、廣印書局石印本、梁溪圖書館沈小英序本、大達圖書公司朱惟公序本等。各種版本分卷頗相歧異，在十二卷外，另有一種四卷本。〔註38〕

這裡提及此版本爲許多人傳抄刻印，所以對《夜譚隨錄》的流傳，也有極大的影響。

〔註37〕侯忠義、劉世林：《中國文言小說史稿》下冊，北京：北京大學出版社，1993年2月，一版一刷，頁240。

〔註38〕石昌渝主編：《中國古代小說總目》文言卷，太原：山西教育出版社，2004年9月，一版一刷，頁585。

（三）乾隆己亥（五十六年）本

乙亥刻本今不多見，流行較廣的己酉刻本、同治丁卯成都刻本、光
緒丙子愛知堂刻本，均據己亥本翻刻，除保留作者與恩茂先評語外，
又增入福霽堂、季〔註39〕齋魚等人的評語和無名氏的眉批等，世稱
「足本」。民國二年上海進步書局據以排印，刪去了眉批，保留了篇
末評語，將十二卷改為四卷，共一百四十一篇，後被收入《筆記小
說大觀》。〔註40〕

《筆記小說大觀》便是據此本印行，王毅先生亦曾以此本為底本校點整理，
由中州古籍出版社在一九九三年一月出版發行等等。〔註41〕

另有如下列書籍中補述，嚴靈峰編輯《書目類編》收錄《四川省圖書館藏
古籍目錄分類總目》冊九，六〈小說〉，七〈志怪〉，頁二六四：「夜譚隨錄，一
二卷，一二冊。清和邦額著。葵園主人蘭岩氏評閱。清同治六年（1867）成都
刻本。」〔註42〕另嚴靈峰編輯《書目類編》收錄吳引孫《揚州吳氏測海樓藏書
目錄》，據民國二十年石印本影印，卷四，〈子部〉：「夜譚隨錄十二卷，霽園主
人，石印本。二本一函一律一元六角。」〔註43〕方祖燊《小說結構》第九編，〈中
外小說年表〉：「清高宗乾隆三十六年（西元一七七一年）1、沈起鳳作《諧鐸》
十卷、《昔柳摭談》。2、和邦額作《夜譚隨錄》十二卷。」〔註44〕

不過統整各家說法之後，主要將有原本、刪本兩種。原本十二卷，共一
百四十一篇，附有作者及其友人蘭岩、恩茂先、福霽堂、李齋魚等人評語。
刪本為四卷，一百四十篇（較原本少〈紅衣婦人〉一篇），刪去大部分評語，
原文亦有所刪節、修飾和增補。〔註45〕也有將一百四十一篇稱為足本，一百
四十篇稱為非足本的說法。

另在清末民初之際，此書就一印再印，流傳民間甚廣，現在坊間較為通

〔註39〕應為李齋魚，可能為謄寫或複印時之誤。
〔註40〕同註49，侯忠義、劉世林：《中國文言小說史稿》下冊，頁240。
〔註41〕蕭相愷：〈由《霽園雜記》到《夜談隨錄》——論和邦額對作品的修改〉，《廈
門教育學院學報》，2006年三期，頁1。
〔註42〕嚴靈峰編輯：《書目類編》第二十六冊，臺北：成文出版社，1978年7月，頁
11767。
〔註43〕嚴靈峰編輯：《書目類編》第三十七冊，臺北：成文出版社，1978年7月，頁
16377。
〔註44〕方祖燊：《小說結構》，臺北：東大圖書股份有限公司，1995年10月，頁641。
〔註45〕寧稼雨：《中國文言小說總目提要》山東：齊魯書社，1996年12月，頁334。

行的有下列數個版本。

（一）一九七八年上海進步書局石印本〔註46〕

霽園主人閑齋氏著，葵園主人蘭岩氏評閱。四卷一百四十篇。〔註47〕收入國家圖書館善本書庫。新興書局「上海進步書局石印本」鉛印本，即以此本為底稿鉛印出版。

（二）一九七八年新興書局「上海進步書局石印本」鉛印本〔註48〕

閑齋氏：《夜譚隨錄》四卷，臺北市：新興書局，一九七八年二月出版，收入《筆記小說大觀》二編，第十冊。此版本為採用四卷一百六十篇的足本系統，但僅有和邦額與蘭岩的評註。此版本坊間較易尋得，流傳亦較廣。

（三）一九八二年廣文書局繪圖本

霽園主人（Chi-yuan-chu-jen）：《繪圖夜譚隨錄》十二卷，臺北市：廣文書局，一九八二年八月出版。在其〈凡例〉中，有說明在此版本中的選錄及刪削標準。

> 書筆墨繁兼好濫用經傳舊調之令人作嘔刪潤之，庶爽心快目。
> 一、事實有不全者確據所聞以補之非臆說也。
> 一、是也見於後評者，乃摘所附錄於後以廣見聞。
> 一、閑齋評語多無意味，惟〈妾芳華〉評筆致迥異。凡庸為是書之冠，特錄之，餘擇其有關規勸者，亦刪潤之，存其一二。
> 一、蘭岩評語及眉批旁，批庸劣殊甚一例刪之，較為清楚。
> 一、書好用生僻字，以致傳寫訛誤，令人不解，特校正無亥豕。
> 〔註49〕

另自敘中載「乾隆辛亥夏六月霽園主人書於蛾術齋南窗」，則應為刊刻流傳之誤。

（二）一九八八年上海古籍出版社鉛印本

〔清〕和邦額著；王一工、方正耀點校：《夜譚隨錄》，江蘇：上海古籍

〔註46〕閑齋氏：《夜譚隨錄》四卷，1978 年，上海進步書局石印本（收入國家圖書館善本書庫）。

〔註47〕張冰總編：《五百種明清小說總覽》，上海：上海辭書出版社，2005 年 7 月，頁 1085。

〔註48〕閑齋氏：《夜譚隨錄》四卷，臺北市：新興書局，1978 年 2 月，收入《筆記小說大觀》二編，第十冊。

〔註49〕霽園主人（Chi-yuan-chu-jen）：《繪圖夜譚隨錄》十二卷，臺北市：廣文書局，1982 年 8 月，初版。

出版社，一九八八年十二月，一版一刷。在〈前言〉中及有言其點校原則：

> 本書整理，以一百四十一篇的乾隆己亥本衙刻本作底本，進行標點
> 分段。諸家回末評語、附語和行批，全都保留。但由於眉批與零星
> 間批，較爲混亂，不見署名，且內容都無意味，故一併刪除。底本
> 有明顯脫漏（如〈永護軍有文無目〉），訛誤的文字，今據大觀本加
> 以校正。少數大觀本同誤之處，則據鴻寶齋本予以糾正，不出校記。

〔註50〕

（五）一九八九年遼瀋書社白話翻譯鉛印本〔註51〕

原著者霽園主人，寧昶英編譯：《白話夜譚隨錄》，瀋陽市：遼瀋書社，收入《白話繪圖清代傳奇叢書》，一九八九年十一月出版。從十二卷一百六十篇足本改譯爲白話，意在想讓讀者更容易了解與欣賞《夜譚隨錄》。在改寫的過程中，寧昶英採取以直譯爲主，意譯爲輔。而篇名皆用新擬的題目，原篇名標註於篇末。雖略離旨趣，但可視爲讀原本之前的入門之書。

（六）一九九六年上海古籍出版社白話翻譯鉛印本〔註52〕

〔清〕和邦額，束景南；王英志、鍾元凱、張長霖譯：《白話全本夜譚隨錄》，上海：上海古籍出版社，一九九六年三月出版。本書爲根據出版社之前在一九八八年由王一工、方正耀所點校的鉛印本作根據，再加以進行白話翻譯。但僅留存和邦額的評語並加以翻譯。其他如蘭岩、恩茂先等人之評語，均予以刪去。

（七）一九九六年重慶出版社鉛印本〔註53〕

〔清〕宣鼎、閑齋氏：《夜雨秋燈錄、夜譚隨錄》，四川：重慶出版社出版，一九九六年三月出版。在本書中，並無特別指稱據何版本校刊印刷，但仍依十二卷分次，故可知是以足本系統爲主所印刷出版。

（八）一九九七年黑龍江人民出版社鉛印本

〔清〕和邦額、樂均著：《夜譚隨錄、耳食錄》，黑龍江：黑龍江人民出

〔註50〕〔清〕和邦額著：王一工、方正耀點校：《夜譚隨錄》，江蘇：上海古籍出版社，1988 年 12 月，頁 5。

〔註51〕原著者霽園主人，寧昶英編譯：《白話夜譚隨錄》，瀋陽市：遼瀋書社，收入《白話繪圖清代傳奇叢書》，1989 年 11 月，第一版。

〔註52〕〔清〕和邦額，束景南、王英志、鍾元凱、張長霖譯：《白話全本夜譚隨錄》，上海：上海古籍出版社，1996 年 3 月，一版二刷。

〔註53〕〔清〕宣鼎、閑齋氏：《夜雨秋燈錄、夜譚隨錄》，四川：重慶出版社，3 月，一版一刷。

版社，一九九七年六月出版。在本書〈前言〉中，一開頭就如下所述。

> 《夜譚隨錄》十二卷，一百三十六篇。……《夜譚隨錄》刊於乾隆
> 五十四年（1789），另有乾隆五十六年刻本，略異初刻本。清末坊間
> 簡本多有刪削。今據初刻本點校。〔註54〕

由上文可看出，此版本為足本系統。但其前言敘一百三十六篇，應為計算錯
誤，實為一百四十一篇才為正確數字。

（九）一九九九年新文豐書局鉛印本〔註55〕

作者標明為霽園主人，分為四卷，為足本，載一百四十一篇。臺北市新
文豐書局於一九九九年二月出版，收入《叢書集成》三編，第六六冊。有一
提要如下，但為近人所加。而〈自序〉中「中華民國二年二月，霽園主人書
於蛣蜋齋之南牕。」實為一大謬誤，應是出版者校閱不周。

現在還可見到的幾個版本，除一九七八年上海進步書局石印本為刪本之
外，其餘皆為原本。可知編輯者還是想要保存最完整的內容，讓讀者對作品
可更深入了解、探悉。

三、各家評註

書中故事大多皆有作者或其他友人作評註，僅〈蜃氣〉、〈清和民〉、〈某
掌班〉、〈大眼睛〉、〈塔校〉、〈春秋樓〉、〈朱佩茝〉、〈裙襯〉、〈再生〉、〈袁翁〉、
〈王塾師〉等十一篇，並無人評註。在書中所見，眾人所作之評註，皆以「某
某曰」為其敘述方式。下面就以作者本身為始，其他友人評註篇數多寡為次，
分別敘述其評註內容及特色。

（一）閒齋曰

在書中作者自身分別又再為下面的篇章作了註解。如〈崔秀才〉、〈碧
碧〉、〈梨花〉、〈香雲〉、〈蘇仲芬〉、〈婁芳華〉、〈噶雄〉、〈劉鍛工〉、〈蝟精〉、
〈小手〉等共三十二篇；詳細篇目見「附錄二～各家評註篇目表」。主要評
註內容可分為評論故事內容、評論人物、補述其他故事、說明故事採集經過
等等。

〔註54〕同註2，〔清〕和邦額、樂均著：《夜譚隨錄、耳食錄》，頁1。
〔註55〕和邦額：《夜譚隨錄》四卷，臺北市：新文豐書局，1999年2月，收入《叢書
　　　集成》三編，第六六冊。

1、評論故事內容

評論故事內容如〈崔秀才〉、〈陸水部〉、〈白萍〉等篇章。在〈崔秀才〉一篇中，和邦額在其評註中提及：

> 炎炎之俗，萬變千更，交固不易言也。方其盛也，面朋口友，不招
> 自來，及其衰也，馮、灌夫，麾之不去。除毀方瓦合一道，誠無良
> 法矣。胸中自有涇渭，皮里自具春秋。故穆穆而來，縈縈獨往，交
> 可以始終一也。不然，直欲盡化同人為異物，易濟濟為綏綏，有此
> 理哉！（第一卷第一篇，頁6）

對交友的想法，做了進一步的闡發。

另在〈陸水部〉一篇中：

> 輕薄之口，尤見絕於異類，況與斯人為徒，可不凜三緘之戒哉！（第
> 七卷第二篇，頁163）

則是告誡世人，言多必失之理。

而在〈白萍〉一篇中，提出對聽聞的故事之懷疑：

> 否，否！愈遠愈疏。古聖人所以有承祧之義也。林生絕嗣，天所以報
> 林生，非所以報其祖。何則？林祖父有發甲之子孫，而林不得為人之
> 祖父也？天何負於吉人哉！茂先大笑叫絕。（第八卷第三篇，頁180）

和邦額認為若要有報應之說，又怎會有林生之存在，而且林生還能坐擁富貴。不過上天的安排，有時確實令人猜不透，所以和邦額的懷疑也只能懸而未決了。

2、評論人物

在評論人物的篇章有〈丘生〉、〈某太醫〉、〈碧碧〉等。在〈丘生〉中，和邦額直接批判王氏的殘酷無道，導致莘女到死後仍無法安息。只能期待丘生為她遷葬，以脫苦海。而這種狀況也透露了當代世局混亂，連鬼魂都有欺善怕惡的狀況。人間這種類似情況更是不勝枚舉，令人唏噓不已：

> 王氏為富不仁，草菅人命，致莘女魂遊地府，粉怨香愁。曾不能一控
> 幽冥，為雪恨報冤之舉，已足悲矣。雖然，自古錢能役鬼，財可通神，
> 凡受其顛倒者，不知凡幾矣，又何有於一莘？莘縱有靈亦不過於月明
> 雨晦之夕，泣酸風悲冷露而已，又何能為乎？（第七卷第一篇，頁159）

還有在〈某太醫〉中：

> 庸醫殺人，當獲此報。特一人之債易償，多人之命難低，輪迴墮落，
> 尚有窮期耶？醫之不能有活人手，而影響脈理以漁利者，睹此慘報，

未識亦肯稍袖毒手否?」（第八卷第九篇，頁189）

也是感慨本應以慈悲濟世的醫者，也用財富來斷定病者生死。但善惡終究有報，只見利益，不存仁心者，仍舊難有好下場。

另在〈護軍女〉一篇中，則是評論好色之徒傷害女子清譽：

> 此固一大快事，然不足爲訓也。夫女子不能正色閑邪，故作媚態以導淫，是罔人也。焉有處子守禮罔人而可爲也。昔山左李氏，因逆旅主人拖其臂，輒斷臂以自潔。女雖自貞，而纖手已汙，終屬雜霸，豈曰行權。（第九卷第九篇，頁215）

和邦額更是爲其結局，大爲稱快。而女子爲堅守其忠貞，竟連手臂也斷然割捨。這種情操，世間少有，現今社會更是難見。

3、補述其他故事

補述其他故事如〈獺賄〉、〈宋秀才〉、〈堪輿〉等。如在〈獺賄〉一篇中，和邦額即自在五涼之地亦有食獺之習慣，且還詳細敘述獺的習性、特徵：

> 予在五涼，頗亦食獺。獺食草根，冬蟄。啓蟄後，兩腋有毒，不可食。人手人足，肝十二葉，閏益一葉：一窟而有前後戶，猶二窟也。然而煙熏之，犬逐之，無能免者。嗚呼！魏疑塚七十二，眞塚猶被掘也，二三窟何足恃哉？（第五卷第十七篇，頁119）

另如在〈宋秀才〉一篇中，則是和邦額敘述在年輕時也曾遊歷湟中，見識到的龍駒島美景。另還描繪到廈門觀溟海奇景的感受：

> 予少遊湟中，臨青海，水之清如瀟湘，深如彭澤，遙望波心煙一點。番人曰：「龍駒島也。」周回約千里，其大倍於洞庭。其後遊閩，登廈門，觀溟海，則青海猶盆池也。籲，小大亦何常之有？所見大，則所過皆小：所見小，則所過皆大。覆懷水於堂坳之上：群蟻過之，如洪水之懷山襄陵也，固宜。（第九卷第八篇，頁214）

在〈堪輿〉一篇中，則是敘述聽聞伊君所說的另一則風水奇事：

> 參戎公今下世矣。伊君（昌阿）其婿也，嘗爲予言其異跡甚多，悉堪紀述。方其爲護軍校時，偶偕三四友人攜酒郊遊，小憩一墓門下。墓前松楸陰翳，咸嘖嘖以爲佳城。公曰：「此絕地也，何足稱羨？」友問其故，公曰：「此松柏皆百年物也。苟有子孫，則斬伐貨爲棟梁也久矣。焉能至今無恙乎？」友群笑以爲惡謔。即而坐旗亭，詢及墓主，酒家擁曰：「此漢軍張氏之塋也。張故百萬富，而今日矣，絕

> 嗣數十年矣。」眾大駭，益神之。夫公之術固神矣乃爲所虐，亦窮
> 理至乎其極者也。」（第一一卷第一七篇，頁260）

在故事中，參戎公斷言之神準，的確令人佩服。風水之說，的確有其參考之價值。

4、說明故事採集經過

說明故事採集經過有〈噶雄〉一篇，在其故事中提到：

> 予從先王父鎭河湟時，雄甫二十餘，已在材官之列。女亦無恙，曾
> 一至署中，上下目睹其婉媚，迥異儕俗，洵佳人也。雄後官至參戎，
> 周女誥封淑人。四十即致仕，居河州，猶富甲一郡云。（第二卷第七
> 篇，頁45）

和邦額也說明了他還見過主角，更證實故事的眞實性。

和邦額用心經營故事，而在故事完結之後，仍會細心審閱，甚至加以註解。從這種種舉動可知，和邦額治學之謹愼。而其評註，也能幫助我們更進一步了解其想法，更能深入探究和邦額的其人其書。

（二）蘭岩曰

蘭岩爲所有評註者中，篇數及論述最多的一位。分別有〈崔秀才〉、〈碧碧〉、〈梨花〉、〈香雲〉、〈李翹之〉、〈洪由義〉、〈某僧〉、〈邵廷銓〉、〈賣餅翁〉、〈蘇仲芬〉等共一三八篇；詳細篇目見「附錄二～各家評註篇目表」。主要評註內容爲評論故事內容、評論人物、補述其他故事、對敘述故事存疑等。

1、評論故事內容

在評論故事內容有如〈落漈〉、〈朱外委〉、〈屍異〉、〈陳景之〉等篇。在〈落漈〉一篇中，蘭岩認爲錢財爲世人所愛，連化作鬼魂也還執著於此。而常存此心之人，亦或是鬼，連慈悲爲懷的佛菩薩，也不會推薦拔擢這種人的：

> 赤金，人所爭愛，至戚良朋爲此結怨構訟者多矣。乃有地焉，金雜
> 砂礫，在在所取，斯誠樂國，未有肯舍而之他者。乃群鬼痛哭求拔，
> 直有不可一朝居之勢，鬼何不戀此多金哉？亦以死可椒耳。世之擁
> 多金而心死者，恬不爲怪，然亦無甚趣味矣。不思避而戀之，佛氏
> 有靈，恐不能爲此種人薦拔也。（第三卷第四篇，頁65）

另如〈朱外委〉一篇，則是認爲故事中人物愚蠢至極：

> 無制服之能，輒貿然觸其怒，幾至粉身碎骨，何其愚哉？言願世之

待惡人者，當以此爲戒也。（第四卷第六篇，頁96）

希望世人皆能以篇中人物爲引以爲鑑。

又〈屍異〉一篇中則是提到：「借此事以雪彼冤，天誠巧矣！」（第四卷第九篇，頁98）讚歎故事中人物陳冤能雪，天也助人。

〈陳景之〉一篇爲蘭岩先說明其實自身並非十分相信輪迴之說。但仍認未若人喪盡天良，泯滅人性，的確是連豬狗這些牲畜也不如。若人眞因惡行化爲牲畜，也算是因果得報：

> 輪回之說，釋家鑿鑿言、余未深信焉。嗟乎！一遭孽障，頓失人身，喪盡天良，遽成畜類。天下之人而畜者，豈少也哉！奚必托生豚豬，而第津津因果乎！（第五卷第一九篇，頁120）

2、評論人物

另評論人物的篇章如〈噶雄〉、〈邵廷銓〉、〈紅姑娘〉、〈婁芳華〉等篇。在〈噶雄〉一篇中，蘭岩讚揚狐狸銘記恩情，數十年也難忘：「一狐耳，數十年之恩猶切於心，而身報之。乃人有昨日之恩，今日忘之者，抑獨何歟？」（第二卷第八篇，頁45）但人類卻遠遠不及狐狸，昨日之恩，今日便可拋諸腦後，實在令人不勝唏噓。

又〈邵廷銓〉一篇中，認爲主人翁錯擁骷髏爲美人的行爲，世間之人豈少有。不過邵廷銓與女子之情癡，又爲蘭岩所讚揚不已：

> 擁骷髏而爲佳麗，世間寧少此人哉？但只覺其美，而不知其惡耳。嗟乎！蛾眉皓齒，轉盼成空。斷隴荒丘，凝思莫釋。天壤間癡情人能自解哉！一夕歡娛，釀成粉骨碎身之禍，此女亦不智矣。（第一卷第九篇，頁24）

〈紅姑娘〉一篇中，蘭岩更明確指出：

> 狐以異類，猶知酬恩報德，貞靜自守，不甘以媚惑人。奈何世間以七尺之軀，脅肩諂笑，千求於人，恬不爲怪；而反以守正不阿者爲庸人，因自居爲識時務之俊傑，比比是也！呈，可慨也哉！（第二卷第二篇，頁31～32）

紅姑娘雖爲狐狸，但卻懂得知恩圖報。世間逢迎拍馬的小人，眾人不以爲怪，但卻認爲正直不屈的君子，才是平庸之人。

還有〈婁芳華〉一篇：「二獐以情死，以香敗。倘能自守一時之欲，側古洞幽深，誰復得而擾之哉？甚矣！情欲一動，即死機也；香氣所聞，即敗兆

也。惜哉！」（第二卷第六篇，頁42）感慨獐精因執著情欲而葬送性命。

3、補述其他故事

而補述其他故事者，則有〈棘闈誌異八則之五〉一篇，是另敘跟考場有關的故事：

> 某科鄉試，一生構文至半夜，瞥見一人披帳而入，古衣古冠，面目甚怪，生口噤不能言。其人伸一掌，向生曰：「我司文之神也。汝祖宗有陰德，今科當領薦。可書一字於吾掌，為異日填榜之驗。」生大喜，即濡墨大書一「魁」字，其人遂滅，而字故在卷上，墨漬數重，因被貼出。（第六卷第一篇，頁134）

4、對敘述故事存疑

還有對敘述故事存疑者有〈香雲〉、〈賣餅翁〉、〈傻白〉、〈鬼哭〉等篇。在〈香雲〉一篇中，認為喬生身世低微，怎會有得遇香雲的奇遇：

> 喬業操舟，已屬微賤，且無聞其有出類之才，其五內俱濁，不待言矣。雲伺鐘情至此？而主姑與翠翠，亦大有不能忘情者，豈果喬為情種耶？抑雲喜其誠篤可托終身乎？我輩不獲有此奇遇者，殆擇術之未精歟，抑五內之未盡濁歟？（第一卷第四篇，頁19）

而在〈賣餅翁〉一篇中：「無修煉法，無丹鼎藥，倏爾成仙，何其易也。予意此翁，亦老死耳。魂遊天外，恍惚如有所遇，非真有仙人引之入山也。不然，或仙達午倦，思想成夢，與蕉鹿等耳。天下事當作如是觀。」（第一卷第十篇，頁26）蘭岩則更是猜測，這些奇遇只是南柯一夢。

在〈傻白〉一篇更是對傻白所遇人物感到疑惑：「白之所遇，其叔之鬼耶？令人不解。」（第一○卷第七篇，頁234）

〈鬼哭〉一篇更直指：「其事有之，其理不解。」（第一一卷第一五篇，頁257）對其中有何道理能解釋來龍去脈，感到疑惑。

蘭岩為和邦額作品評註多篇，可知蘭岩在閱讀作品之時，不是隨意瀏覽，而是認真思考。所以才能對這些篇章有所見地，提出疑惑。從蘭岩的評註，我們也能進一步思考他提出的看法與質疑。對研究《夜譚隨錄》的過程之中，也有另一種不同的幫助。

（三）恩茂先曰

恩茂先為評註者中，篇數次多者，評論的故事分別為分別為〈蘇仲芬〉、

〈張五〉、〈詭黃〉、〈梁生〉、〈張老嘴〉、〈柏林寺僧〉、〈棘闈誌異八則之八〉、〈白萍〉、〈請仙〉、〈霍筠〉、〈三官保〉、〈靳總兵〉共十一篇。詳細篇目見「附錄二〜各家評註篇目表」。主要評論內容爲評論故事內容、評論人物、補述其他故事、爲故事加強佐證等。

1、評論故事內容

在評論故事內容，有如〈梁生〉、〈白萍〉、〈霍筠〉、〈請仙〉等四篇。在〈梁生〉一篇中，恩茂先直接說出這篇故事內容大快人心。「此狐大爲貧友見侮於富豪者吐氣！」（第三卷第一篇，頁57）

又〈白萍〉一篇則認爲：「祖有德，而子孫發甲，固天所以報吉人。乃又斬厥祀，殊不可解。」（第八卷第三篇，頁180）指出故事有些令人匪夷所思之處。

另〈霍筠〉一篇說明故事的眞實性：「雖不測其何妖，即其艷冶異常處，寫來紙上，自是尤物移人。予嘗聞此事於銳別山，繼見霽園此記，又小異而大同。終不知孰確？要其事則眞實不虛。」（第九卷第一篇，頁193）指出自己也在他處看過此故事。

而〈請仙〉一篇則認爲：「此記如善奏口技者，無不逼眞。」（第八卷第九篇，頁188）故事如同敘述神妙的口技，十分生動逼眞。

2、評論人物

在批判人物作爲的評註則有〈蘇仲芬〉、〈柏林寺僧〉、〈三官保〉等三篇。〈蘇仲芬〉一篇中，恩茂先分析主角行爲舉止，感嘆蘇仲芬雖爲人，但其言行舉措甚至道德修爲，卻比不上不知是狐是鬼的女子，主要評論內容爲下所敘：

> 無論是狐是鬼，仲芬儒衣儒冠而爲人師表者，較此女爲何如？（第
> 二卷第一篇，頁27）

〈柏林寺僧〉一篇中，恩茂先評論若柏林寺僧能將精力用於精進道德修爲，則成佛成菩薩，有何之難？但寺僧卻將精神用在金子這種身外之物，徒費心力。而且與修行之人該屏棄一切身外之物，成爲方外之人的目的，根本是大相逕庭，主要評論內容則如下所敘：

> 苟於道如此專一，何佛菩薩不可到得？惜僧如此精神，用之於十兩
> 金也。（第五卷第八篇，頁113）

在〈三官保〉一篇中，則是讚許：「一跌輒悟，改過如決，若三官保，眞勇者也。」（第九卷第三篇，頁206）三官保知錯能改，才是眞正的勇者。

3、補述其他故事

補述其他故事的評註則有如〈張五〉、〈詭黃〉、〈張老嘴〉、〈棘闈誌異八則之八〉等四篇。在〈張五〉一篇中，恩茂先是在看完故事之後，想起自己的祖父也有相似的遭遇：

> 誠然，先大父亦嘗盲之也。（第二卷第四篇，頁 34）

另〈詭黃〉一篇則補述另一篇有關因果循環的故事：

> 生始悟夜來所弄者，即其妻也。亟索只履單襪而審視之，果與所捎者分毫不爽，雖悔恨亦無及矣。（第二卷第一四篇，頁 49）

如〈張老嘴〉一篇中，此篇評論是補敘另外一相似故事為故事加強佐證，告訴讀者奇特之物，還有如突然出現的凝血，味道竟然像豬血一般：

> 有人早起，見床上有凝血一方，約六七斤。問諸家人，皆不知所自。其人乃碎切炒而食之，味如豬血云。（第五卷第六篇，頁 112）

又〈棘闈誌異八則之八〉一篇中，則是恩茂先敘述另一則有關試場士子被貼紙條的故事：

> 一士子臨場祈夢於泡子河畔呂公祠，夢見一人，如畫家所繪壽星狀，頭粘白紙條，自內而出。覺而異之，即入棘，以犯例被貼。或解之曰：「蓋頭場貼出也。」一笑。（第六卷第一篇，頁 136）

（四）李齋魚曰

李齋魚為評註者中又次之的一位，其評論故事分別為〈戇子〉、〈秀姑〉共兩篇。

〈戇子〉主要評論故事中的人物性格：

> 往古今來，此三種人盡之，卻被一枝筆描寫無遺。樸者猶可恕，點者直可誅，而戇者不朽矣。（第三卷第七篇，頁 71）

李齋魚認為像：「一點，一樸，一戇」（第三卷第七篇，頁 71）這三種不同性格的人，經由和邦額的筆下，卻能活靈活現，實為妙事。而樸實的人，雖有一些小心機，仍可被饒恕；但慧點的人若濫用智慧，就可立即正法；而戇者雖然不聰明，但卻盡忠盡孝，實在是值得人效法的範例了。

〈秀姑〉主要評論故事內容的發展：

> 人以錢為命。田之姑已縱其女，而猶欲田作賈三倍，而後以女妻之，其貪利之心，更甚於愛女。無怪碌碌者，白首行賈，不以妻女為念也。（第一○卷第二篇，頁 222）

世間之人重名利，且連家人也不以爲顧念。如田氏連自己的親生女兒，也不管其幸福，只見眼前之利益。李齋魚感嘆人們只知名利，連家人也不重視。世間又有甚麼事，是不會發生的。

（五）福霽堂曰

福霽堂在本書中爲〈棘闈誌異八則之六〉作評註，其論述內容批判故事人物的行爲：

> 始而私之於己，既而暴之於人，致幽閨貞體，不啻裸游於五都之市，誠所謂玩人喪德者矣。夫瞽於目者，必先瞽於心也；高其名者，必先高其品也。名教中自有樂地，一失足即蹈苦海。故君子必愼其獨也。楊愼遠竄夷燹，猶傳《雜事秘辛》，宜其終身不齒，才人其鑒之哉！（第六卷第一篇，頁135）

福霽堂認爲這種不知廉恥之人，眞是喪心病狂。不只他的眼睛瞎了，連心智也早已被矇蔽。所以讀者應引以爲鑑，不要在重蹈其覆轍。

以上包括和邦額在內的五人的評註，是傳承史書中的論贊之筆。乃是表達表達思想總結故事，他們於《夜譚隨錄》以歸納所敷衍故事的看法與內涵，讓《夜譚隨錄》可用其他角度再加以探討。也可以窺見當代文人對這些故事的流傳及看法。所以在看完故事，評註也是幫助我們了解故事的一種途徑。

第三章 《夜譚隨錄》之故事內容

　　和邦額在《夜譚隨錄·自序》中就提到：「滅燭譚鬼，坐月說狐。稍涉匪夷，輒爲記載。」（〈自序〉，頁 1）所以在《夜譚隨錄》中，這類狐鬼故事佔了最多的部分，共有九十九篇，已佔近全書五分之三強。這些雖然角色、地點、背景都不相同，卻都是非平常所見之事。這些精怪動物和鬼魂與人親近的過程，發生許多事件，和邦額都加以據實記錄。和邦額也將特殊的風俗景物如民間習俗、求仙得道、地理景觀、民間信仰等故事，收錄進來。另外，還有討論人的故事如奇人異術、權貴惡行等，還有一些像奇境遭遇及生活面貌的故事。所以整本《夜譚隨錄》的故事內容的確是無所不包、森羅萬象。

第一節　動物奇譚

　　在《夜譚隨錄》中，關於描繪與動物相關的故事共有〈崔秀才〉、〈龍化〉、〈碧碧〉、〈小手〉、〈戴監生〉、〈某太守〉、〈陳寶祠〉〈阿鳳〉、〈紅姑娘〉、〈噶雄〉、〈梁生〉、〈修鱗〉、〈雜記五則〉、〈段公子〉、〈章佖〉、〈獺賄〉、〈阿稚〉、〈貓怪〉、〈異犬〉、〈那步軍〉、〈丘生〉、〈陸水部〉、〈玉公子〉、〈周琰〉、〈王侃〉、〈鐵公雞〉、〈董如彪〉等五十三篇；詳細篇目詳見：「附錄四：故事分類表」。其中，提及動物種類爲狐有二十八篇，其他動物共有二十五篇；例如，貓有五篇，虎有四篇，魚有三篇，豚、馬、驢有二篇，穿山甲、雉、獐、猾、雞、蝙蝠、蛤蟆、蟻、蠍、獺、犬、熊、猿、兔、蛇、鼠等等，各有一篇。因敘寫狐的篇章最多，故單獨討論之；其他動物則依篇章出現順序分別說明。

一、狐

　　在中國人的觀念中，狐似乎總是表現了負面的形象爲多。像我們總稱老奸巨猾的人爲「老狐狸」；或是稱迷惑男子、破壞家庭的女人爲「狐狸精」。不過中國人對狐的看法並非完全的一致。也有認爲狐是一妖獸、瑞獸、狐妖或狐仙，民間也有許多祭祀狐的習慣。清朝是滿族入主中原的時代，他們主要是信奉薩滿教，崇信萬物有靈論；所以不論是自然崇拜、動物崇拜或器物崇拜，都是他們相信的範圍。而狐的故事更在這種背景之下，任其自由發展，更加蓬勃壯大。《夜譚隨錄》之中，〈雜記五則〉在還沒敘寫故事之前，先把狐的種類、習性描述的十分詳盡：

> 狐之類不一，有草狐、沙狐、玄狐、火狐、白狐、灰狐、雪狐之別。
> 或曰：是做傲者，年老則妖作，冠枯顱，衣槲葉，幻人形，此物爲害
> 百出。焚山搜穴，挾矢嗾盧，赤其族，庶幾妖絕矣乎。而不知是能爲
> 妖，非必爲妖也。偶爲妖，非盡物皆爲妖也。且夫狐之妖有數，而物
> 之妖無窮。裸蟲、鱗介、花木、廟中偶、窖中金，是物皆能妖也。物
> 之妖以夜，而人之妖則以畫，脅肩謂笑，假虎憑城，翠眉紅裙，朱衣
> 白面，斯人無非妖也。奈何獨欲赤狐之族首？傳曰：「妖由人興。」
> 人事盡，則妖端絕矣，於狐何尤？或曰：老而妖者名批狐，又名靈狐，
> 似貓而黑，北地多有之，蓋別一種云。（第四卷第三篇，頁83）

除了敘述狐的種類、習性之外，在《夜譚隨錄》之中敘述狐的篇章也是最多的。這些篇章又可以細分爲人狐結合、助人之狐、戲人之狐三類，以下分別敘述之。

（一）人狐結合

　　《夜譚隨錄》之中敘述最多的是狐與人類相結合的故事。有的是爲了報恩，有的是想藉由人類避難。不管原因究竟爲何，這些狐通常都擁有人類在追求情感的優勢。這些優勢如外表絕世無雙，抑或是家中錢財萬貫，還有可以讓人長生不老等等。這類故事有〈碧碧〉、〈阿鳳〉、〈雜記五則之二〉、〈雜記五則之三〉、〈梁生〉、〈阿稚〉、〈丘生〉、〈陸水部〉、〈玉公子〉、〈王侃〉、〈董如彪〉等十一篇。

　　例如，〈碧碧〉一篇是敘述孫克復在留寓皆州之時，不思圖志，心中仍有邪念，欲戲美男子未果，得碧碧救之：

　　少年逞遽,極力擠之。孫猝不及防,失足墜岩下。少年脫然去。孫
　　為一樹枝夾住,欲上不能,欲下不得,呼叫聲嘶,無人知者,自拼
　　必死。忽一女子,過而見之。(第一卷第二篇,頁6)

雖然孫克復心術不正,還能得到碧碧相委於己,和碧碧結合,成為夫婦。但
攜碧碧返家告知家人,確令孫母心中有疑,本不想接受碧碧為媳。但接二連
三遇怪事,只能勉強接受:

　　況深山窮谷,忽致麗人,非草木之妖,必狐鬼之怪。(第一卷第二篇,
　　頁7)

孫克復又遇男子,邪心未滅,後得知乃碧碧之內侄。碧碧識破孫克復心思,
並詳細了解箇中實情之後,與內侄兩人皆離去:

　　復力擠之,踣於案下。少年艴然去。女至見之,忿恨良久。(第一卷
　　第二篇,頁10)

另如〈阿鳳〉一篇敘寫某宗伯家常有怪異之事發生。某日家中婢女海棠見一
女子,稱與四郎有夙緣:

　　我與爾家四郎有夙緣,魚軒不久入門。自是一家人,無事睊也。(第
　　二卷第五篇,頁36)

宗伯夫人知其必定為怪異之物,戒慎處理之。但怪異之物始終作祟,家中一
直不安寧:

　　狐亦大至,眾口沸騰,飛瓦入房,器物皆碎。夫人懼,不復敢出聲。
　　群狐逾時始寂。於是晝夜乖戾,妖異旋生。(第二卷第五篇,頁37)

後宗伯返家,怪異之事稍顯平息。宗伯亦對此事嗤之以鼻,不以為意。不過
才平靜半個月後,宗伯也遭戲弄:

　　越半月,上下果相安,咸以為主人福佑。(第二卷第五篇,頁38)

之後只能立牆為隔,又遇翁嫗嫁阿鳳於四郎為妻子,乃知狐欲避禍,才極力
想留在宗伯家。後禍患解除,女子便失不復得,再也不見蹤跡:

　　會夏日,大雨大雷,女驚惶失措,抱四郎臥帳中,現形為一黑牝狐。
　　四郎無計擺脫,不勝忐忑。霹靂繞屋奔騰,逾時始定。狐復化為女,
　　跽謝四郎,欣喜之色可掬。夜半遂失所在,後不復來。(第二卷第五
　　篇,頁36~40)

另如〈雜記五則之二〉一則是敘寫狐與書生相遇,但難結姻緣:

　　著碧羅畫衣,曳練裙,秋波流慧,蓮屧生潮,含羞睨褚而責秦曰:「小

酸子，謂我不敢見此書癡耶？」（第四卷第三篇則二，頁 84）
旅居他鄉的褚十二巧遇狐女，兩人雖相知相惜。但終究難以相結合。最後褚
十二終生未娶而卒，也算是對狐女有情有義了。

〈雜記五則之三〉一則是寫狐想要與人類結姻緣，因此想盡各種方法，
但最後還是沒有成功：

一日有媒媼來言：「有卞大户者，家資百萬。一女十八矣，慧美賢淑，
世罕其匹。君讀書人，多疑少信，固多以媒妁爲妄，但浼一女眷往
相之，便足徵吾言不謬。」（第四卷第三篇則三，頁 84）

狐女雖一心想嫁丁生，但始終未能如願。後又託媒妁說親事，仍然是被識破
他們的伎倆。最後只有逃之無蹤，未再出現於丁生面前。

還有像〈梁生〉一篇則是敘寫雖然梁生家中貧困，不過成家立業還是每
個人一定的需求。梁生便囑咐媒人找尋適當人選，沒想到有一曲背嫗帶一麗
人來歸。梁生心中本有疑惑，如此絕代佳人爲何肯委身於自己。但曲背嫗解
釋寧做平民婦，安穩過一生。也不要嫁入豪門，一入深似海，更可能終身不
得相見。得孫氏爲妻之後，梁生逐漸富有。在貧窮之時，嘲笑梁生的劉生、
汪生又對孫氏有不軌之心。孫氏施巧計戲劉生、汪生，讓他們屈辱而歸，又
經過一段時日，眾人才後得知孫氏乃爲狐妻：

梁以百金爲贐，並送之以詩，中有「阿紫相依千載期」之句，始知
梁爲狐婿矣。（第三卷第一篇，頁 557）

兩人在離去之時，還留下詞句。「阿紫」這個名字一直都是狐的稱呼。一般人
不會將家中孩子如此命名，最多是當作小名。也怕取這些名字會讓孩子擁有
動物的不好習性。所以一見「阿紫」名號，眾人也就明白女子的眞實來歷了。

〈阿稚〉一篇則是提到兄弟二人入山樵柴，弟迷失，兄遍尋不著，只能
返家告訴父親，後父救一黑狐。某日，父入山亦迷失，得救，沒想到竟在同
一處所尋得小兒之蹤，且得兩女爲媳，後買一獵犬，才知女皆爲狐，狐死不
復再出現：

翁驚呼奔救，稚已被嚙斷喉，踣地不動。犬又舍稚逐雛，咋其踵，僕
倒地十餘步。二子亦驚出，偕翁極力捷犬。救之，已死。但見二黑狐
亞地上，衣服履襪面蛆蟬蛻二子號眺慟。（第五卷第一篇，頁 104）

雖然老翁幸運得到兩個賢媳。但因爲不知她們的身分。買一獵犬防賊，使兩個
女子失去性命，才知女子皆爲狐。不過狐死再不復出現，也只能風光大葬她們。

〈丘生〉一篇是敘寫丘生投宿某寺，進某公廢園。有女衛素娟稱爲其指腹姻緣，遂與之相合：

> 然則與兒有姻緣之契矣。兒衛氏，字素娟，世系隴西。令尊公爲秦
> 州參戎時，與先君結耐久交，因有婚姻之約。（第七卷第一篇，頁
> 152）

經過一段快樂時光，丘生樂不思蜀，不過莘女告知一切實情，素娟實爲狐，自身爲鬼：

> 彼娟姐非人，乃天壇中一老狐也。爲其迷媚而死者，指不勝僂。（第
> 七卷第一篇，頁152）

> 郎勿駭，兒亦非人，實鬼也。（第七卷第一篇，頁155）

後得莘女幫助，丘生得逃出該地。且得莘饋印，得贈金，葬莘母女骸骨：

> 生遂出資，備雙槥，鳩土工，偕僧至枯槐下，掘得骸骨二具。生大
> 慟，沐以香湯，裹以錦襦，納諸槥中。僧捐柏林靜地方二丈以瘞之，
> 祭而後歸。（第七卷第一篇，頁158）

〈陸水部〉一篇是描繪陸水部因罪被發戍邊疆，旅途中故得一僕姓趙。不意被趙僕欺侮，在諸事皆不如意的情況下求死，卻巧入一奇境，見一巨宅：

> 相將行數里，越土山，得巨宅一區。繚粉砌，蔭青松，雅潔清幽，
> 迥殊塞外。（第七卷第二篇，頁160）

巧遇黎公嫁女，卻因陸水部一時失言，道出女子用狐之名。沒想到黎公等人與巨宅皆消失：

> 君失言矣！予執柯之功，乃至此休哉！（第七卷第二篇，頁163）

雖遇周南溪得救，陸水部終得入軍營。不過也因爲他的直言不諱，最後坐訕謗伏法。

〈玉公子〉一篇是敘述玉公子家中十分富有，某日恰得得李家廢園。韋生欲暫寄住，兩家往來甚密，適逢兩家夫人都身懷六甲，便結下兒女親家：

> 韋登堂展拜曰：「久冀瞻韓，無緣禦李。茲獲披睹，實慰夙心。知公
> 子得李氏廢園，虛置弗居，意將歲奉百千，暫寄家口；未識肯見諾
> 否？」（第一〇卷第二篇，頁222）

後玉公子對秦氏動念，幸把持得當，無犯下奪人妻之錯。後韋生離開，嫁妻與妹於玉公子：

> 三妹一女，幸托喬松。東遊之願不虛，西歸之念遂摯。言瞻屺岵，

> 眷念椿萱。歸思頓興，刻不容緩；十年後當復相聚，無戚戚也。（第
> 一○卷第二篇，頁 226）

後乃知，韋家一家人本爲狐，爲避禍求玉公子家聖物所庇佑，才投靠於玉公子家。從此一家人潛心道學，又遷徙關中，從此不知所終：

> 三妾獐皇伏佛座下，立化爲狐。公子惻然，急納小女於案下，以佛
> 旛覆蔽之。與韋虔心開經，向佛跪誦不輟。（第一○卷第二篇，頁 227）

〈王侃〉一篇是在敘述王侃下田之時忽有怪風一陣，遇白氏呼救。白氏脫困之後，感念恩情，祈求成爲其妻，王侃便帶白氏歸家，詢問妹妹意思後，便結爲夫婦。後不幸遇到旱災，白氏告知金子埋藏之處，家中遂富有：

> 王乃越屋後短垣，急往掘之，果得黑磁罈。啓視，白鏹滿中。狂喜
> 如寒儒乍第。亟脫衣裸負以歸，如數納官。吏不能擾，僅取醉飽去。
> 王權金，適五百兩，買田置宅，日漸饒裕，凡有營運，但聽女言，
> 無不獲利數倍。未二年富甲一鄉。（第一一卷第一篇，頁 240～244）

後嫁妹於劉生，得一美滿歸宿。後劉生識破白氏乃過去曾迷惑他的狐狸，便讓王妹求道士得符消滅白氏。白氏不復出現，王侃亦哀慟而絕。

〈董如彪〉一篇是描述董恆妻妾兒女眾多且喜好武勇，其子如彪獨與家人不同，某日眾人一起出獵，董如彪放走一隻狐狸，董恆震怒。命令董如彪必須獵得狐狸才能返回家中，家僕葛封道勸諫反導致重傷。只能命令其子印兒跟隨服侍：

> 董大怒曰：「子生爲男兒，毫無丈夫氣，豈復董建威子耶！汝欲食羊
> 豕，我偏以汝飼虎狼！」遂喝下馬，奪其弧矢，但與一火槍，曰：「留
> 汝於此，不得狐，無相見也。」（第一二卷第二篇，頁 265）

後竟見到夜叉，董如彪被擒，諸獸歸咎董恆捕殺眾野獸之過於董如彪。幸一人進言，乃得逃脫。後得知此人就是董如彪放走的狐狸。獲救之後，狐狸嫁其次女阿嫩爲報。夫妻生活和睦，時常以詩詞對弈。另一女阿筍亦贅印兒爲婿。後思家心切。返家省親，才知董家父弟皆亡，家道亦中落，忠僕葛封道已被封爲山神，兩女事姑極孝，家中亦再富有，後董母、葛母亡。四人又復入奇境，不再返回俗世：

> 後十餘年，母死，殯葬之禮，哀祭皆盡。既服闋，如彪悉以田宅分屬
> 二子，同如麟復從二女入山，遂不復返。（第一二卷第二篇，頁 269）

這些人狐結合的故事，有些可以廝守終老；有些則是在狐達成目的之後，

狐就消失無蹤；或是狐因為人為因素，而被人類消滅。不管最後結局為何，我們可以看出和邦額在描寫這些故事的時候，都把動機、過程等寫得十分清楚。尤其是這些角色的情緒變化十分豐富多元，他們的變動也一再牽動讀者的心思。

（二）助人之狐

除了描寫人狐結合的故事之外，和邦額也記錄了一些關於幫助人類的狐。這些故事中的狐，大多受過人類的幫助或畜養，後幫助人類脫離困境。這類故事有如〈崔秀才〉、〈紅姑娘〉、〈噶雄〉、〈小手〉、〈雜記五則之五〉、〈戴監生〉、〈某太守〉等七篇。

〈崔秀才〉一篇提及崔元素本來皆靠劉公接濟才能勉強度日。但在劉公經濟最為窘迫之時，幫助劉公再度富有之後，才告訴劉公本身是狐，離去之後就不復返。劉公感念崔元素，祭祀他直到過世。

> 君長者，言亦無害。所不敢與君結姻者，自愧非人，實艾山一老狐也。以君抱奇氣，故不遠千里來相結納。致君貧而再富，亦定數，非吾之力。譬如作室，既鎮其甍，又何加焉？吾特因人成事耳。今夙緣已了，即當長辭故人矣。（第一卷第一篇，頁5）

另如〈紅姑娘〉故事中則開門見山的指出紅姑娘就是狐化身而成。可是紅姑娘不但蕙質蘭心，而且還幫助步軍化解許多困境：

> 內城東北隅角樓內，有一狐，化為女子。紅衫翠裙，年可十六七，艷麗絕倫。（第二卷第二篇，頁30）

> 果有急需，女必周以巨金，則盡朱提也。如是者十餘年。

而〈噶雄〉一篇則是敘述狐因受人恩情，幫助其子孫覓得良緣：

> 女笑而止之曰：「何事回避，兒雖是狐，今實為報德來。子年少，固不能晰。昔令祖官此地時，嘗獵於土門關。兒貫矢被獲，令祖憫之，縱之使竄。屢圖報復，不得其間，茲得乘此為冰上人，夙願償矣。然苟非子與周女有夙緣，兒亦無能為力也。」言訖出戶，旋失所在。

> 眾始悟此因果，狐實曲成之也，謂之狐媒。（第二卷第七篇，頁44）

噶雄父母死亡，投靠噶雄叔父。與周女情意相投，卻不得諒解，還被驅除出門。後周女竟前來委身，幾次來往之後。噶雄漸漸富有，後乃知為狐媒，最後終能娶得周女。

在〈小手〉一篇則是敘述祀奉狐，得到狐的幫助：

> 常奉祀一狐，親友求見者，主人先白狐。狐自壁竇中出一小手，與
> 客把握，肥白軟膩，如六七歲小兒。（第二卷第一○篇，頁 47）

狐仙信仰出現在民間，不在少數。不過既能幫忙主人避災，又可以讓主人富有，沒有其他所求，就顯得較為罕見。所以狐重信義，也成為特色之一。

〈雜記五則之五〉一則中敘寫某縣教授與狐交好，還允諾狐將家人寄託：

> 友人某為某縣教授。學宮素多狐，蒞任方數日，即有投刺者，署「治
> 下胡萬齡頓首拜。」及接見，則皤然一翁，長三尺余，神氣清爽，
> 飄然若仙，對之起敬。自言：「本晉人，流寓於此，近百年矣。今有
> 事將楚遊，以公長者，敢以家口寄託。」某知其為狐，竟諾之。（第
> 四卷第三篇則五，頁 85）

不過某縣教授收容狐不求回報，也無其他企圖。所以狐留畫報答某縣教授，後得售千金。某縣教授遂富，也算是一件美談。

另如〈戴監生〉一篇是寫聽取狐言，不再留戀功名，反成富豪：

> 次日，白諸館吏，同往發塚。有黑狐十餘頭，奔逸而出，逐之不及。
> 後戴再試不第，憶狐言，投筆經商致富十萬，遂不復求仕進云。（第
> 七卷第四篇，頁 168）

戴監生入都鄉試，某夜不寐，遇老人與少年對話。不過他感受到兩人絕非人類，就想了辦法，讓他們現出原形。不過在戴監生果然屢試不第之後，聽取其建言從商，遂富，也不復仕進。

〈某太守〉一篇是女子為報答夙緣，告知太守未來發展，讓太守逃過一劫：

> 女曰：「兒非人，實日壇中一老狐也。與公稍有夙緣，故來了之。今
> 了卻夙緣矣，雖欲一夕聚首，不可得也。前程遠大。慎之，重之。」
> 言訖，遂去，不復至。（第一二卷第六篇，頁 276）

太守與季氏交情良好，後季氏富有，太守反失其名，只好趨附季氏之勢。某日季氏前往拜相國壽誕，太守不得跟隨，只能待在家中鬱悶不已。忽有一女至其往後發展及其行失當之處，女據實以告己身為狐，太守才大徹大悟。其後果如女子所言，相國獲罪。季氏亦不得免，太守得逃，官至二品。

這些狐在幫助人解決困境或是脫離危險之後，就會消失於人間。可以從這點看出人和狐畢竟還是有所不同。萬物還是有其歸依，狐不可能長存人間，和邦額也透過這些篇章說明了狐與人的區別，狐常擁有一般人類所缺乏的預

知能力，所以才能夠幫助人類脫困。因爲這些能力，人類受到幫助，也對狐更加有好感。

（三）戲人之狐

除了幫助人類的狐狸之外，還有一些篇章事敍述狐狸捉弄人，讓家中不平靜。這類故事有如〈段公子〉、〈雜記五則之四〉、〈鐵公雞〉等三篇。

如〈段公子〉一則是在說明消滅狐之後的禍患：

> 署中狐祟遂絕。公子後出仕爲司馬，爲他事正法。段公亦恚忿而死。人多以爲殺狐之報云。（第三卷第六篇，頁 69）

段公子被狐所媚惑，即使告知段公子美麗女子爲狐，仍不爲所動。段父遂命令僕從殺狐，段公子才脫離掌握。不過段公子與其父，最後的結局都不是太好。公子雖擔任司馬一職，卻犯了其他法令遭受死刑，段公也是不得善終。衆人皆傳說紛紜兩人遭遇是狐回來報仇。不管是眞是假，都給狐的負面形象又多添加一筆。

另如〈雜記五則之一〉一則是先敍述狐的形象變化，狐不但變化爲各種形象，且出現在家中各處，有時更會施展許多詭計，讓人不勝其擾：

> 紫來因述其客山右時，聞一富室家多狐，往往幻形爲祟，驚怖家口。或作佝僂老人，獨步廳上；或作老嫗，持栲栳出入倉廚；或作靚妝少女，倚門閩市，顛倒行人。又於壁上，忽現樓台及郛郭、雉堞之類，愈出愈奇。雖不害人，而其家頗厭苦之。（第四卷第三篇則一，頁 83）

這類戲弄人的篇章還有，如〈雜記五則之四〉一則是描述狐占據女子身軀，家人爲她找來女巫驅邪，但女巫反被戲弄：

> 宛丘牧李公，有女及笄，風致嫣然，爲狐所據。夫人深以爲憂。時郡有女巫，頗能制邪。適李公入省，夫人延巫至署，告以所苦，使驅除之。（第四卷第三篇則四，頁 87）

李女不幸遭狐據，假女巫還訛騙李女家人。所以被狐戲弄，也算是女巫自己咎由自取。

此外，還有〈鐵公雞〉一篇則是說一吝嗇富翁，小氣又想討妾室。最後不但散盡家財，人也一命嗚呼：

> 先是，翁宅後有樓七楹，爲狐所據，已近百年。其祖父相沿於每月初二、十六日，具雞子、白酒，祝而祀之，罔敢弛懈。及翁承家後，

以多費罷之。又以樓房出租於人，狐遂大擾，妖異迭興。其妻力勸；翁憤恨，出入謾罵。一日，見群狐來辭曰：「翁全福人，吾輩何能為？請徙去，不敢復居此矣。」遂不再至。翁以為得計，初不意為其所愚弄至此。（第一一卷第五篇，頁 248）

富翁無子，欲納妾。某日陝西客攜一女至為妾。女告翁再含齒，翁仍故我。某日失財，女告知己為狐，財亦為女子所失。翁慟絕。後來才知道復翁先世狐祟其家，祖祭不絕家中才平安無事。翁為了節祭祀費用撤掉，才導致狐祟又興，因小失大。

　　戲弄人的狐，讓人家中不平靜或是人們因此患病甚至喪失生命。雖然和邦額盡力讓故事看來合理，不過從前兩篇卻也令人有一種不知狐戲弄人原因的疑惑。所以和邦額在戲弄狐的故事篇章中，留下了這點疑惑，令人思考。

　　從上面與狐有關的故事，我們可以看出和邦額對這類故事的濃厚興趣。故事題材十分多元，人物形象也不盡相同。每篇故事都有不同的呈現方式，讓讀者能更深入閱讀到不同的狐故事。也因為這些狐在和邦額的筆下千變萬化，所以讓人感覺狐故事的流傳還是十分興盛且多樣。

二、其他動物

　　和邦額對於其他動物的描繪，也是諸多著墨，且種類繁多。更可看出和邦額對這些故事的細膩探索，才能寫作出如此多樣富變化的故事。這些篇章有〈龍化〉、〈陳寶祠〉、〈章佖〉、〈獺賄〉、〈貓怪〉、〈異犬〉、〈那步軍〉、〈周琰〉等二十二篇；詳細篇目見「附錄四：故事分類表」。而這類篇章又可以分為型態變化、與人相合等兩種，下面分別敘述之。

（一）型態變化

　　在《夜譚隨錄》之中，這類故是大多是寫動物在人間出現的型態變化。而這類篇章有如〈龍化〉、〈張老嘴〉、〈大眼睛〉、〈薛奇〉、〈癲犬〉、〈獺賄〉、〈陳景之〉、〈貓怪三則之一〉、〈貓怪三則之二〉、〈貓怪三則之三〉、〈驢〉、〈那步軍〉、〈陸珪〉、〈周琰〉、〈鼠狼〉、〈靳總兵〉等十六篇。

　　1、〈龍化〉一篇是敘述像龍的物體出沒的特殊現象：

　　　　不及察二物所至，唯見窗下落鱗數片，酷似穿山甲。取劍視之，鋒
　　　　刃盡穿小孔，密如蟲蛀，鞘亦如之。或曰此龍之變化，想當然耳。（第

一卷第五篇，頁 19）

中國自上古時期至今，一直傳說龍爲吉祥之物。此篇描述李高魚見似龍的黑物化作黑線與另一紅線互相追逐之景。兩物追逐之際，纏繞一把劍，劍身還留有小洞。掛劍之處附近還留下如麟片的物體，更令人感覺眞的有龍到此一遊的跡象。

2、〈張老嘴〉一篇是敘寫見人化爲雞的故事：

> 見一人裸臥角門下，面闊尺餘，吻角入鬢，睡思正濃。張力蹴之，
> 化爲黑雄雞，繞砌而走，格格而鳴，張捉得，烹以佐酒。（第五卷第
> 六篇，頁 112）

3、〈大眼睛〉一篇則提及類蝙蝠之物化作大眼睛：

> 忽見一物類蝙蝠，直撲燈來。急以手格之，拍然墮地，化一大眼睛，
> 闊數寸，黑白極分明，繞地旋轉不息，久之方滅。（第五卷第七篇，
> 頁 112）

4、〈薛奇〉一篇敘述薛奇善殺虎，數量多達九十九隻，一日遇奇事之後，就不再殺虎：

> 奇追之，擊之者三。虎大吼，返撲，僕奇於地而坐之。從者料其必
> 死，共燃火槍擊之。虎舍去，而奇固居然無恙也。遂誓不復殺虎，
> 而虎患自此頓息，或言奇有奇質，每夜寢，眼不閉而有光，酷類虎
> 也。（第五卷第九篇，頁 113）

5、〈癲犬〉一篇是描述癲犬傷人，實因人民食犬而致，後術士禳之息：

> 粵西某村，居民數千家，俗尚畜犬以爲食。值夏日酷暑，其犬盡
> 癲，人被傷而死者，日以百數。有術士來禳之，犬咸聚其前，人
> 立踔吠，若有所訴。術士喃喃，似有解慰之説。犬悉俯首，淚下
> 如雨。術士嚙破其指，以血之，其犬四散，不知所之。（第五卷第
> 一五篇，頁 117）

狗本來的形象都是忠心護主，保護人類。不過若是遇到像故事中這樣被人類傷害，動物也是會反撲的。

6、〈獺賄〉一篇提到獺爲顧全生命，竟會有賄賂的行爲：

> 折下馬逐之，獺翻身返面，向折長跪，聲啾啾可辯，豈聲曰：「饒命，
> 饒命！」折與同行四人共聞之，大以爲異，遂舍去。（第五卷第一七

篇，頁 118）

折蘭性喜食獺。沒想到遇到獺以棄賄，遂不復食獺。所以動物為求保全生命，
所有的手段都會施展出來。也令人驚嘆自然的神奇與感佩萬物為了求生存的
堅強韌性。

7、〈陳景之〉一篇是敘述囚犯變作豚的故事：

> 亟往觀之，寂無一人。大駭。走告。眾人秉燭共往，遍索不獲。圈
> 中碾豬適生豚，數之，正七頭。咸為嘆異，視之，豚亦無異常變，
> 俱各白四蹄而已。（第五卷第一九篇，頁 120）

8～10、〈貓怪〉三則皆為描述貓幻化作像人的的行為舉止，第一則敘寫貓
不但突然現身，還道出某公家的秘辛：

> 諸昆弟聞之，同出視貓，戲問曰：「適間喚人者，其汝也耶？」貓曰：
> 「然。」眾大嘩。其父以為不祥，亟命捉之。貓曰：「莫拿我，莫拿
> 我。」（第六卷第五篇則一，頁 143）

貓妖現身某公家，某公本想消滅貓。不過貓妖道盡某公之醜事，然後逃逸無
蹤。不再出現，某公家果如其言，喪盡天良，所後以敗亡收場。第二則為敘
寫貓忽作人言：

> 貓曰：「無有不能言者，但犯忌，故不敢耳。今偶脫於口，駟不及舌，
> 悔亦何及！若牝貓，則未有能言者矣。」其家不之信，令再縛一牡
> 者，撻而求其語。初但嗷嗷，以目視前貓。前貓曰：「我且不得不言，
> 況汝耶？」（第六卷第五篇則二，頁 144）

此則的貓較為聰明，不但懂得不道他人是非，而且還早早逃之夭夭，第三則
則是舒生某人友人見貓妖歌且舞：

> 舒服役只一僮，素不解歌。茲忽聞此，深疑之。潛出窺伺，則見一
> 貓人立月中，既歌且舞，舒驚呼其友，貓已在牆。以石投之，一躍
> 而逝，而餘音猶在牆外也。（第六卷第五篇則三，頁 144）

貓竟然能像人類一般且歌且唱，本來懷疑是舒生奴僕所為，不過舒生奴僕根
本不懂樂理。且確實見到貓在歌舞，且歌聲餘音繞樑，令人更加驚嘆。

11、〈異犬〉一篇是在敘述惡少襲擊某侯，家中異犬前來救某侯。犬不幸在
數日後死亡。某侯後又遇見惡少，異犬亦附他犬身上解救某侯，惡少亦
得報應。令人不得嘖嘖稱奇異犬的赤誠護主：

犬更追其二人，一落其腓，一傷其臀。侯得無恙，著衣躡履，蹊田
而奔。犬返走，侯尾而喚之，直至一茅舍前，犬踞於籬落下。（第六
卷第七篇，頁 146）

12、〈那步軍〉一篇則是描述痘疹要流行之前，青衣人趕鴨群的特殊現象：
　　會冬夜，方擁裘擊柝，三更向盡，見二青衣人驅鴨數百，欲過柵南
　　去。那叱曰：「此何時，尚欲過柵耶？」二人不應，輒驅鴨自柵下過。
　　那大怒，方欲阻之，而人與群鴨紛然在柵南矣。驅鴨徑去，初無阻
　　礙。那大驚，毛戴，亟呼其伴告之，共相錯愕。自是小兒多患痘疹，
　　百無一生。那所見殆非無因也。（第六卷第八篇，頁 147）
傳說施行痘疹的仙人是著青衣，趕著鴨群。更令人疑惑痘疹與鴨群之中的相
關性。

13、〈陸珪〉一篇為敘寫陸珪游巴蜀，遇同船之人過世。等待處理後事的過
　　程中，覺得無趣，就上陸地閒逛。投宿一寺廟，巧遇獸幻化人形。徹夜
　　相談，天亮之後乃知與自己相談者皆為怪：
　　陸雖不能解，而心知昨夜所見者，皆此數獸之妖。黑衣者熊，黃衣
　　者虎。僧稱袁師，即為猿。女稱酈三娘子，則二女為狐狸。三五褐
　　衣奴，即為兔。而白衣少年，女嘲其踏鐵未脫，其為白馬無疑矣。（第
　　八卷第二篇，頁 174）

14、〈周琰〉一篇是敘述人險化作虎的奇遇：
　　驚窹而起，見兩手背隱隱起虎皮文。大駭，急解衣視之，舉體皆然，
　　失聲大叫。家人環視，無不錯愕。琰忽憶道士所留藥，亟取服之。
　　一食頃，皮膚即復其舊，始知道士為異人也。由是改過自新，平心
　　靜氣，勉為善事。（第十卷第六篇，頁 233）
周琰一向才高性橫，廖生告誡周琰要收斂氣焰，周琰始終不滿，未改變其性
格。某日一道士告知自己也善搏虎，周琰不服。道士云，周琰即為虎，仍不
改其言行，果變化為虎。幸道士留一藥才終於獲救。後終於感悟，不再做惡。

15、〈鼠狼〉一篇敘寫佐領夜歸買羊蹄，聞牆腳有聲。驚忽見小人撿羊蹄，
　　取火攻擊小人，小人化為鼠狼消逝無蹤：
　　某心悸，取火箸擲而擊之，一人。餘驚走，悉入壁洞。僕者滾地唧
　　唧，隨化為鼠狼而逝。（第一一卷第一二篇，頁 254）

16、〈靳總兵〉一篇則是提及黑魚幻為人，傷害人類：

> 詢知其故，巫遣兵三百人，鑿渠運庳，盡徹其水，得一黑魚，長二
> 丈許，巨口無鱗，拔刺泥淖中。殺而烹之，味劣甚。自是怪絕。（第
> 一二卷第八篇，頁 278）

河流有怪，食羊豕小兒，道士欲降伏黑魚，反被黑魚吃掉。靳總兵設渠道，
終於捕得黑魚，為民除害。

在這些敘述動物型態的篇章故事中，我們可以看出許多動物都是為了求
生存，所以才會出現一些令人匪夷所思的舉動。也有一些篇章是為了凸顯人
類的行為與動物行為的相似性。所以這類故事讓我們看出和邦額敘寫人與動
物的相似處與相異處的細膩。

（二）與人相合

另外在《夜譚隨錄》之中也有談及描述其他動物與人結合的故事。雖然
篇目不像狐與人結合的故事多，不過仍有可觀之處；如〈陳寶祠〉、〈婁芳華〉、
〈猥精〉、〈章佖〉等四篇。

〈陳寶祠〉一篇敘述了杜陽在過棧道之時，遇到老虎襲擊。不但落足未
死，反而還到了一座大宅，不但接受聖情款待，主人還想將女兒委身於他：

> 一日，發自襃斜，入棧道，正苦崎嶇，欻一虎來，攫其僕去。陽驚
> 惶失足，墮深壑中，幸為落葉所藉，不致損傷。舉首，四山入雲，
> 無由得出。

不過杜陽因得罪封生而遭遣離。回到舅舅身邊，告訴舅舅此番遭遇。舅舅心
生懷疑，因〈廣異記〉之記載，故猜測封生應為老虎幻化為人，女子則為年
少時期所拯救的雌雉：

> 封生者，即虎而攫僕者也。《廣異記》有封使君之事，故襲以為姓。
> 汝亦記十五歲時，從予至鳳縣南，捕得一雌雉，擬至邸第欲烹之，
> 汝憐其哀鳴，潛縱之去？（第二卷第三篇，頁 33）

〈婁芳華〉一篇中，敘寫香麝、獐、蒼狼等動物想迷惑婁芳華，卻沒有
成功：

> 方欲謀歸去，忽林間有異香襲人。眾異之，復返入林，循香氣至一
> 山洞。藤蘿附石，喬木千章，洞口香氣倍濃。舅曰：「此必妖物窟宅，
> 未可擅入，以火薰之可也。」於是伐枯積朽，爇火燒之，煙入洞中，
> 為風所吸，聲颲颲然。俄有獸突出，鄉勇以鋤奮擊，盡斃巖下。一

食頃得香麝二頭，獐七頭，蒼狼一頭。（第二卷第六篇，頁 41）

婁芳華本來是前往探訪舅父，於途中投寺暫住。巧遇一女子，兩人相偕出寺，竟入奇境並得款待。後婁芳華仍想要前往訪舅父並準備迎娶女子於是離開。但舅父告知婁芳華所遇必爲怪，在召集眾人前往搜索知後，果得妖物。此則描繪香麝、獐與蒼狼特色，讓讀者更得知這些動物的習性。

〈猬精〉一篇敘述余童日益消瘦，同伴心中皆感疑惑。隨余童之行跡追查之下，乃知醜女作怪。後用火燻燒醜女消失之處，得蝟一隻。余仍視醜女爲麗人，不捨，留蝟皮一塊，追思無限：

> 是日薄暮，諸童戲於塍上，瞥見一醜女人，徑入餘棚。諸童恐怖，奔告其家。其家人糾合同井，執鋤鋌往。觀女人已出棚回西去。面色如瓦歠，巨口大目，踥踥而行。

> 余氏子獨啜泣，以爲碟其麗人也。胡至今尚藏皮一片，每出以示人焉。（第二卷第八篇，頁 46）

另〈章俅〉一篇提及章俅獵兔遇女，後與女結連理，後欲護女殺狼，才知女實爲狼。後章俅也不復再娶：

> 默以毒羊肉，至山徑間，凡十餘處，蓋欲殺狼以護女也。（第五卷第三篇，頁 109）

> 章徘徊延佇，盡夜支頤，終無消息。餱糧盡絕。章嚎咷而返，不復再娶。（第五卷第三篇，頁 109）

這類動物與人相合的故事，也不像狐與人類相合的故事，會有可以長相廝守的結局。而都是無疾而終，或是動物就死於非命，或是人類殺害，令人感到無限惆悵。

另還有如描述動物助人的故事；如〈洪由義〉、〈異犬〉兩篇。〈洪由義〉一篇是敘寫被放生的魚蝦幫助漁人返回岸上，且幫助他致富：

> 洪由義者，靖遠協汎一烽子也。性慈善，喜放生。暇時坐黃河畔，見漁人起網，凡所棄小魚細蝦暨螺蚌之屬，悉拾之投於水中，積數年不倦。

> 一日渡河，失足落水，隨波逐浪者十餘里。昏迷間，覺有人捉其臂，拖至一處。視之，則身在一大門下。四面黃水如壁立，門前二石巔質，大約數畝，洪大駭異，方懷惑間，門忽啓，見紫衣紗帽者二人

> 出，謂洪曰：「可亟入，勿懼失儀也！」洪從之，至一廣殿。殿上貴
> 人，年可四十許，衣冠奇古，左右侍從甚都。洪蒲伏階下，貴人勞
> 之曰：「汝大有恩於我部下，不但脫汝難，且當少爲潤澤。」因命取
> 一珠，大如豌豆，賜之曰：「此如意珠也，握之凡有所需，無不如意。
> 三年後可見還也。」（第一卷第七篇，頁20）

洪由義性本慈善，喜歡放生。一日不幸失足落水，得海中物解救。入奇境還
得贈珠致富，三年後還珠。不過仍可見連海中生物也知要感恩圖報。

　　〈異犬〉一篇是在敘述犬的忠誠：

> 一少年欲奸之，忽一巨犬竄出挽垣，直前留其陰，少年痛絕而踣，
> 犬更追其二人，一落其腓，一傷其臀。侯得無恙，著衣躡履，蹊田
> 而奔。犬返走，侯尾而喚之，直至一茅舍前，犬踣於籬落下。就視
> 之，則一病癩黃狗也。（第六卷第七篇，頁146）

惡少襲擊某侯，家中異犬前來救某侯。犬不幸在數日後死亡。某侯後又遇見
惡少，異犬亦附他犬身上解救某侯，惡少亦得報應。令人不得嘖嘖稱奇異犬
的赤誠護主。

　　這些動物不論是狐、是貓、是虎或是任何一種動物，透過和邦額的筆觸
展現了不同的風貌。我們也可以從這些篇章看出和邦額在敘述每一種動物都
秉持眞實敘寫，不違背他「不妄錄」的原則。所以篇章中的動物，不管有沒
有幻化爲人，還是時常展露本性，更添加了幾分眞實感。這些故事可以表現
和邦額對故事寫作的嚴謹，也表現了他對這些故事的重視。

第二節　鬼魂軼事

　　鬼，一般說來是人類在死亡之後，靈體聚集的另一種化身。所以鬼的形
體與行爲也與人類大同小異、相去不遠。《易經》提到：「一陰一陽謂之道。」
〔註1〕不過陰陽之間的消長，需經過正常的循環法則。在《夜譚隨錄》之中，
則多提及化爲人形的鬼與其他陽間之人所發生的種種事件。這類與鬼有關的
故事有四十六篇；詳細篇目見「附錄四：故事分類表」。茲再分爲作祟、奪人
性命、助人等三種，以下分別敘述之。

〔註1〕《改良周易本義》，臺北：武陵出版有限公司，2001年12月，二版三刷，頁
　　　　273。

一、作 崇

在和邦額的敘述中，這些鬼大多是在人們生活中的低潮或不順利時出現。故事中，鬼魂們會擾亂人類，使人的生理、心理受創。不過這些鬼魂常常是因爲人們先做出一些干預鬼魂的事情，才會出現在人間作祟。通常在干擾消失之後，這些鬼魂也就會隱匿無蹤。這一類的篇章有〈清和民〉、〈永護軍〉、〈朱外委〉、〈某掌班〉、〈屍異〉、〈紅衣婦人〉、〈某諸生〉、〈青衣女鬼〉、〈棘闈誌異八則之五〉、〈屍變二則〉、〈佟觭角〉、〈額都司〉、〈趙媒婆〉、〈骷髏〉、〈姚植之〉、〈鬼哭〉〈阮龍光〉等十七篇。

1、〈清和民〉一篇是描述，甲返家途中，忽然出現一人纏住某甲。甲素大膽，竟擒回家，但回家後僅見朽樺：

> 而陰解腰纏，驀然出不意，反縛之，並繫己胸。其人窘迫，絮絮求釋不絕。甲置若罔聞，急馳而返。至門大呼：捉得一鬼來矣！（第二卷第一二篇，頁48）

2、〈永護軍〉一篇是描寫永護軍本不信鬼神之說，就進入鬼宅試膽，反被鬼魂嚇的得病：

> 則燈下坐一無頭婦人，一手按頭膝上，一手持櫛梳其髮，二目炯炯，直視門隙。永駭甚，不能移步。既而梳已，以兩手捉耳置腔上，矍然而興，將啓戶欲出。永失聲卻走，鄰家聞之，明炬操兵來探，永已匍匐階下，肘膝皆傷。述其所見，聞者骨驚。永歸，病數日方起。（第四卷第五篇，頁95）

人類的天性一向喜歡挑戰未知的事物，不過卻也應該抱持著虔敬的心。所以很多時候，我們對這些未知事物，即便無法全盤了解，也應該抱持著尊敬的心態。否則只會像永護軍一般，自討苦吃又自取其辱。

3、〈朱外委〉一篇是敘述朱外委遇一白衣婦人襲擊，僥倖逃過一劫：

> 朱以夜間所遇告，聞者靡不縮頸。或以爲魑魅，或以爲喪門之神，終莫能測，共出視馬，但見皮骨狼藉滿地，鞍韉亦成齏粉。眾以爲非常怪異，相禁夜行。朱徒步歸營，病月餘始復。（第四卷第六篇，頁95）

即便朱外委沒有受到明顯的傷害，不過也因驚嚇過度，病了一個多月才逐漸康復。

4、〈某掌班〉一篇中敘述程家子媳蒙冤現身：

> 諦之，則婦人纖足一雙也，血流被踵。眾驚悸發狂，奪門奔走，自
> 相踩蹦。比人來救，而眾已神癡矣。（第四卷第八篇，頁97）

故事中的伶人與程家子媳其實沒有過節。不過卻透過這些伶人的眼睛，見證
了程家子媳的死狀之慘。

5、〈屍異〉一篇是敘述因為守軍粗心大意將屍體弄丟，只好偷偷換上另一
具屍體頂替：

> 蓋釘死者，即其夫也。為與惡少私通，故於黃夜釘殺之；以為斷斷不
> 致敗露。初不意如此發覺，誠為天網不漏矣。（第四卷第九篇，頁98）

沒想到卻因替換屍體的動作，讓被替換的這具屍體為妻子及姦夫謀害的情事
得以沉冤得雪。

6、〈紅衣婦人〉一篇敘述某甲酒後起色心，反見鬼的恐怖模樣，幸好被同
伴救回一命：

> 婦人回其首，別無眉目口鼻，但見白面模糊，如豆腐然。甲驚僕地
> 上。同人遲其來，往覘之，氣已絕矣。舁至鋪中救之，逾時始蘇，
> 自述所遭如此。（第四卷第一○篇，頁98）

7、〈某諸生〉一篇中描寫某諸生見女心喜，跟隨女子返回住處，沒想到見
到另一男子放置頭顱，倉皇而逃：

> 女入。生瞥見一少年郎倚窗觀書，心殊忐忑頻之，驀覺其顏色慘變，
> 自於項上取下其首，置案頭。（第五卷第一二篇，頁115）

後來經過一番探問，才知道自己所見為姦夫淫婦之魂。

8、〈青衣女鬼〉一篇描述有青衣婦人欲引另一少婦投繯自殺，幸好得少年
解救，逃過一劫：

> 忽一青衣婦人，自角門出，笑容可掬，徑入佛堂。向佛而拜，直
> 起直趺。形如僵屍。管大驚，知其非人，益注目伺之。婦人拜佛
> 已，即回身至簷下，向少婦以兩手作圈示之，更以手頻頻指廁。
> 少婦停絡呆視，若有所思。既而涕泣如雨，旋起身如廁。（第五卷
> 第二一篇，頁122）

鬼會引誘人類進行一些自殘之事，在本書的其他篇目，也可見到。這些鬼大
多都希望若能成功，他們就能獲得解脫。所以這樣的故事才會一再上演。

10、〈屍變〉二小則是敘述有時候鬼也會以僵屍的型態出現：

> 一樵入林伐木，於萬樹中，見一人懸柏樹上。目大如盞，舉兩手作
> 撲人狀，聲吱吱若鳴蝙蝠，身搖搖如戲秋千。樵驚駭欲死，狂奔下
> 山，述於村人。村人聚眾制梃，鼓勇而往，四面擊之，良久不動。（第
> 六卷第二篇則一，頁141）

第一則敘寫夫妻因吵架而反目。丈夫以為妻子負氣返家。但一段時日遍尋不
著，兩方遂成訴訟。後一樵夫見妻子變成僵屍，還撲向樵夫，想要傷害他。
後經過丈夫與家人認回，焚燒屍體，事件才得到平息。

> 俄而聲漸屬，柩蓋蓬然落地，一屍匍匐而出。遍身雪白，兩眼綠色，
> 映月如熒光。
>
> 翌日，僧糾合長工十餘人，執兵而往。見屍，無敢向前，久之始集。
> 以物捵發之，舉體白毛，長寸許，巨口過腮，十指望出如鷹爪。（第
> 六卷第二篇則二，頁142）

第二則敘述某公暫住某寺。寺僧嚴格訓誡不得開窗。某公不聽規勸，見古塚
有柩響，竟是僵屍出現拜柩。最後也是將所有的僵屍焚燒處理，才得以平安
無事。

11、〈佟觭角〉一篇敘寫傅九迎面與人碰撞，竟合而為一。佟觭角替傅九被
　　除：

> 兩胸相撞。竟與己合而為一，頓覺身如水淋，寒噤不止。（第七卷第
> 五篇，頁168）

後探問與其合體之人事件，一一應驗，令人感到世事之奇特。

12、〈額都司〉一篇敘寫公子婦因怪病瘋癲。額都司訪，見黑物、怪事：

> 院宇幽深，閭門壯麗，為一方甲第之冠。但多怪異，家人至日暮，
> 非作隊不敢行。廄馬十數匹，例一夜兩驚。公子新娶婦，亦世閥女，
> 年甫二九。未匝月，忽病癲病，歌哭無恒，或裸跣奔馳，不避臧獲。
> （第八卷第六篇，頁183）

後德府舉家遷徙，子婦怪異症狀逐得痊癒。家宅仍不平安，只好廢為菜圃。

13、〈趙媒婆〉一篇則是闡述趙媒婆因為錯配姻緣，而被鬼戲弄的故事：

> 囑婦解帕，則見蝌蚪數十枚，半如墨計，猶有一二蠕蠕者。咸大驚
> 異。急取兩家贈金視之，已俱化為冥鏹，紅綾亦摺紙所為。媒木立

　　　如偶人。良久喉中作逆，嘔出濁水升餘，樹葉無數，始悟遇鬼。病
　　　半月，顏色始復。（第九卷第二篇，頁202）
趙媒婆貪求謝禮錯配姻緣，使得天底下又多了一對怨偶。雖然避居他處，不
再為他人說媒，可是心中還是存有貪念。所以才遭鬼戲弄。本來是前去探訪
女兒，回來遇到有人託自己說媒，見酬金豐厚，就不加懷疑。沒想到返家之
後，才發現謝禮全是蝌蚪、謝金都是銀鋌，紅綾更是紅紙所為。才知道所見、
所遇、所得都是鬼的捉弄。得病半月才得以稍稍恢復。

　　14、〈骷髏〉一篇則是描寫人貪求女色，才發現其實是骷髏現身：
　　　見土城下一草屋中（土城元時舊城），燈火熒熒，一扉半掩。探身窺
　　　之，見美婦人獨坐炕頭，笑容可掬，以手相招。甲喜而入，甫跨一
　　　足，即僕。次日，為人救活，則一足陷古塚矣。問之，泣曰：「初以
　　　為奇遇，才入門，即見骷髏也。」（第一一卷第七篇，頁249）
某甲夜晚投宿草盧，見一美人，本以為是飛來艷福。隔日才告訴眾人，美婦
人為骷髏，自己深陷在一古老的墳墓之中。不過也慶幸沒有被奪去性命，只
是虛驚一場。

　　15、〈姚植之〉一篇描繪姚植之應聘李公幕府，李宅不寧（乃因康熙年間某
　　　提督居時殺人無數）。某日徹夜飲酒，見人呼喊不應。人斷首乃現，姚
　　　植之大為驚恐，兩月乃癒：
　　　驚視之，二男一女，男無首，女浴血滿身，皆裸身而坐。姚狂叫返
　　　走，顛踣無算。幸館童提燈來覓，扶之歸室。病仲夢悸，兩月始瘳。
　　　（第一一卷第八篇，頁249）

　　16、〈鬼哭〉一篇提及某公母病危，夜三更聞哭聲。白衣婦人現，後乃知其
　　　母已亡：
　　　三更後，忽有哭聲起北窗外，類少婦而音甚慘切。舉室驚默相向。
　　　有二三膽勇者，出戶視之，於月下見一白衣婦人，唯牆而西，徑入
　　　角門去。無不毛戴，咸知其為鬼也。（第一一卷第一五篇，頁257）

　　17、〈阮龍光〉一篇是描述阮龍光遇到鬼打牆的遭遇：
　　　無何，少年哭漸止。繼有作歌者，聲如曳縷。歌未竟，群作嗟嘆聲。
　　　阮始知遇鬼。
　　　眶怯間，瞥見一燈熒熒，自遠而近，所坐樹根石下，嗶剝有聲。青

> 媾如豆，轉瞬遍地皆是。阮大懼，毛髮蹵張，倉皇歸去，步步迪遭；
> 覺月色不明，兩眼皆障。奔走半夜，筋力俱疲，迨東方既白，始如
> 夢覺，依然在樹下石畔，踣步未移。色變神，顛踣於地。（第一二卷
> 第五篇，頁 274）

阮龍光本來想要欲入都夜宿，但聽聞絮語，就起了好奇之心。最後知道為一群溺死鬼的談話，想要逃離該地，卻不得途而返。不但月色昏暗，雙眼還暫時性失明，大半夜過，全身氣力耗盡，還是找不到出路。等到天明，太陽出來，才發現自己根本沒有離開原本的地方，終於得以逃脫。遇舟子告知原由，才知自身的遭遇就是鬼打牆。

　　這些鬼魂作祟的故事，鬼魂雖然有嚇人或使人恐懼的動機，卻仍然不會危及人類的生命。大多只是讓人心理或生理遭受一段短時間的不舒適。而且這些鬼魂大多是因為人類對祂們有所侵犯或不敬，才會做出這些舉動。和邦額在描寫這些鬼的動機、心態時，也是鉅細靡遺、十分清楚。所以可以看出和邦額在鬼作祟的故事上著力極深，所以這類篇章的數量也最多。

二、奪人性命

　　在鬼作祟的篇章故事之中，這些鬼魂雖然對人類做出了一些干擾，使人們生病、驚嚇或家宅不安寧，不過對人們的生命還沒有威脅。但是和邦額還在《夜譚隨錄》中記載了鬼魂奪人性命的故事，這些故事有如〈邵廷銓〉、〈某馬甲〉、〈紅衣婦人〉、〈青衣女鬼〉、〈施二〉、〈馮勰〉、〈劉大賓〉、〈某領催〉、〈螢火〉、〈傻白〉、〈台方伯〉、〈梁氏女〉等十篇。

　　1、〈邵廷銓〉一篇中論述邵廷銓遇女動心，沒想到心目中認為的美眷竟是鬼的化身：

> 頭面餘白骨，獨二目炯炯不變，凹處漸生新肉。枕畔有白玉尺，方
> 識為廷銓珍物。邵驚嘆曰；若此殊異，那得不妖！非邊兄，吾兒死
> 為鬼婿矣。亟令積薪焚之，日高始盡。臭達數里，屍啾唧有聲，自
> 此怪絕。（第一卷第九篇，頁 23）

女鬼在和邵廷銓相處之後，透過邵廷銓的幫助，竟然得以從骷髏之軀生長出新肉。不過邵廷銓也因此差一點葬送一條性命。也再度印證，兩個世界的個體，終究得有所區別。否則必有一方有所損傷。

2、〈某馬甲〉一篇敘述某馬甲家中貧困，鬼亦作祟：

> 有頃，聞房中哀泣聲，知為乙妻苦貧。竊為感嘆間，驀見一屈背婦
> 人，蹣跚入室。至佛案前，塞一物於香爐腳下，仍出戶去。面目醜
> 惡，酷類僵屍。甲覺其異，起視爐腳下所塞物，則紙錢十餘枚。深
> 怪之，不禁毛戴，付諸丙丁。房中泣聲漸粗，倍覺慘切，潛於簾隙
> 窺之，乙妻已作繯於梁間，將自縊。甲大驚，不復避嫌，急入救之。
> 慰解再四，乙妻含悲致謝。（第三卷第八篇，頁 73）

人民的生活難以度日，沒想到屋漏偏逢連夜雨，連鬼都找上門尋覓替身，引
誘人民上吊自殺。幸好有朋友相助，得以脫困。否則生活的艱辛，再加上失
去親人。恐怕這個家庭只能四分五裂，更加無法維持下去了。

3、〈施二〉一篇也是敘述鬼找替身的故事：

> 老人曰：「明日徐四來，可以得代否？」其人曰：「地方已許我矣。
> 有隙可乘，即得代也。」老人復嘆喟再三，已而寂然。施知是鬼，
> 為之毛戴。
>
> 房中昏暗，乍視無所睹，凝睇久之，方隱隱見一人懸梁上，又一人
> 白衣背立其前，雙手捫其足。大驚，失聲卻走。寺僧方將上樓發晨
> 鐘，聞人聲來探，相遭於門，各復驚倒，及同業者漸集，始辨是施
> 也。詰得其故，同往覘之，徐果自縊死矣。（第六卷第九篇，頁 148）

施二家中隔鄰並無人居，卻忽聞鬼魂對話的聲響。施二因此得知鬼欲找徐四
為替身，但徐四卻毫不在意。在鬼為他報仇之後，真的自縊身亡。真不知該
讚揚他守信用，還是責備他不珍惜生命。

4、〈馮勰〉一篇敘述鬼會尋找在世時，虧待或傷害他們之人的故事：

> 馮曰：「弟之轉念，詎不若是哉？乃問及欠項，不特不承，且出惡言。
> 弟憤怒時，與之爭論。所以然者，不恨失財，恨其人之負心太甚也！
> 豈意其行如鬼蜮，毒甚蜂蠆，買囑坊正，執送官司。無券可伸，官不
> 加察，遂致瘠死他鄉，首丘莫正。訟之陰府，已計追償。幸兄攜之入
> 揚，得泄憤於彼，必報德於兄，結草銜環，敢忘異日？」汪聞之，悚
> 然曰：「然則兄其鬼耶？」馮曰：「然，試於燈前月下驗之可知矣。」
> 汪驗之，無影，大懼。對席枯坐，面色如灰。（第七卷第三篇，頁 164）

汪瑾窮困潦倒，巧遇馮勰說是同鄉，前來拜訪。兩人相談甚歡，還幾次相偕

出遊。後汪瑾得知馮覷遭陳生冤死，其實早已是鬼，仍保持良好情誼。後來馮覷找陳生索命，汪瑾才道出原委。

5、〈劉大賓〉一篇敘寫劉大賓夜與白把總夜飲，遇紅衣女化杏花貌，後中邪。劉大賓將杏花勒死，劉大賓亦自經：

> 劉遂得於深夜潛入宅門，直抵寢所，解帶縊杏花之頸。比家人覺而救之，氣已絕矣。劉病尋愈，茫不知縊杏花之事。恨恨殊甚，又曰爲杏花父母所窘辱，亦自經死。（第八卷第四篇，頁180）

雖然不知爲何紅衣女要化爲杏花模樣。不過若是劉大賓心中無邪念，應該也不會被紅衣女誘惑。最後不但勒斃杏花，自己也得爲爲殺人付出代價。

6、〈某領催〉一篇敘述某領催因工作地點離家中甚遠，便騎馬往返。某日遇故友飲酒作樂至深夜，返家途中竟見一無首婦人：

> 第見一無首婦人，裸身浴血，雙手自捧其頭，口眼向天，頸血作碧光，如螢火，如小鏡，瞬息已遠。
>
> 甲屢選怯，不待驟驚，鞭入田中。此時黍稷已獲，一望曠朗。炎，二物魚貫而至，形狀猶昔，唯增一男。騾一見驚嘶，三物截然而止，並立向甲啾啾作聲，如小兒吹蔥然。（第九卷第七篇，頁212）

其父告勿再晚歸，某領催亦遵行一段時日。某日小兒痘疹疾行返家，又見怪。幸得父救援，不過數日仍死亡。

7、〈螢火〉一篇提及僮見螢火幻化女子，實爲鬼。僮與女子情義深重，沒想到竟是女子來吸附陽氣。後將女子棺墓埋葬，童仍病死：

> 剖視女屍，容革不變。亟命人舁之郭外，焚而葬之。僮臥病月餘，尋亦就木。（第一〇卷第三篇，頁227）

即使僮對女子一往情深，不過飛來艷福，並非眞正的福氣。雖然僮的親友幫助僮將女子驅離，不過僮仍因中邪日久，終究是難逃死亡之途。

8、〈傻白〉一篇敘述太監傻白在上元期間，拜訪其叔及外祖母。忘物折返拿取，遇一奇物。回程遇到叔父，告知此一怪事。沒想到，其叔告誡傻白，不要與他人討論此事。沒想到，數日之後，其叔離奇死亡：

> 視其人，高不過三尺，塊然一物，淡黑色，別無頭面耳目手足，如一簇濃煙，且月下無影。
>
> 叔又於途間頻囑：「即有所遇，歸家慎勿宣洩。」白口應而心疑焉。

　　　　越數夕，其叔病死。（第一○卷第七篇，頁234）

傻白所見之物，雖不知到底是什麼。不過傻白能逃過一劫，也已是不幸中的
大幸。

　　9、〈台方伯〉一篇寫到台方伯夜起如廁，見紅袖，乃爲一紅衣女子。告知
　　　　台夫人，夫人也不以爲意，並且加以嚴詞喝斥。後台方伯病卒，台夫人
　　　　亦在兩日後暴斃而亡：

　　　　以手批之，倏不見。台踵至，扶夫人歸寢。燈下視夫人，面無人氈。
　　　　未幾，台病卒。越兩日，夫人暴亡。（第一一卷第二篇，頁244）

台氏夫婦對於鬼神之說嗤之以鼻，使得兩人紛紛賠上性命。所以對於不了解
的事物，還是抱持著虔敬的心爲佳。

　　10、〈梁氏女〉一篇敘寫有一縣民妻死，續弦梁氏。梁氏不但沒有盡到爲人
　　　　妻、爲人母的責任。還虐待前妻的子女。某日前妻附身梁氏，告知子
　　　　女鞭韃身軀，梁氏又自烙而死：

　　　　遂自此病癲。往往自褫其衣，令兒女極力撻之，方以爲快。或引銀
　　　　白刺，遍身流血，尚不滿意。一日，乃燒火筋，自烙其陰，深入數
　　　　寸，大叫快活而死。（第一一卷第四篇，頁245）

梁氏女若能善待縣民子女，前妻鬼魂想必也不會出現，所以梁氏可說是咎由
自取。

　　由以上可以看出，這些篇章故事都是因爲這些人類與鬼魂有了更深的情
感或仇恨的糾葛。也使得這些鬼魂想要讓這些人類到陰間接受制裁或是與這
些鬼魂作伴。和邦額也透過這些故事，讓我們知道鬼魂奪人性命的方法與形
式。不過這些鬼魂奪人性命的方法，在其他志怪小說之中，也是常常看見。
可以知道和邦額所聽聞的鬼魂奪人性命故事，其實並沒有特別突出。

三、助　人

　　在和邦額筆下的故事，並非全部都是奪人精魄，傷害人類。也有許多故
事是在描述鬼的有情有義，幫助人們度過難關或指點迷津。如〈張五〉、〈某
倅〉、〈譚九〉等三篇。

　　1、〈張五〉一篇則是提及知縣病危，鬼差命令張五一同拘提知縣前往陰曹
　　　　地府：

　　各著青衣，垂綠頭帶，冠紅帽，執朱票，酷似衙門中隸役。

　　張始悟前此之事，皆魂魄所爲也。（第二卷第四篇，頁35）

透過此篇也可進一步知悉在當代人的想法之中，陰間的官吏服飾樣貌及職責與陽間無異。不過爲什麼需要透過張五之手才能將知縣繩之以法，的確令人匪夷所思。但是透過張五和陰間官吏的合作，能夠讓一陽間貪官正法，也是一件美事。

2、〈某倅〉一篇在文中提及某倅與鬼魂談天論地。在言談之中得知鬼無所歸依，想要尋求幫助返回家鄉：

　　秀才生時，質直好義，每值風雨大作，必親至江幹以拯溺爲務。廿

　　餘年來，不下數十百人。即有死者，亦必斂以棺衾，付其同行者載

　　之去。唯有一老翁，一少年，並三女子，名姓里居，俱無可考，故

　　至今猶厝秀才墓側。自客歲秋間，叟每囑予，命留心於廣南仕宦者。

　　今據君夜來所遇，皆云家廣州，且正符五人形狀，又有姓可訪，意

　　叟必有所見聞矣。（第三卷第二篇，頁59）

中國人最重視落葉歸根，所以若不幸客死異鄉，家人必定想盡辦法將屍首運回家鄉。不過若是剛好無親無戚，就只能在人間飄盪無依。所以能透過某倅之手幫助他們回到家鄉，實在也算了結一夙願。

3、〈譚九〉一篇敘述譚九在迷途之中得老媼及其媳婦的幫助，還接受她們的款待，最後才得知所遇之人，其實都是鬼：

　　瓦器絕粗，折稀爲箸，以盆代壺，而肴皆魚肉，但冷不中略。媼移

　　燈勸譚飲，譚辭不能酹，乃進飯。飯又冰冷，勉盡一盛，婦斂具去。

　　郝泫然曰：「據郎所見，眞先妻與亡媳並天孫也。先妻下世二年，亡

　　媳去歲以難產，母子一夕皆死。詎意尚聚首地下哉？」（第八卷第一

　　篇，頁173）

譚九出門訪親，迷失方向。幸好還能投宿老媼家，雖然得到豐盛實務與熱情款待。不過食物都是冰涼無溫度。筷子、碗盤等器物都是一些粗糙器具，平常人絕不會使用。天亮以後才發現自己投宿的地方竟是荒郊野外。後來才從老媼丈夫口中得老媼與媳婦還有嬰孩都已過世，皆是鬼。不過譚九仍感念老媼及媳婦的收留之恩，留下一些錢財與祭品報答她們的恩情。

　　另外還有些故事之中爲論及鬼與人相合的故事，如〈倩兒〉、〈秀姑〉兩

篇。〈倩兒〉一篇敘寫江澄與倩兒兩人意投意合，沒想到卻遭家中奴婢妒謗，
使得倩兒投繯而亡：

> 女恚甚，哭，一日不食。王氣平，愛女之心復熾，密令他婢，私往
> 勸慰。女皆不應，是夜竟投繯。

沒想到江生祭掃後，返家竟見倩兒，兩人相偕離家：

> 恍惚間，聞門外彈指聲，止而復作。披衣啟扉，見一人當戶立，視
> 之，女也。驚喜出於非望，攜之入室，並坐而泣。此言別恨。

後婢見倩兒身影，極度驚嚇。江生求僧解救，倩兒遂甦醒還陽：

> 納女口中，接其吻以氣運之。逾時，聞呻吟聲，舉體溫軟。王心喜
> 如獲異珍，以軟榻舁入盧。一宿復活，尚不能言，唯握王手涕泣而
> 已。（第九卷第四篇，頁 207）

雖然江澄與倩兒經過一番波折，但最後終於得以結合，也見證了還陽之說的
存在。

另〈秀姑〉一篇則是田鱗離家入都城獲利，之後準備返家。在市集圍觀
殺人情景，卻遭小偷行竊，錢財一空。途中，雖為一片荒蕪，但見燈火熒熒。
前往一探究竟，竟為一豪邸：

> 乃盡鬻田宅，獲百金，入都營運。半年，子母幾相等。因思歸娶，
> 攜裝策蹇。將出廣寧門，適過菜市口，值秋決，刑人於市，阻不得
> 進。田故少年好事，挨擠稠人中，延頸跂足，以看殺人。良久，覺
> 腰間頓輕，用手捫摸，則腰纏盡失，蓋已為割囊者攜去矣。（第一○
> 卷第一篇，頁 216）

> 行又里許，始至。門戶整潔，居然富家。（第一○卷第一篇，頁 218）

又在互相探問之下，知為田鱗之姑母，乃投姑母。田鱗與秀姑情投意合，遂
以詩傳情：

> 布筵對酌，各述傾慕。從此依倚闔中不離跬步。女性好動，喜吟詩，
> 詩多幽怨。田勸其節制，恐致不祥。女雖是之，而吟詠不輟。（第一
> ○卷第一篇，頁 220）

姑母見此情況，喚田鱗出門營生，允若獲利，嫁秀姑為妻，獲利返，乃知皆
為鬼，田鱗遂不娶婦，僅娶妾續嗣：

> 買僮蓄婢，即居焉，為墓道之主終身誓不娶婦，但納妾生子，以繼
> 田氏。每逢節序，必厚奠慟哭而祭之。（第一○卷第一篇，頁 222）

田疄透過姑母與秀姑的幫助，得以再度富貴榮華。雖然不能與秀姑相守一世，不過卻已比世上許多貌合神離的夫妻幸運許多。

由這些篇章故事可以看出，和邦額敘述並非所有的鬼魂都是對人類有不軌之心。有許多鬼魂還是記掛陽世間的親人朋友，也秉持堅守陽世間的仁義道德。這些鬼魂也就會做出一些對人類有助益的事情，讓世人得以解決困境或是獲得幫助。這種鬼幫助人的故事，雖然其他志怪故事不在少見。不過和邦額在感情描繪上，卻是十分扣人心弦，讓人感受到鬼魂與人類的深摯情意，因此也值得一看。

在和邦額筆下，大多數的鬼在《夜譚隨錄》之中大多是對人類有所渴慕，希望從人類身上得到庇護或幫助。雖有些鬼是奪人性命，以求讓自己不要再繼續以鬼的狀態存在，能夠再世為人，所以危害人類。不過常常基於人鬼殊途的觀念，這些鬼一般是只在人類的身邊一段時日，就得離開或被驅除。不過並不是所有的故事都是奪人精魄。也有許多故事是在描述鬼的有情有義，幫助人們度過難關或指點迷津。所以在《夜譚隨錄》之中，鬼的角色的確多樣又神祕，也讓我們看出和邦額描寫鬼故事的豐富與多變。

第三節　風俗景物

一、民間習俗

中國人自古以來，各朝各代都擁有不同的民間習俗。這些習俗也常因為種族、地域等等各有不同。在《夜譚隨錄》中，和邦額將當時特殊的民間習俗記錄下來。這類故事有〈回煞五則〉、〈夜星子二則〉等二篇七小則。

〈回煞五則〉中，列舉五小則與人死亡之後，說明「回煞」這個儀式的相關民間習俗：

> 人死有回煞之說，都下尤信之，有舉族出避者，雖貴家巨族，亦必空其室以避他所，謂之躲殃。至期，例掃除亡人所居之室，炕上地下，遍篩布蘆灰。凡有銅錢，悉以白紙封之。恐鬼畏之也。更於炕頭設矮几，几上陳火酒一杯，煮雞子數枚，燃燈一盞，反扃其戶。次日，鳴鐵器開門，驗灰土有雞距、虎爪、馬蹄、蛇足等跡，種種不一。大抵亡人所屬何相，即現何跡，以亡人罪孽之重輕，謂鎖罪

> 輕而繩罪重也。草木雞犬，往往有遭之而枯斃者。習俗移人，賢者
> 不免，所謂相率成風，牢不可破者也。第其理未可盡誣，或者死者
> 有知，歸省所戀歟？

在故事之前，說明當時對人死之後的禮節仍然十分重視。若對死去之人懷有
不敬之心，則會有不幸之事發生。其中的習俗有如必須在供奉的案桌前，擺
放酒、雞蛋、蠟燭等。也需要在炕上或地上灑上灰燼，如果家中過往之人，
真的有回到家中，就會有他所屬生肖的印記。在回煞的日子，所有的人都必
須迴避，否則會有災難發生。

〈夜星子〉中的二小則，都是在敘述兒童夜間啼哭之緣由與診治的辦法：

> 俗傳小兒夜啼，謂之夜星子，即有能捉之者。於是延促者至家，禮
> 待甚厚。捉者一半老婦人耳。

> 是夕，就小兒旁設桑弧桃矢，長大不過五寸，矢上系素絲數丈，理
> 其端於無名之指而拈之。

> 問所需，無難辦者，惟用木作方籠，四麵糊白紙，罨灶上。灶窟內
> 設油燈一盞，燃之，光射紙上。俟小兒啼作，即灶前覆一粗磁碗，
> 碗上橫置一菜刀。踞小凳，面灶門而坐。家人悉令回避，童男稚女
> 則弗禁。

> 嫗一手叩刀，噥噥不解作何語。食頃，燈驟暗，紙上隱隱見黑影，
> 往來閃爍不定。或人，或馬，或貓犬，悉仿佛其形。嫗詛咒愈急，
> 燈愈暗，黑影往來愈夥。最後一影，色黯黝，映紙獨真，止而不動，
> 形頗似糟。嫗急舉刀背，力碎覆碗。舂然一聲，灶中燈忽大明，黑
> 影印紙上不滅，如淡墨所染。嫗舉灶以火焚之，兒啼頓止。（第六卷
> 第三篇，頁 139～141）

在處理小孩啼哭問題的過程中，大多的原因是因為家中有不祥之物。只要把
這些物體袪除，就能夠讓家中嬰兒減少嚎哭的狀況。

這類故事不僅僅是說明習俗的來由、施行過程，也融合了人們對於這些
習俗的看法、施行。可以看出民間習俗雖然可能沒有科學根據，不過經過和
邦額的描述，這些故事卻都保存了下來。的確也真實記載了人們對於不了解
的事物試圖去解釋，並找到解決之道的一種紀錄。

二、求仙得道

　　神仙之說，從古自今，歷久不衰。不過除了認同神仙的存在之外，大家還相信人是可以經過過修練成為神仙，永享超越人世的快樂。這種仙道不死之說是一種精神與肉體的完整結合。而且人只要能夠成仙，就能具有各種千變萬化的法術。也能自在穿梭天地之間，擁有人們所追求的健康、幸福等不同的願望。大多故事雖能圓滿人的需求，不過在追求成仙的過程之中，也需要捨棄許多事物。如親情、金錢及權勢等等。在《夜譚隨錄》之中，這類故事計有八篇，又可分作以下兩種類型。一種是潛心修練，另一種是假名行惡。以下分別敘述之。

（一）潛心修練

　　第一種是主角從某一仙道處得知自己是擁有仙格的福分，也有富貴之命，但二者之中只能擇取其一。最後經由追求道術，或修煉自身德性，以期自身能登入神仙淨土。這類故事有〈賣餅翁〉、〈呂琪〉、〈汪越〉、〈宋秀才〉、〈周琰〉等五篇。

1、〈賣餅翁〉一篇中敘述某公在遭逢奇遇之後，就再也不想追求富貴虛名。某日賣餅翁留宿某公，公未留，隔日翁死。某公母慶幸，某公未與賣餅翁留宿。十餘年後，又見翁，得奇遇。賣餅翁本告知某公為仙風道骨，可修練成正果之人，但某公並無特別在意：

　　昔吾所以約君者，以君有仙骨也。惜君俗緣未盡耳。（第一卷第一○篇，頁24）

不過某公心中始終阻礙於塵緣未盡，故無法得道成仙：

　　公知其已仙，泣拜求度。翁曰：「尚非其時也。君於名場中，官可二品。唯『躁進』二字不可犯，『勇退』二字不可忘。志之，志之！請從此別」。（第一卷第一○篇，頁26）

雖無法超脫世俗。但某公自此之後，對世事視如過眼雲眼，不再汲汲營營，也不再追求功名利祿：

　　公徘徊悵悒，望洋而嘆。僕從來覓，默然歸舟，神往者屢日。迄今於酒樽、茶灶邊，每舉以告所親云。（第一卷第一○篇，頁27）

2、〈呂琪〉一篇則是敘寫關於食用奇特之物可延年益壽的故事：

　　琪即戲以井水服之，日七枚，七日而盡，適四十九枚。其後至九十

九歲終身無疾病。（第五卷第一一篇，頁114）

這篇爲煉丹冶藥或是搜尋奇特的動植物，服食之後可以長壽或幫助修行的故事。和邦額記載井中有奇物桂子四十九顆，食之可長壽的奇特事蹟。

3、〈汪越〉一篇敘述汪越在父親離家多年未歸，想要找回父親：

其子越，甫五六歲，性極孝。及稍長，日思其父，欲北上蹤跡之。（第五卷第二二篇，頁112）

雖然父親不幸過世，汪越爲葬父親又遭受許多屈辱：

廟主欺其幼，利其資，多方魚肉之。越傾囊籌辦，盡售祓被衣屨，甫得地方丈以葬。折蘆伐竹，爲棚墓側，以居焉。（第五卷第二二篇，頁123）

汪越在將父親安葬之後，尋老人坐禪：

老人去，越沈心息慮，學坐枯禪。（第五卷第二二篇，頁123）

汪越後得知自己有機會成爲城隍，但不捨家人。雖然得知家人皆得道，不過仍然有所疑惑。後返家，家人果亡：

越一慟幾絕，鄰人哀之，共相慰藉。越乃罄其資產，扶四櫬，復至溆浦，與其父合葬焉。」（第五卷第二二篇，頁124）

汪越慟絕，合葬全家。不過孝感動天，汪越不但得到邑中富人賞識嫁女，得溆浦人敬，家庭和睦。一生平安快樂。最後在夢中見姊弟來尋，在交代好所有世俗之事後，無疾而終：

邑富人某，以二女妻越，遂籍於溆浦。力田不仕，生三子，皆業儒。越享素封四十餘年，一夕見其弟將父母命來迎，乃處置家事，無疾而終。（第五卷第二二篇，頁125）

所以在和邦額筆下，汪越最後因爲純孝感動天地，應是羽化成仙，脫離人世間的一切紛紛擾擾。

4、〈宋秀才〉在描述宋秀才遇到道士告知具有仙骨，途中經歷神異之事，更讓宋秀才服膺不已。宋秀才年少時遊江凌，偶遇道士，兩人暢談世事與道法，乃知道士神異。經由道士顯露法術，看透事物不過滄海一粟，也令宋秀才知悉自身之渺小。宋秀才經過此事之後不再追求仕途發展，反以神仙之事爲其重心：

末飄然而墜，如因風秋葉，寸膚不傷。有聞聲出視者，則其妻與子女也。相見各驚異。宋具言其事，且囑曰：「不足爲外人道也。」自

是神仙之事，汲汲求之，不復仕進。（第九卷第八篇，頁215）

5、〈周琰〉一篇敘述周琰才高性橫，廖生告誡，周琰不滿，某日一道士告知周琰自己也善搏虎，周琰不服。道士告訴他，周琰本身即爲虎：

> 一日，有道士在門，施以錢米，悉不受。琰自出問道士欲何爲，道士曰：「貧道善搏虎，欲爲公助力。」琰嗤曰：「即有虎，我且自搏之，何需汝。況此間近郭，焉得有虎？」道士指琰曰：「即子是虎。」（第一〇卷第六篇，頁233）」

雖經道士提點，仍不悔改，果化虎形，幸道士留一藥，服用之後得救，遂覺悟改過。從此之後性情大變，相信道術修行，爲人謙和有禮，整個人改頭換面：

> 琰忽憶道士所留藥，亟取服之。一食頃，皮膚即復其舊，始知道士爲異人也。由是改過自新，平心靜氣，勉爲善事。（第一〇卷第六篇，頁234）

由以上篇章可以看出，和邦額展現了人類對於脫離人世間的苦難，追求一種無憂無慮，長生不老的願望是非常強烈的。所以這種對於神仙道術、煉丹治藥、追求奇物的篇章故事，在小說裡面屢見不鮮。不過和邦額對這種道術由來與施展經過通常著墨不深，也就只能讓人探知人類對道術追求的嚮往，而無法更深入知道法術的奇特之處。讓人讀來就少了一分神秘感與趣味感。

（二）假名行惡

第二種類型則是假追求神仙之名，但私底下卻是做盡壞事，只求己身的財富與享樂，也不注重自己的修爲。使得追求道術成爲冠冕堂皇的藉口，這些人最後大多遭受報應，得天道懲罰。如〈詭黃〉、〈潘爛頭〉、〈雙髻道人〉等三篇。

1、〈詭黃〉一篇中提及詭黃以邪術奸淫婦女：

> 詭黃者，不詳其里居名字，以所爲詭祕有邪術，往往以術致良家婦女於幽僻之處而淫之，不啻什伯，故人皆稱之如此。（第二卷第一四篇，頁49）

玳官亦效詭之伎倆，欺淫詭黃之妻妾，玳亦遭他人汙辱：

> 夜半如法拘之。初無動靜，一餉時，聞簾外簌簌有聲，啓戶視之，則黃之妻妾，白身而至，形如中酒。玳驚喜相半，徐徐扶之入殿，

次第汙之。（第二卷第一四篇，頁 51）

詭黃之妻妾皆瀕致死，詭黃最後亦遭官府正法：

> 拘黃至，嚴刑榜掠，黃歷歷招供。太守大怒，立斃杖下。（第二卷第
> 一四篇，頁 52）

玭官的下場也是十分淒涼，從此只能繼續以道士爲業，欺瞞大眾：

> 後有見玭於邵伯舟次者，已變服爲黃冠矣。（第二卷第一四篇，頁
> 52）

2、〈潘爛頭〉一篇中敘寫潘爛頭年少戲弄冥君，於是頭有潰爛的跡象，痊
癒之後仍有痕跡，因此鄉人遂以潘爛頭稱呼他：

> 點處遂潰爲瘡，終身不愈，因以治病。有患癧疽者，即以其瘡之膿
> 血少許塗之，無不痊。人知其姓而不知其名也，咸以潘爛頭稱之爾。
> （第五卷第一四篇，頁 116）

後又因爲一點小嫌隙與張眞人鬥法，令張眞人顏面盡失，所以招致張眞人懷
恨拆橋，最後，橋中的鶴死掉，潘爛頭亦離奇死亡：

> 亟命鳩工毀橋。未及半，得一白鶴，羽毛未充，引頸長鳴，見人驚
> 舉，飛不逾丈，墮於水湄。視之，斃矣。張乃去。潘自此得病，半
> 月乃亡。（第五卷第一四篇，頁 117）

3、〈雙髻道人〉呂驤好符咒，二妹亦從，一日與徐郎遊，見道士展現其道
術奇特，與妹從道士之門下。日夜修煉，家人也不復見其人影：

> 驤大喜，呼二妹出拜。淨後園精舍三楹，以居道人。與二妹受法，
> 日夜練習，妻妾亦不得面。（第十二卷第四篇，頁 271）

> 半年後，道人或去或來。驤與二妹，亦時夜出，達旦始還。驤面色
> 漸青白，二目瞠然。能登雲作霧，喚雨呼風，召神役鬼等術。（第十
> 二卷第四篇，頁 272）

某夜呂驤妾偷偷跟從呂驤行蹤。見怪術與呂驤妻討論，呂驤妻又見家中怪狀：

> 燭光下，有髑髏七八枚。台四角皆燃燈一盞。二妹被髮跣足，仗木
> 劍步罡風於其上。覺陰慘怖人，卻回。（第十二卷第四篇，頁 273）

鄰人鳴官告狀，白總戎遣其子探得眾人修煉之山洞，燒山洞，見僵屍近兩百，
呂驤二妹逃，仍於西陽山遭雷殛死：

> 得一洞於萬山中，妖人出沒其間，飛騎報聞。總戎乃親率輕騎一千，

> 銜枚電赴，霄夜抵其處。以枯柴裹穢物，雜以硝磺，堆積洞口如山。
> 舉火焚之，煙焰蔽天，次日未刻始熄。使壯夫入洞搜之，得薰斃僵
> 屍二百有奇。揭榜月餘，無敢認屍者。遂瘞爲巨塚焉。（第十二卷第
> 四篇，頁273）

這些藉追求神仙法術之名，實際上是爲了滿足個人私慾的人事物，最後的結局都是不得善終。神仙法術本來是爲了追求一種生命與心靈的更高層次提昇，不過被這些不肖之徒利用，反而成爲傷害人們的工具。因此和邦額對於這些惡行的描寫就十分清楚，讓讀者知道這些惡行的眞相。

不論追求神仙法術的最後結果爲何。我們都可以從這些故事看出，和邦額想要表現當時人們對於神仙法術的強力渴求。所以他們用盡所有的心思、財力與物力，不管是不是會犧牲其他的一切，只有有一絲能成功的機會，就會竭盡所能的去試。不過在道術的玄妙上，大多只是敘述人的作爲，不是法術的神奇妙用。因此這些故事的內容就較爲單調無趣，也看不出法術的特別。所以和邦額在描寫神仙法術的篇章上內容就較爲簡單省略，較無可觀之處。

三、地理景觀

因爲和邦額在年少時曾因祖父、父親因官職需要，全家隨之遷徙各處，所以去過大江南北等不同地方。即使有些地方，是自己未曾到達，但也可從家中親人或僮僕等聽聞。這些地理景觀的資訊，相對的十分珍貴。這些篇章有如〈蜃氣〉、〈落漈〉、〈來存〉、〈怪風〉、〈瓦器〉等五篇。

1、〈蜃氣〉一篇是和邦額因隨其祖父到處遷移，而有至像到青海之邊疆之地區生活的經驗。更聽聞陶賈行旅之時，見兩山並峙，浮屠級數漸生海市蜃樓的奇景。行旅中的人皆感其異，不知是何因由造成。後當地人告知，才曉得這就是蜃氣，也就是現今多所泛稱之海市蜃樓。其幻景主體爲一浮屠構造，不但有紅光照耀，又有五彩琉璃出現，美不勝收。但這些終究是虛幻之象，須臾則滅：

> 平遙陶賈，販貨至巴里坤，過西海。雨初霽，海中籠重霧，山色皆
> 失。陶愛其空濛，暫憩一樹下。俄而霧散，隱隱見海中有兩山並峙，
> 中間一抹雲氣橫如白練。雲漸闊，忽現一浮屠頂，金光四射。瞬息
> 高出雲表，數之得五級，俄七級，俄九級，一餉時得十三級。色如
> 虹，繞塔盡現樓閣，千層萬疊，悉如五色玻璃，出沒隱現，須臾變

化。陶市井人，初不知有蜃氣變幻事，驚怪而已。少焉，樓閣半泯，
浮屠亦漸斂縮，只餘八九級。大風忽起，波浪拍天，樓閣浮屠，片
片吹如碎錦。頃刻都滅。陶冒風而行，至營中，質諸土人，始知爲
海市雲。（第二卷第一三篇，頁49）

2、〈落漈〉一篇敘述海上人民生活的艱苦，常常得面對深奧難測的大自
然。出外捕魚，每一次都是吉凶難定，生死未卜。故事中描述彭湖至琉球的
奇特洋流，又敘寫鬼魅幫助遇海難難民返家：

海水至彭湖，勢漸低，近琉球，則謂之落漈。落漈者，水趨下而不回
也。洋船至彭湖以下，遇颶風作，漂流漈中，回者百一。蓋海水之中，
又有急流以海水爲崖岸焉。斯亦奇矣！（第三卷第四篇，頁64）

3、〈來存〉一篇中則是藉由和邦額家中的李姓僕人敘述喀爾喀、陀羅海、
戈壁（瀚海）、巴里坤等地風景、物產、特色，讓大家大開眼界。而在喀爾喀
更見名喚人同之異獸，此種異獸有似狗的忠心。在李姓僕人離開喀爾喀之時，
仍不捨李僕離去的濃厚情感：

李又言其於康熙五十二年，由喀爾喀至巴里坤。其地有獸，似猿非
猿，似猴非猴，中國呼爲人同，甘涼人呼爲野人，番人呼爲噶里。
往往窺伺穹廬，見人飲食，輒乞其餘。或竊取煙具小刀之屬，爲人
所見，即棄擲而奔。殺之不忍，逐之復來，胥無如之何。嘗狎一人
同，每繭豆樵汲等事，喚之悉能任使。至其寢食，雖不能言，頗能
察色。居一年，治任將歸，啾即馬前，捉銜捘鐙，淚下如沈，李亦
爲之酸鼻。（第四卷第二篇，頁80～82）

4、〈瓦器〉一篇是在敘寫牛竟然能感知地底有奇物的特殊現象，佃戶屯
墾田地，牛陷入泥中。挖掘牛蹄陷入的地點，竟然得到數十瓦器，再次挖掘，
卻不復得。所以也展現奇特之事，也只是偶一爲之，不可能成爲常態：

京江陳扶青先生，有佃户墾田，牛忽蹶，鞭之不起。察之，則牛蹄
陷入泥中，已沒至膝，拔而出之，得瓦器一窖，色唯黃白二種，共
十二件。質絕粗，似盆而小，形類腰鼓。緣口綴磁珠，如雞頭大。
聯屬亦若鼓釘。佃户觸落十餘枚，越宿完好如故。先生試之，果然，
深以爲怪。復命瘞之。或有言：「覽而復完，必聚寶之物。」再命發
之，不可復得。（第一一卷第三篇，頁245）

5、〈怪風〉一篇是在敘述邊疆的奇特旋風現象。風不但壯大如山，且威力驚人。顏色蒼紫還夾有火星，聲音響大、如雷貫耳。對人們、動物的殺傷力也十分駭人，捲起的石頭不但割傷人的臉皮，傷口也深得無法完全恢復：

> 忽見一山，高約數千仞，色蒼紫，中有火星萬點如螢，蔽日而來，
> 有聲若千雷萬霆。眾皆失色，馬亦驚嘶。塔驚疑，謂此必山移矣。
> 俄而漸近，不及回避。乃同下馬據地，閉目，互相抱持，自分齏粉。
> 頃之大震，天地如黑，人人滾跌，不由自主。馬踣人顛，逾時始定。
> 次第蘇醒，彼此懼呼，幸不失一人。但皆脫帽露頂，滿面血流。石
> 子嵌入面皮，深者半寸，抉之乃出，大者如豆，小者如椒。驚定知
> 痛，超乘即馳，回望高山，已在數十百里之外矣。

透過和邦額對這些特殊地理景觀的描繪，讓我們可以了解當時中國疆域之大，也了解了不同的景觀特色。這些風土景物，即便讀者無法親身體驗，但也透過和邦額的文筆，也讓我們感同身受。所以這些地理景觀似乎也就沒有地圖上的距離，而是直接在我們眼前呈現。

四、民間信仰

宗教信仰到了清代，受到儒、釋、道三者合而為一的影響。〔註2〕所以只要是教忠教孝、勸人向善或是能幫助人達成心願的，中國人都會為祂添上香火膜拜祂。所以不管祂是神是仙是佛，都要抱持著一個虔誠的心。若是相信祂，就可接受神明的恩典，還可以消災解厄，避災避禍。若是心存不敬或是敢加以詆毀，通常都得接受懲罰或是有不好的下場。在《夜譚隨錄》中，除了討論求仙得道的篇章之外，也有討論其他民間信仰的篇章，如〈李翹之〉、〈閔預〉、〈呂琪〉、〈春秋樓〉、〈棘闈誌異八則之八〉、〈維揚生〉等六篇。

1、〈李翹之〉一篇是說信眾見到菩薩相貌變化，因此更加潛心禮佛：

> 正苦逆躓，忽山川大地放大光明，迎面十八里外，現一菩薩寶相，
> 高可數十丈，衣紋瓔珞，燦若雲霞，月面星毫，靡不華采，映澈世
> 界盡如琉璃。李且瞻且拜，口誦佛號不絕，頃之始隱。詢之同人，
> 悉蔑之睹也。（第一卷第六篇，頁20）

李翹之年少時得見菩薩寶相變化，不但親眼所見，且能敘述的歷歷如繪。後

〔註2〕　唐大潮：〈論明清之際「三教合一」思想的社會潮流〉，《宗教學研究・道教研究》，1996年二期，頁36～37。

來又接受徐公恩典，一直到過世都不會忘記他人的恩惠。這個經歷不但讓李翹之的信仰更加虔誠，也表現出了一個人能透過宗教能擁有更深崇高道德修養的良好典範。

2、〈閔預〉一篇則是先敘述一些不守規律的出家人行為，再講述觀音大士救人的經過：

> 媼在前以手拂戶，門自辟，閔尾而隨之。媼身有白光如月，到處映徹如晝。一路行復道中，兩壁高峻如城垣，歷數重門，媼至徹開，無有隫礙。卒至門，媼停步謂閔曰：「即從此出，勿走回頭路。」閔方欲申謝，已失媼之所在，始悟為大士化身，救拔苦厄。默誦寶號不絕，踉蹌奔數里，約去庵已遠。（第五卷第二篇，頁107）

閔預送叔入闈場考試，卻沒想到會遭遇尼姑拘禁，還好得到疑似觀音大士的老嫗相救。雖然不清楚為什麼閔預會遇到這種災難，但是他心中還是抱持著相信一定或有神靈幫助他。所以最後才會有觀音大士相救，相信閔預從此也更加相信觀音大士，也會更加一心向佛。

3、〈春秋樓〉一篇是在描述將軍命鉅公作記，記成名滿塞上。後夢關聖邀為春秋樓之僚，果在春秋樓逝：

> 公寢，陰異之。知不久於人世，即致仕歸。歸途值大雨，息駕一古剎中。剎左有危閣，題額則春秋樓也。恍然悟，沐浴具衣冠，屏去僮僕，端坐樓上而逝。（第五卷第二三篇，頁126）

和邦額記錄了人們相信世間之人可以因為特殊的技能，被天上神仙招喚，而並列仙班。

4、〈棘闈誌異八則之八〉一則敘寫書生在入闈之時，竟遇司文之神書「魁」字的奇事：

> 生大喜，即濡墨大書一「魁」字，其人遂滅，而字故在卷上，墨漬數重，因被貼出。（第六卷第一篇則八，頁136）

民間傳聞專管世人讀書仕進之神就是司文之神，所以書生在考試之時，竟得司文之神書「魁」字，自然是喜出望外，覺得金榜題名指日可待。

5、〈維揚生〉一則是敘述書生因為對神明不敬而遭到懲罰。

> 是夜，生夢中為人縛至一廣殿下，見項王按劍而坐，盛怒叱之，聲如巨霆，棟宇震搖。生震慴僕階下，傷折股。王命拔舌，即有數壯

士同聲而應，蜂擁至前。一人摳抉其舌，極力拔之，生大叫而寤。
舌遂蜷曲，不復能作了然語。右股亦病癱瘓，終身不瘳云。（第一一
卷第一〇篇，頁253）

書生與友人至西楚霸王廟論楚漢相爭，獨書生毀謗霸王而且還擲筆題字輕
蔑。當天夜晚就夢見項王命令左右拔舌。夢醒之後生果然不能言語，右股病
癱，這些症狀終生都未痊癒。更可看出對未知之事還是應抱持虔敬之心。

　　由以上可以看出，這些民間信仰對人們的影響之深。大家對於神祇都是
極盡尊重與虔誠之心。深怕一個不留心，若對神明做出一些踰矩的行為，就
會遭受神明的處罰，或是導致生活不順遂。和邦額也對描述神仙施展神蹟的
細節敘寫的十分仔細，可以知道他想要強調神蹟顯現的真實性，所以故事讀
來也就更加的貼近人們生活。

　　和邦額在敘寫不管是關於民間習俗、求仙得道、地理景觀、民間信仰等
方面的故事，仍是堅守嚴謹寫作的筆調，在故事的陳述十分平實自然，也忠
實了呈現了當代的風俗景物。所以我們可以看出這一類的故事表現出了和邦
額對社會各種人事物動態的關注與了解，不是只有單一面向，而是全面而立
體的。因此這些故事，自然也就不只是絮絮叨叨的流水帳，而是有血有肉的
生活實錄了。

第四節　奇人與其他

一、奇人異術

　　在《夜譚隨錄》之中，還有一些篇章敘寫到一些不同於一般人的奇特人
物，也記錄了他們的一些奇特徵象或是令人嘖嘖稱奇的技能。這類故事有如
〈劉鍛工〉、〈王京〉、〈伊五〉、〈鍋人〉、〈柏林寺僧〉、〈烽子〉、〈請仙〉、〈地
震〉、〈朱佩茝〉、〈袁翁〉、〈市煤人〉、〈堪輿〉等十二篇。

　　1、〈劉鍛工〉一篇主要是在描寫少年的奇特劍術：

　　　　言未絕，隨聞割然一聲，白光如匹練，出自帳中，繞室如飛電，寒
　　　　侵肌骨。（第二卷第八篇，頁45）

劉鍛工與少年同宿旅店。另一許生無禮，欲調戲少年，少年駁斥。後見白光
變化，劉鍛工居中調節。天亮之後，才見兩人眉髮皆落。乃知白光，為少年

之劍法。

2、〈王京〉一篇是描述炮手由於操作大炮不慎，使得自己成爲癡呆，僅會作炮聲：

> 半年後始愈，面色如豬肝，滿布瘢點如靛青者數百餘，大似蓮子，雖妻子亦不復識，無論親故。七情俱昧，不言不笑，亦不行立，但能坐臥。每見人來探，或獨居一室，輒舉手向天，張口作炮聲云：「轟」。（第二卷第十三篇，頁49）

當時的人對這種現象會感到驚異，也可認知爲是對精神科學的不了解。經過現在的廣泛研究，已可知道這種現象，世人遭驚嚇過度，精神狀態失常。若能透過適當的治療及協助，相信必有進展。不過當時畢竟醫療狀況未像現在的發達，這些人也就只能癡愚過一生。

3、〈伊五〉一篇是描寫伊五得異術。不但拯救小兒死而復生，又得救富家女，後致富：

> 伊取小囊，就門隙張之，出濃煙一縷，蛇遊而入。

> 視之，則一藤夾脈也。聚薪焚之，精血流溢，氣味如燒肉，逾時始盡。伊復書符，令女吞之，病遂若失。貴公甚德伊，贈賚極厚；伊以其貲購室娶婦，儼然素封矣。（第三卷第五篇，頁66）

伊五可以得到這樣的能力，幫助這些人脫離險境，但不是所有的人都能夠如此幸運。世界上有許多無法解釋的境遇。而囊中貯靈魂與樹藤攝人精神的傳說，也在此篇之中得到印證。

4、〈錫人〉一篇則是提及類似〈王京〉一篇，講述另一兵卒出外殺蠍受傷。卻被奇人拯救療傷的境遇：

> 某徐徐自蘇，扶槍強步，殊不覺痛楚。但見遍身骨節，及節皮當聯絡處，有肉錫子，長二寸許，闊五分，大小無少差謬，甚以爲異。巨蠍死地上，凶惡可怖。即縛之槍上，荷以歸。至今其家猶存蠍靶云。（第四卷第七篇，頁96～97）

某兵卒前往殺蠍，忽然遭受槍靶襲擊。後轉醒之後見傷口如錫觸，才知得錫救。但不知感受情景爲眞實或幻覺，不過得救是實情，某兵卒便留蠍靶作爲紀念。

5、〈柏林寺僧〉一篇描寫柏林寺僧積蓄遺失，僧化作蝦蟆尋回：

> 僧乃躍然而興，蝦蟆倏不見。識者謂是僧精神之所凝結而化成也。（第

五卷第八篇，頁 113）

人因金錢投入許多精力，是尋常可見之事。不過方外之人，也如此執著，實爲少見。若此僧將精力運用在修爲的提升，應該更有意義。

6、〈烽子〉一篇是敘寫小兒易失，且腦髓空無一物，疑婦人取：

> 忽萌妖異，露宿者往往失去小兒，或腦破漿空而死。遂各相警備。雖夏夜酷暑，亦必扃鍵戶牖，甚有藏小兒於箱筐中者。患此近一年矣。
>
> 乃取火槍火藥，下鉛子，向婦人發之。甫中而顚，雷隨下擊之。（第五卷第一八篇，頁 119）

士兵擊斃婦人之後，此現象就再也沒有發生。雖然疑惑婦人爲何要取小兒腦髓，不過生活能再得以平靜，就是一種幸福。

7、〈請仙〉一篇爲描繪和邦額家中請來戲術人，卻無人稱讚其戲法，夜裡又作他術。這次聽聞數女之交談聲，且如現眼前：

> 噀水三哩之，瞥見一女子立几後，約長五尺許，衣大紅衫，拖素裙，眉目娟好，微笑作羞恥態。
>
> 予時年十四，至今記之了了，每舉以告人，無有能測之者。或謂即障眼法，不足爲異。然障眼法，不過能障眼耳。未有能握之有質者。是不可解。（第八卷第八篇，頁 168）

這篇敘述戲術人技藝之奇的故事，也是和邦額唯一在十四歲時親自見聞的故事。

8、〈地震〉一篇是描寫西域小兒在地震前夕，驚見許多人身上繫有枷鎖：

> 老人相傳，雍正庚戌歲，京師地震之前一日，西域一人，抱三四歲小兒入茶肆，甫及門，小兒輒抱其頸，啼不肯入。其人怪之曰：「畏此地人多耶？」乃之他肆，至則復啼，易地皆然。其人以爲異，問：「汝平日極喜入茶社食蜜果，今日胡爲乎爾？」兒曰：「今日各肆賣茶人及吃茶人，皆各頸帶鐵鎖，故不欲入。且今日往來街市之人，何帶鎖者之多耶？」其人笑其妄。路遇一相識，問所之，白其故，大笑而去。（第八卷第一〇篇，頁 189）

地震本爲一自然現象，而且到現在也沒辦法準確預測。在此篇之中的小兒卻能預知罹難之人，且能見到眾人被束縛的困境。更令人想要探知這其中的玄妙。

9、〈朱佩茝〉一篇為敘寫女子懷怪胎的故事：

> 朱試往觀，物方蟠屈，閉目如睡。朱潛解佩刀突前，握物之髮，拖
> 之出房。物驚窹，瞪目張口，聲礚礚如擊石，蜿蜒纏朱左股。眾遙
> 立喧呼，朱刀已落，血藍色，淋漓滿衣。（第八卷第一一篇，頁 190）

有一女為人婦，半年懷怪胎，全家不得安寧。朱佩茝殺胎之後，家中遂平順
無事。

10、〈市煤人〉一篇是描寫人身上怪異傷痕如何而來的緣由：

> 見一人裸身荷擔，入庖廚供煤炭者，胸前背後，各有傷痕，長咫尺，
> 闊寸餘。（第一一卷第一一篇，頁 253）

後得知其年少時賣菜行程遙遠。某日洪雨，暫住某屋。見人遶地而踊，市煤
人驚駭之餘，撲窗而出。隔日知為婦人縊，市煤人身上亦現傷，後乃之為驚
時撞斷窗櫺所致。

11、〈袁翁〉一篇在敘寫袁翁得以致富的奇特遭遇：

> 肆主見之感嘆，始知翁長者，天固有以默啟之也，再拜謝罪而去。
> 翁自此富甲一縣。已而生子，子生孫，皆能讀書上達，有仕至尚書
> 者，督撫者，卿貳者。科甲聯綿，迄今正當鼎盛也。（第一一卷第一
> 六篇，頁 258）

袁翁年少典物時，不被當鋪主人接受。主人萬分輕蔑，袁翁羞愧之餘，口出
「死孩當亦質」語。後袁翁得白銀富。肆主遂已死孩當，袁翁果質，當地埋，
又掘得鉅額白銀，乃知天啟。

12、〈堪輿〉一篇說明當時之人對風水命理的信任：

> 某至墓所周視，即曰：「此穴得木之氣甚旺，不可更遷也。且發土更
> 見肢體，於君大不利。」子欲中止。其鄉人皆不欲，曰：「富而不榮
> 葬其親，致掩骼異地，非孝也。」子不得已，擁工發掘。未及咫尺，
> 已見槐根縈絆，抽而斷之，清香撲鼻。及棺，則盡為桑根蟠絡，不
> 露寸木，竟半日之力，始取棺出。棺已朽，一臂在外，工納之，臂
> 折。……子大哭，觀者靡不惋惜慨嘆。子扶柩歸，於路墜馬折一臂，
> 遂成廢疾。旋卒於逆旅，棺厝一古田中，無馬鬣封也。
>
> 五年後，乞休歸里，宦囊頗裕。但不敢復為人相地，相則兩目赤腫，
> 每數日不瘳。（第一一卷第一七篇，頁 259～260）

某參領征青海，遭俘擄。送至喇嘛處，傳受一術。後以術爲人相地，皆神準，名聲就廣爲流傳。五年後不復再爲人相地，若爲人相地必雙目赤腫。自古至今都傳說知天命必有殘疾或家中不安寧，某參領也是如此。一般說來，在生活富裕之後，若還替人相地算命，就會有不幸之事。所以天命難以違逆，從此篇也可得到印證。而且可以看出除了漢民族之外，邊疆民族也重視風水命理之學。

　　和邦額在描寫這些奇人異術的故事之時，對於他們擁有那些特徵或是如何施展這些技巧，都描寫得十分詳實。所以讀者在閱讀的過程中，不自覺就會被吸引，更想知道究竟還有哪些奇特之人事物。也因爲這些人的奇特，讓讀者更感受到和邦額對這些人事物的深刻觀察，所以寫作時才能行雲流水，躍然紙上。

二、權貴惡行

　　清朝自乾隆皇帝繼位之後，已是由盛轉衰之勢，國運變弱，連帶民間生活情形也每況愈下。作爲上位者的各級官吏或是權貴的八旗子弟，也出現貧窘之境，更不用說其他一般的平民百姓的生活拮据。也因爲生活形態的改變，這些權貴的行爲也就更加光怪陸離。和邦額的作品中便出現了許多權貴惡行，敘寫內容森羅萬象，令人更加深入瞭解當時的眞實生活境況。這一類的故事有如〈張五〉、〈倩霞〉、〈棘闈誌異八則之二〉、〈棘闈誌異八則之四〉、〈棘闈誌異八則之七〉、〈白萍〉、〈某王子〉、〈巨人〉、〈姚愼之〉等十篇。

　　1、〈張五〉一篇中知縣病危，鬼差令張五一同前往拘提：

　　　　汝速入房，將此鏈繫知縣項上，勿恐勿怖，竟牽之以出。（第二卷第
　　　　四篇，頁34）

由鬼差口中可知縣平日就貪財好色，實施酷刑、濫殺。人民無法反抗改變，心中存有畏懼，只能苟且度日：

　　　　彼雖爲官長，而貪財好色，濫殺酷刑，今且爲罪人，奚復可畏！（第
　　　　二卷第四篇，頁35）

　　　　遂出至坊間。預有二人，駐囚舉二輛，相候於通衢。四役因納知縣
　　　　與郭於舉中。（第二卷第四篇，頁35）

拘提知縣之後，張五返回家中，張妻以爲張五已死，家中早已設起靈堂。張五告知妻子自己的所見所聞，經查證之後皆爲實情：

死者不可復生矣，天數夙定也。況氣未絕，俟天明延醫治之，料無
妨也。（第二卷第四篇，頁35）

比曉，舉城軍民擾亂，僉知縣官於五更時死矣。密訪郭幕，亦同時
暴亡。（第二卷第四篇，頁35）

2、〈倩霞〉一篇中，更是透過倩霞之口，完整陳述出在耿精忠驕奢淫佚之
下，所發展出來的民怨。故事先敘述男女主角得結連理經過：

遂以倩霞妻之，更賜千金爲妝奩之費。林青得倩霞，出於意表。（第
三卷第三篇，頁62）

地方官吏如耿精忠奢華淫亂，視人命如草芥。黎民百姓連在田中做農事，只
要上位者見獵心喜，都會無緣無故被擄走。回到官邸之後，不論是爲奴爲妾
爲禁臠，一生底定，再無逃脫之日：

霞時才九歲，雖亂頭粗服，脂粉不施，而眉目如畫，耿問老嫗，云
是孫女。耿出白金十兩，欲取之，嫗不從。耿大怒，掠之以歸。（第
三卷第三篇，頁62）

倩霞在與林青終於能夠逃脫耿精忠之後，說出了更多關於耿精忠的暴虐行徑：

耿大怒，選事杖殺之。（第三卷第三篇，頁63）

又耿每盛怒時，往往剝人皮，歲以十數。（第三卷第三篇，頁63）

耿平居喜食雞翠，每下箸，非數百不饜。袁姬尤嗜榛栗及熊白，耿
爲百方致之。庖人之失飪，往往獲死。（第三卷第三篇，頁63）

3、〈棘闈誌異八則之二〉一則中敘述俞生先君做官之時，曾因利慾薰心，
受賄兩千金，囚殺無辜之人。臨終之前，告誡子孫不要再追求功名，而
該多行善事以求贖罪。但其子孫仍執迷不悟，汲汲於功名。後來果然不
得善終：

先君子宦游半世，及解組歸，遂病怔忡，數年不愈。捐館時，呼予
兄弟四人至榻前，泣囑曰：吾平生無昧心事，唯任某縣令時，曾受
賄二千金，冤殺二囚，爲大罪惡，陰報當斬嗣。以祖上有拯溺功，
僅留一子單傳，五世不得溫飽。吾今人非高於泰山，鬼責深於滄海，
地獄之設，幸脫無由。子孫或不知命，妄想功名，適益吾罪，非孝
道也。汝弟兄其各勉爲善事，自圖結果。（第六卷第一篇第二則，頁
129）

4、〈棘闈誌異八則之四〉一則中，康生投單文炳家為僚，但才不如單文炳。暗嫉單文炳與小蕙交好，誣淫兩人有不可告人情事。單文炳遭笞刑，小蕙冤死：

> 康乃舉文炳私小蕙事，附會以告。（第六卷第一篇第二則，頁 133）

> 大聲索小蕙，撻而鞫之。（第六卷第一篇第二則，頁 133）

康生住李伯瑟家避禍，但入闈後，康生自拔舌亡：

> 言訖，引手自摳其舌，極力拔之，出口四五寸，血流吻外。伯瑟駭甚，力救之。手爪透入舌根，牢不可脫。比官來相驗，已連根拔出，昏倒地上，斯須而斃。（第六卷第一篇第二則，頁 134）

5、〈棘闈誌異八則之七〉一則中，某氏欲嫁女，乏妝奩，先貯蔡處。蔡不認，賴老奴，老奴縊死，蔡入闈，亦自縊。

> 乃攜入館中，以情告蔡，乞代為存貯。時左右無人，蔡即納於箱中而鎖之，曰：「汝第去辦正事，寄此無妨也。」僕謝而去。（第六卷第一篇第二則，頁 135）

> 言訖，掩面而泣。僕無以自明，但自批其頰以自罵。是夜遂縊死。（第六卷第一篇第二則，頁 135）

> 次年，蔡入闈，精神恍惚。下帷秉燭，親筆備錄其事於紙，自述昧心蔑理，罪不可逭，解帶自縊於黃苧白葦中，比人知覺，體已冰矣。（第六卷第一篇第二則，頁 137）

6、〈白萍〉一篇中敘述林澹人巧遇余白萍，後結為夫妻，後林澹人求得功名之後，捨棄糟糠之妻余白萍，遭報應斷嗣：

> 正愁孤子，幸得與君邂逅。如見憐，願備妾媵。（第八卷第三篇，頁 178）

> 擇日納采。及合巹，新婦果麗。第林具過偉，定情時大為鑿枘。三朝，婦家來餕，男女親戚，宴會滿堂。忽一女子瞥然至前。諸眷驚起視之，甚艷，而皆不相識。急呼主人，林入視，則余氏白萍也。（第六卷第一篇，頁 179）

> 乃命二嬛褫林衣，折柳枝鞭之數十。更以溪沙傅其陰，置諸石上，而後舍去。（第六卷第一篇，頁 179）

> 所賴少年英發，祖德不衰，得捷南宮，仕至清要，以符一子為螟蛉。

（第六卷第一篇，頁180）

7、〈某王子〉一篇中，某王子性殘，視平民生命如草芥，終日無所事事，只會與左右欺凌侍僕、百姓。不是刑以炮烙，就是將灰燼放置僕役手中，視人命於無物。貓、狗等牲畜更是鞭打，甚至肢解，用似車裂之刑虐殺。更將蝙蝠等物下鍋，可知王子性情之殘酷：

> 相傳明朝某王子，出側室，性殘忍。成恒無所事事，惟與閹奴媚子縱肆淫暴。媵侍小有過。輒燒鐵袗衣烙之。或將未燼煙灰置其掌中。灰燼皮焦而後已，不容轉側。苟不隱忍，則匪刑復更矣。貓犬稍不愜意，貓則縛四足於四犬，鞭之四走，以分其體。犬則用四驢或四馬，蓋仿古車裂刑也。常設巨鑊於殿中，沸油滿之，捕燕雀蝙蝠生煎之，俾焦黑蘸椒鹽以佐酒。（第十卷第九篇，頁237）

死後托夢長史，自己與其母將為驢，希望長史能拯救他們。長史告知王爺此事。乃將二驢放於園寢。後王爺逝世，兩驢亦不知所終：

> 長史如數給之，牽驢以歸。是夜復夢王子及母來謝。長史弗敢隱，乘間白諸王。（第十卷第九篇，頁237）

> 王一日過之，二驢見王，伏地流淚。王試呼其名，輒搖尾而嘶，似應似舍。王亦惻然者久之，憂悒而返。及王薨，二驢不知存否。（第十卷第九篇，頁237）

8、〈巨人〉一篇中載明若處處為惡，就會遭受懲戒：

> 應城王家口，有村氓十餘輩，以秋稼將登，同於田間作蘆棚守之。一夕，釃飲月下，倏有旋風自北來，勢如山嶽，群以為怪。既而漸近，約去三矢地，忽停吹不動，形如浮圖。但聞聲震如雷，化為巨人，高二丈許，白衣白冠，手持白幡，向眾一揮，仍為旋風向南去，急如奔馬。眾悉驚絕。良久，始陸續復蘇，哄傳鄉井。夥中有三人：一持觀音咒已三年，一不食牛肉，一大醉熟睡，未嘗與睹，尚以為妄，然亦不敢復往守田矣。避數日，十餘人接踵暴死，唯三人無恙。（第一一卷第一三篇，頁255）

流氓見人民莊稼欲收成，就想強據田地。一夕有怪風，巨人出現。中有三人未目睹，後來其他人皆莫名斃命。而且巨人出現的來由，令人感到好奇。

9、〈姚憒之〉一篇中提及姚憒之應聘李公幕府，李宅不寧（乃因康熙年間

某提督居時殺人無數）。某日獨飲於園中，見人不應，心中有所困惑。
其人斷首乃現，姚愼之大驚，兩月乃癒：

> 綠樹數百章，多百年物，往往有鬼物現形。日暮，人不敢過。相傳
> 康熙間，某爲提督時，每殺人置園東夾壁中，迄今白骨髑髏，猶有
> 存者。愼之悉未之知。（第一一卷第九篇，頁249）

> 驚視之，二男一女，男無首，女浴血滿身，皆裸身而坐。姚狂叫返
> 走，顛踣無算。幸館童提燈來覓，掖之歸室。病仲夢悸，兩月始瘥。
> （第一一卷第九篇，頁249）

這篇展現了康熙年間某提督所遺留下來的惡行。

10、〈鄧縣尹〉一篇寫到村婦與姦夫殺本夫，諸府皆不審。各個官吏膽小怕
事，互推責任，最後只能委任鄧縣尹審判，本夫終於伸冤得雪。

> 衡水某村，有婦人與豪右私通而謀殺本夫者，爲屍伍所首。姦夫以
> 多金賂仵作行人，俾其袒己，相屍無傷。官不能理，轉斥其告誣妄，
> 痛懲之。復訴諸府，太守委定興令鄧公往按之。鄧至，反覆相驗，
> 不得証據。

> 即屍前提姦夫淫婦，嚴刑拷掠，盡得其狀。姦夫坐斬？淫婦坐凌遲。
> 案結，一邑稱神明。（第一二卷第一○篇，頁277）

這些篇章都是在呈現當時的官吏權貴利用自己的優勢去圖謀更多的利益或是
權力。在過程之中，傷害了許多人。不過他們雖然可以圖得一時的貪快，卻
也常常要付出極大的代價。所以可以從這些篇章之中，看出和邦額對社會現
象的觀察入微。也可以知道因爲和邦額身爲八旗子弟，可以看到的官吏權貴
行爲也比其他人多。因此他所描述的官吏權貴故事面向也較爲多元豐富。

三、生活面貌

在《夜譚隨錄》之中，還有一些篇章是在描寫因爲當時社會經濟動亂，
所造成的一些悲慘的情況。這類篇章有如〈梨花〉、〈米薌老〉、〈戀子〉、〈孝
女〉、〈白蓮教〉等五篇。

1、〈梨花〉一篇中先敍述京師權貴有從雍坊買婢女的行爲：

> 京師時雍坊，有以十歲女來鬻者。孝廉舒樹堂以錢三十千得之，命
> 名梨花。（第一卷第三篇，頁10）

這些女子大多有過人之姿，但家中主人多想據爲私有，或作內寵。雖然女子都想堅守志節，不爲所屈，但爲現實或迫於壓力低頭的亦不知凡幾。故事主角梨花腹中心酸則更爲曲折。他本爲男子之身，身不由己要賣身爲僕爲婢，還得化男爲女，才能得到十倍的賣身錢：

> 曩歲迫於飢寒，父母鬻子謀朝夕。是時女價十倍於男，故作此弊，以求多售。（第一卷第三篇，頁 11）

2、〈米薌老〉一篇中，則是揭露世局混亂。因時代動盪，擁兵將領叛亂。除了奴隸販賣之外，連婦女都遭任意掠奪，此時女子生命如草芥一般，視如貨物裝袋出售。不論年事大小、外表美醜，將人如牲畜一樣販賣。任意將女子貯存於布囊之中，以微薄金錢販之：

> 康熙間，總兵王輔臣叛亂。所過擄掠，得婦女，不問其年之老少，貌之妍醜，悉貯布囊中。四金一囊，聽人收買。三原民米薌老，年二十，未取。獨以銀五兩詣營，以兩賂主者，冀獲佳麗。主者導入營，令其自擇。（第三卷第九篇，頁 73）

男子如米薌老欲婚聘，就前往市集購買。其實人民除了爲傳宗接代任務之外，也是希望能夠爲家中增加生產力或有人操持家務。但若像米薌老得老嫗，而劉叟得少婦，這種老妻少夫，或老夫少妻之景，也是處處可見。幸得嫗使巧計，令兩佳偶成。從中可知，一般人民的生活苦痛已斑斑可見。

3、〈戇子〉一篇則是敘寫家僕因回報主人恩惠，而被收爲義子的故事：

> 及赦歸，謝官湖湘，戇子勸其勇退。謝致仕，頤養林泉。戇子壽至九十，無疾而終。咸以爲忠義之報云。（第三卷第七篇，頁 72）

謝梅莊有三僕，一點、一樸、一戇。謝梅莊本對戇僕，並無特別的好感。怎知後來謝梅莊不幸獲罪，僅戇僕救主有功，遂收爲義子。可以從中得知，當時社會地位的提升，不是想要改變，就可以改變的。

4、〈孝女〉一篇中，則是敘寫女子純孝，爲父親祈福的故事：

> 女謹志之。夜俟父安寢，輒潛於院中，持香一炷，計其里數，繞院而拜。默祝：一身孱弱，父病甚，家中更無人，不能朝山進香，謹按里數，一步一拜，有如身到寶山，親瞻聖像，保佑老父沉疴速起，百歲康強，自願繡佛長齋，終身頂禮云云。如是，得間則拜，日夕不輟。半月有餘。（第八卷第七篇，頁 185）

孝女父久病不癒，孝女想朝山進香祈求父親身體康復。雖然無法前往，不過確在家中施行。可以知道當時人們爲了生計，每天都得早出晚歸，連想要爲家人祈福的時間也沒有。

5、〈白蓮教〉一篇中是在敘寫人民淪落爲賊，卻巧見惡人取孕婦肚中胎兒的情況：

> 楊睹之，驚怛忿恨，盜念頓灰，出戶尾之，密覘其所向。（第一一卷第一四篇，頁 255）

許子娶婦，妝匳厚，楊三欲竊之，某日入府行竊見他人，剖許婦肚，取其胎。楊三逃走之後，與他人道所見，遂獲竊盜罪，但獲賞銀且揭白蓮教惡行。可以從此篇看出當時的社會亂象，人們喪失心志，連殺人奪胎的情形都可見到。

這類故事表現了當時人民求生存的困難，不過也表現了當時人們面對困境的智慧。可是和邦額畢竟是秉持一種記錄奇特故事的原則，所以並沒有強調生活困境的原因、經歷。大多在下筆描述時，用較簡單的筆調輕輕帶過。因此在閱讀時，也就看不出其中深刻的情感。

四、奇境遭遇

和邦額敘寫的故事之中，還有許多篇幅是主角誤入奇境，遭遇奇遇。這種想要超脫自己本來所處的環境，到另一個風景優美、人事和諧及與世無爭的理想境界。這些地方大多在荒郊野外或是深山之中，不但少有人跡也乏人問津。大多數的奇境，一旦離開，通常就再也無法回到那令人夢寐以求的桃花源地。這類故事有〈香雲〉、〈韓樾子〉、〈修鱗〉、〈霍筠〉、〈柴四〉等五篇。

1、〈香雲〉一篇中敘述喬復操舟迷途入奇境，老嫗將香雲嫁給喬復爲妻：

> 會載數估客下荊門，過黃金峽灘險，日暮不敢發，泊舟古戍前。舅命入山伐竹，迷不得出，榜徨殊甚。（第一卷第四篇，頁 12）

又遇十郎阻止兩人婚姻。喬復經由許多人的幫助之後，終於得以帶著香雲離開：

> 十郎腰弓矢，挺畫戟，護衛甚眾。兵刃既接，兩軍大鬨。十郎勇甚，諸女力不敵，各鳥獸散。女急退，鹿中流矢死，女被髮徒奔，身被數創，失其雙履，蹶不能興。適喬奔至，負之以歸。（第一卷第四篇，頁 14）

後家漸富，遇公子覬覦香雲，又巧施計謀戲弄公子後，翠姨來訪，香雲與翠

姨離開：

> 雲偶出汲，爲公子所見，迷惑失志。伺喬不在，密遣二女隨侍。（第
> 一卷第四篇，頁 18）

> 翠慘然爲之下淚，喬亦鬱鬱。是夜，雲伴翠宿於內寢。翌日，向午
> 不起。喬呼之不應，大疑，排闥入視，已失二人所在。（第一卷第四
> 篇，頁 19）

不過香雲仍然時常來探視喬復及子女，外貌如故，可知香雲等人絕非常人：

> 每隔五六年，雲必來一探，又三四年不絕，容色終不少減。親戚初
> 面者，往往母其女，而女其母焉。（第一卷第四篇，頁 19）

2、另如〈修鱗〉一則爲敘寫修鱗在夢中所見的奇境：

> 躇履出戶，緣階而行，冥想夢中去路，依稀可認。尋蹤至牆下，花
> 磚缺處，有小穴大如錢，恍似東關形勢。對穴窺之。則梅之魚招惺
> 山，歷歷可辨，穴口有遊蟻出入。方悟四十年功名富貴，皆夢中蚊
> 國幻化而爲之也。（第四卷第一篇，頁 79）

雖然修鱗看似得償所願，獲得權傾天下的功名與享用不盡的財富。但這四十
年的快樂生活，也不過是在夢中蟻國的黃粱一夢吧了。

3、〈韓樾子〉一篇，敘述韓樾子出門遇雨，於是找了遮蔽之處躲雨。避雨
的時候見到書娟，後隨書娟返回書娟家，且留住一段時日。書娟家十分
富有，兩人荒廢嬉戲，韓樾子早將家人拋諸腦後：

> 行入萬山中，跋履迤迢，約數十里，始達其處。千峰環抱，萬木森
> 羅，靠澗依山得一巨宅，四面別無人居。韓疑之而未發，婦已知之，
> 笑曰：「子疑兒家無鄰比乎？蓋祖父辟世者也，居此近百年矣。凡人
> 罕得至此，正可與子盤桓，勿忖度也。」（第四卷第四篇，頁 94）

雖然情意綿長，不過後來思鄉情切，返鄉省親：

> 次日復宴於亭。韓偶見燕子將雛，陡憶萱闈，不禁廢然思返。（第四
> 卷第四篇，頁 91）

怎知回鄉之後，早已人事全非。在服完母親喪期之後，想要再回去找書娟，
卻再找不到書娟人影：

> 服闋，復治裝出井陘，循路入山，重至其處。一風景如故，第宅無
> 存。但見頑石寒泉，亂雲紅樹。空山寂歷，幽鳥啼鳴。四顧茫茫，

　　杳無人跡，徘徊向夕，大慟而歸。（第四卷第四篇，頁92）
所以也只能滿抱憂傷情緒返家追思與書娟等人的美好回憶。

4、〈霍筠〉一篇中敘寫霍筠本爲瘍醫子，但好時藝，父親就趕走霍筠。霍
　　筠無奈，只好前往赴考。霍筠在迷途之後，被引領到一深門巨戶：

　　俄至一莊院前，林木森鬱，門庭壯麗，儼然巨家。（第九卷第一篇，
　　頁193）

知悉霍筠爲醫者，便大改其態度，求醫於霍筠。女子求治得痊癒，乃得結爲
親，成爲其夫婿，霍筠亦娶蕊兒爲妾：

　　遂贅於梅氏。花燭之盛，人世罕儔；魚水之歡，人世罕匹。女復使
　　筠納蕊兒爲妾。（第九卷第一篇，頁196）

家中愈來愈富有，霍筠的兄弟知道消息，前來拜訪，對宜春起不軌之心，不
但沒有得逞，反遭惡報：

　　郎之兄弟，大非良善，故作淫劇惑人，兒已小施戲術，俾通室以顚
　　倒之矣。（第九卷第一篇，頁198）

後宜春生一子別，始知梅家人皆爲怪：

　　強掖入門，則第宅化爲烏有，僅存破屋數椽，荊杞滿目而已。舉家
　　驚駭，始知遇怪。（第九卷第一篇，頁201）

5、〈柴四〉一篇中，柴四本爲一賣羊的窮小販，可是卻在一次途中，誤入
　　奇境。途中景色頗似〈桃花源記〉。同爲迷途，見一光線，入其洞，洞
　　內竟爲一美景勝地。：

　　已而，有隙光透入，望如一線。即之，得一石門。力撼之，豁然開
　　辟。門外細草茸茸，萬花如繡，遠山橫黛，近水拖藍，天朗氣清，
　　一目千里。柴驚喜出意外，即牽驢而入。度花叢，才半里許，便得
　　一徑。夾徑奇葩異卉，悉平生所未睹。桃花千葉，皆大如碗。時際
　　殘秋，而其地風景則似暮春，懷惑殊甚，乃騎驢得得行去。（第一〇
　　卷第四篇，頁228）

柴四得苟孀子欲嫁苟女，卻因聽聞柴四以販羊爲業拒絕：

　　柴聞之，不勝狂喜，雖辭而不力。苟即索聘，柴解囊出紫金條脫二
　　枚奉之。苟曰：「兩世販羊，死羊若千矣。罪不可逭也，改業亦晚矣！」
　　反其聘，留其驢，贈金一錠而遣之。柴大悔恨，而不敢爭辯，怏怏
　　負囊而去。（第一〇卷第四篇，頁229）

後苟孺子嫁女於鮑處士，柴四不服奪驢之事，擾亂婚禮：

> 見之，娟心火熾。突前遮道，謂：「何故奪我驢？」（第一○卷第四
> 篇，頁229）

後遭流放，逃出官外已離家數千里，過數年：

> 柴大驚，蓋去所墜之井，已於餘里。計墜井之期，已十餘年矣。星
> 夜歸家，家已易主。訪求親友，邊流殆盡。（第一○卷第四篇，頁229）

這些奇境遭遇的故事，在和邦額筆下，對於奇境的環境以及其中的人事物都描寫的巨細靡遺。可以看出和邦額在描寫故事的細節上十分的留心注意。也因爲他遊歷大江南北，對環境的感受與了解很深。所以在描繪這些奇境之時能夠信手拈來，渾然天成。

　　和邦額在敘寫奇人異術、權貴惡行、奇境遭遇、生活面貌等方面的故事，雖然篇數沒有其他種類多。不過卻也表現了他對這些關於人們生活中所發生的異於平常之事的濃厚興趣。所以這些篇章故事的敘述，的確再度佐證和邦額對整個社會脈動的關心與注意。

　　綜觀《夜譚隨錄》的故事內容，我們可以看出和邦額對於當代社會的高度關注。在描寫動物奇譚一類的故事時，他不但注重動物的特性，也加注了許多人類的特質，讓人看來更加的可親、可近。在描寫鬼魂軼事一類的故事時，他不像一般讀書人侷限於儒家學說中的不信鬼神之說，而是使用了更加豁達的思考，去看待這些異於平常之事。並且從這些故事之中，去發現更加深層的社會或人文意義。在描寫風俗景物時，更因爲他的經歷豐富，所以敘述透徹，描寫生動，讓讀者能夠深入體會風俗的意義與景物的美麗。描述奇人與其他故事時，也是巧用許多生動的描述，讓人感受其中的奇異性。所以和邦額在敘寫故事之時，雖然並非自己親身所見所聞，也秉持忠實的寫作態度。因此全書一百四一十一篇，包含一百六十則故事的著作中，都是他用這種態度寫成。所以我們在閱讀這些故事的時候，也該抱著一種認真嚴謹的心理，才能感受和邦額寫作故事的熱忱。

第四章 《夜譚隨錄》之思想內涵

　　和邦額所處的年代介於清代由富強到衰敗的時期。因為大時代的改變，人們的思想也處於挑戰舊時代，面臨新時代的衝擊。所以《夜譚隨錄》中的思想內涵也就擁有許多不同的面向與層次。本章便試著從五倫觀、異類觀、婚戀觀、果報觀，剖析《夜譚隨錄》所表現出來的思想內涵。

第一節　五倫觀

　　中國人從古至今，即視君臣、父子、夫婦、兄弟、朋友等五倫為最重要的倫常觀念。在《夜譚隨錄》中亦處處展現這些道德觀念。清人入關之後，便大力推展漢族文化，即使是尊貴如帝王，仍須熟讀四書五經等重要經典，經過嚴格的文學訓練，才被視為是一個有資格批閱奏章、決策天下的君王。清代文學家的好學勤勉亦不遜於其他朝代，包括許多旗人的文學素養亦是與漢人並駕齊驅，不遑多讓。君臣、父子、夫婦、兄弟、朋友等五倫道德觀念，一直以來並不僅拘於字面上的直接意義，而是五倫觀念在生活中的真實呈現與身體力行。這些觀念在本書中亦多所描繪，以下並依序討論之。

一、君臣觀

　　君臣觀的上下階級倫常觀念，為五倫之首。在《夜譚隨錄》故事中，雖然沒有皇帝與臣子的倫常觀念，但我們卻可見許多上級對下屬或是下屬對上屬的的相對關係。故本文以此為據，說明和邦額在《夜譚隨錄》故事中，所呈現的君臣觀。

（一）忠信相待

人和人的相處首重忠信，君臣關係更是如此。如果上級對下屬不給予信任，或是下屬對上屬不能忠誠。那麼彼此之間的關係就變得脆弱、容易瓦解，自然也就常常發生問題。秉持忠信原則的上下對等關係，自然也能超脫金錢、權勢等等誘惑，保存彼此之間的良好聯繫。

如〈戇子〉一篇爲敘寫主僕之間的關係變化：

> 謝乃喟然嘆曰：「吾向以爲黠者有知，樸者可用也。今而知黠者有用而不可用，而戇者可用也；樸者可用而實無用，而戇者有用也。」
> 遂養以爲子，名戇子焉。（第三卷第七篇，頁 70）

從此篇可看出主僕之間的分際，在當代還是非常清楚，區隔非常大的。雖然謝梅莊本爲三僕之主，但在獲罪之後。才知道戇僕的一心爲己，收爲義子。所以如果要提升地位，常常得透過科舉。否則若爲奴爲僕，除非像戇僕的好機運，否則一輩子難以翻身。不過也因爲戇僕的忠心爲主，才能使兩人各自適得其所，快樂生活。

〈棘闈誌異八則之七〉一篇也是道出僕人不被主人相信的心酸和悲慘遭遇：

> 蔡始不信，主母呼僕入，痛責之曰：「先生讀書人，且南方名士，希圖我家數十兩銀耶？此必汝將去自救燃眉，卒乃誣周好人。吾母子孤兒寡婦，出門跬步不能行，所賴者汝一人耳。今有若此，尚何望乎？」言訖，掩面而泣。僕無以自明，但自批其頰以自罵。是夜遂縊死。（第六卷第一篇則七，頁 135）

某氏欲嫁女，乏妝奩，先將錢財貯存於蔡生處。沒想到蔡生不承認，還誣賴老奴。老奴爲表明志節，遂自縊而死。後蔡生入闈場，亦自縊。雖可說是蔡生是自作自受，但是老奴何其無辜。若主母能多加查證，不因爲老奴的身分，就妄下斷語，兩人的生命也許就不會因此而喪失。令人徒增感慨老奴的一心爲主，卻是犧牲生命的下場。

從上可知，和邦額的敘述皆爲呈現下屬對上級的忠誠，上級對下屬的信任還是較爲缺乏。這些信任還是要經由困境的發生或是事件的試煉，才會產生。所以在這種忠信相待的關係，還是較屬於單向的情感交流。也表現了在上位者對下位者的人，仍舊抱持著一種優越感，沒有真正的尊重或感激。

（二）利益支持

君臣關係的建立，本來就缺乏濃厚的血緣或情感。所以若是有利益之間

的衝突，常常彼此之間的關係就會受到考驗或改變。〈陸水部〉一篇就是敘述
陸水部在落難之時，被趙僕欺負的感傷：

> 追憶昔時，歌〈鹿鳴〉登玉陛，在家妻孥相守，出門僮僕相隨。今
> 破帽散裘，晝行夜牧，掬蹄渰飲，拾馬通炊，膚裂肌消，手龜足皸，
> 又不幸爲鼠子所窘辱。（第七卷第二篇，頁160）

陸水部因罪外戍，還不幸被趙僕欺凌。不過透過陸水部的敘述，可以知道在
他得勢之時，對奴僕的對待，也是棄如敝屣。從此篇可以表現出當代的貴族
官吏，凡事依賴奴僕代勞，自己反而是養尊處優。所以才會在遭逢逆境之時，
不知所措。一味的只會懷念從前種種，不知自立自強。

　　〈倩兒〉一篇也表現出主僕之分，奴僕對於主人一定要畢恭畢敬，即使
心中有所非議，也不能展現在言行舉止上：

> 蘭含笑而跪曰：「無事，奴敢妄言耶？姑扶欄吃煙，四郎至，求哺良
> 久，姑乃三哺之。無事，奴敢妄言耶！」（第九卷第四篇，頁207）

不過像蘭奴這般大膽的女婢也是少見，雖然表面上好像好溫順，可是話中句
句帶刺。讓江生與倩兒兩人險些無地自容，不知所措。所以即使身爲上位之
人，如果其身不正，又怎麼能讓底下的人眞正的心悅誠服。

　　〈某太守〉一篇則是敘述做官之人，總希望能攀附到更高階的人，幫助
自己升官發財：

> 季巨富，擁資百萬，喜交仕宦爲光寵，往來無白丁。太守呼季之父
> 爲叔，其父出入，太守每爲執鞭捉銜，修子怪禮。以是爲眾人所羨，
> 亦以是爲君子所輕，鄙不齒數。而太守自以爲得計，處之怡然。
>
> 適相國壽辰，季父子皆入府供役，太守獨坐齋中。（第一二卷第六篇，
> 頁275）

某太守因爲季生家裡有錢，竟稱季生之父爲叔，而且還將服侍季氏父子視爲
一件重要之事。不過季氏父子也是見風使舵之人，也去逢迎相國。這種扭曲
的上下對立關係，只不過是建立在金錢與名利。所以只要有任何一方失勢，
這種關係也就不復存在，所以眞正良好的上下關係，應該要建立在互信互利
之上才是。

　　〈鄧縣尹〉一篇則敘述官吏之間也會因爲官階大小，互相推諉任務：

> 官不能理，轉斥其告誣妄，痛懲之。復訴諸府，太守委定興令鄧公
> 往按之。鄧至，反覆相驗，不得証據。（第一二卷第七篇，頁276）

雖然爲百姓申冤，因是百官之責。不過在這篇故事之中，我們卻只見層層推拖，不願負責的眾官。鄧縣尹雖然秉持爲官之志節，但也遭遇許多瓶頸。如果能在一開始，審理的官吏就全力以赴，也就不需如此兜兜轉轉。所以若是官員之間的上下關係能夠健全，人民也就更能安居樂業。

在這種君臣從屬關係之中，和邦額所描繪的還是以利益支持的關係爲多。因爲沒有人願意一直屈於弱勢，若能成爲權力較大的一方，自然會改變原本的態度，不再對上級或主人表現他們的忠貞與尊重。因此在《夜譚隨錄》之中，才會出現這些利益支持的君臣關係，也無從看到他們彼此之間的眞實情感。表現出來的不過是假意的屈從以及互相利用，關係自然也就不可能長久。

不管是官吏的從屬關係，抑或是主僕關係。這些上下的對等關係，其實都表現了當代社會秩序的呈現。從這些篇章之中，我們可以看出，許多正確的上下關係早已名存實亡。更多的是因爲金錢、利益等等表面好處所繼續存在的假忠誠。眞正對自己的上司或主人赤膽忠誠的下屬或僕人，實在是屈指可數。不過和邦額也是希望透過這些負面的例子，喚醒有志之人的良知。明白不論身爲上位者或下位者，若能秉持忠信相待的態度，才能使君臣關係得以長久維持。如果都是利益支持，君臣關係只會時時接受考驗，讓彼此承受不好的後果。

二、父子觀

古代中國家庭的主軸是以父子關係爲發展，孝更是鞏固這個主軸的根本。由此衍生出來的社會倫常也格外的被大家所重視，也推展到長輩、平輩及晚輩。彼此之間各自有自己的分際要遵守，任何人都應該對自己的身分有認知。除了是行爲的準則，也是社會的規範，更是治理天下的主要媒介。所以不孝之人必定會受到最嚴屬的懲罰，孝順之人則會有享之不盡的福分。《夜譚隨錄》之中，許多故事在提到父子觀時，有順侍長輩與惡行複製兩個概念，以下分別敘述之。

（一）順侍長輩

對父母尊敬、順從是爲人子女的本分。所以即使子女對父母的言語、行爲有不贊同或不想去做。常常也是得傾聽或遵行。不過父母對子女的一舉一動，大多是爲子女設想，眞正會造成的傷害，也是極爲微小。

〈阿鳳〉一篇是敘寫父母的教訓，孩子就算心裡百般不願，也要欣然接受：

> 四郎不聽。棠恐爲己累，告夫人。夫人素嚴厲，怒曰：「不肖子，豈
> 不聞『不聽老人言，悽惶在眼前。』耶。」（第二卷第五篇，頁38）

雖然四郎知阿鳳爲狐，仍執意要娶阿鳳。當母親在訓誡之時，四郎心裡即使
有再多的不甘願，也不能違逆。雖然證實母親所言甚是，不過父親的話更具
權威性。本來兩人無法結合，不過經過宗伯同意之後，兩人終於結成連理。
可知當代的父母之言，的確是非常的重要。

〈婁芳華〉一文也是敘寫婁芳華想娶女子爲妻，即使父母過世，也需舅
父作主：

> 往返頗遐，中途有古刹，至則信宿焉。率一月一歸省舅。
>
> 婁不得已，以實告，冀舅浼冰人爲娶女也。（第二卷第六篇，頁41）

婁芳華雖父母早逝，不過基於孝道，仍需每月訪舅。所以可從這篇故事印證
「天上天公，地上母舅公。」的俗諺。不過也多虧婁芳華舅父的智慧，才能
看出其中的不合理。讓婁芳華不至於娶錯妻子，所以長輩之言的確是有許多
值得參考之處。

〈汪越〉一篇則是說汪越想出遠門尋父，還需母親同意才能成行：

> 及稍長，日思其父，欲北上蹤跡之。其母以其幼，弗之許。迨年十
> 七，力白母，欲往。（第五卷第二二篇，頁122）

雖然汪越出門是爲了找尋父親蹤跡，不過母親不允，他也無法出門。最後母親
雖然答應，不過也是經過一番說服才得以成行。更可知父母親的權威，在當時
的確是占有相當重要的地位，不可忽視。僧侶道士本因慈悲爲懷，但廟主竟以
牟利爲念。若有流落屍首，家屬要領取親人大體，還需以重金才能贖回。而在
世親屬爲籌辦喪禮，常常要到處借貸，甚至傾家蕩產。有時無力舉辦喪事，就
隨意找個地方掩埋，草草立個墓碑，就算了結喪事。歸咎原因，還在世上的人
都需汲汲營營，爲三餐奔波忙碌，自顧不暇，又如何顧及過往之人。

〈孝女〉一篇則是敘寫女子純孝，爲父親祈福，最後也得到美好的姻緣：

> 女謹志之。夜俟父安寢，輒潛於院中，持香一炷，計其里數，繞院
> 而拜。默祝：一身孱弱，父病甚，家中更無人，不能朝山進香，謹
> 按里數，一步一拜，有如身到寶山，親瞻聖像，保佑老父沉疴速起，
> 百歲康強，自願繡佛長齋，終身頂禮云云。如是，得間則拜，日夕
> 不輟。半月有餘。（第八卷第七篇，頁185）

孝女父久病不癒，孝女想朝山進香祈求父親身體康復。雖然無法前往，不過在家中施行祈禱。適逢神明聖誕，皇后欲求頭香，竟然是孝女先得頭香。魏公查訪得知實情，認義女，其父病亦癒。所以維持好父子關係，不是只有表面的和順，而是要具體的身體力行。雖然這些幸運之事，不一定都會降臨在每一個人身上。不過盡好自己的本分，問心無愧，應該比什麼榮華富貴都重要。

〈某王子〉則是某公念在父子之情，雖然王子與其母再度轉世投胎，也顧念情誼，幫助牠們得以安養。

> 長史弗敢隱，乘間白諸王。王乍聆之，不勝錯愕，既而嘆惋。良久，復恨恨曰：「暴戾子，固應服此冥報。即其母之陰賊悍妒，亦當如是。雖然，父子之情，未可絕也。城外園寢，地廣草盛，可縱之其中，俾疏散以終其天年可也。」（第一○卷第九篇，頁 238）

雖然某公本來覺得其妻與子罪行不值得寬恕。可是父子親情終究是天性，所以仍然為兩人安排園寢，可以終其天年。所以即使父子之間的感情或關係再怎麼緊張，血緣終究是怎麼樣也斬不斷的連繫。就算父母再怎麼對孩子嚴加斥責，最終只是希望孩子成才。

所以不論父母對孩子或是孩子對父母，兩者之間因血緣與情感的關係，付出許多的心力。尤其是這種順侍長輩的好風氣，自然也會造成社會的正面影響。讓整個社會可以多一些好的氣氛，國家也更加祥和。《夜譚隨錄》中記錄這些故事，自然也是希望大家效法這種順侍長輩的態度，讓社會關係更加融洽。

（二）惡行複製

不過也因為父母是兒女學習的楷模，所以父母的所作所為也會成為兒女日後行為的複製。所以若父母行為偏差，也會造成兒女危害社會的可能。和邦額在《夜譚隨錄》中，敘寫了一些關於父母作惡，子女也隨之效法的篇章故事。

〈某太醫〉一篇則是敘述父親不仁不義，子嗣也就步上他的後塵：

> 子既長，忤逆異常，視父母如寇仇，看錢財如糞土。日向母索錢百文，頃刻即盡。積十餘年，家漸落。母或稍吝，輒裂眥相向，勢將用武。（第八卷第九篇，頁 188）

某太醫問診，必收費千金，太醫本還期盼能以靠孩子。不過其長子視為父親如仇。後家業散盡，長子夭，少子亦不肖。所以父子關係的經營不是只建立在金錢，身教比一切都重要。

〈新安富人〉一篇則是描寫上樑不正下樑歪的父子關係：

> 其子年雖少，頗有父風，鄉人稱其克肖。屢梗母教，母甚憂之。（第
> 一一卷第九篇，頁 251）

從此文也可以看出一個父親對男孩的深刻影響。這種影響，即使母親再努力，也達不到的境界。所以同性長輩的示範的確對教養有及深遠的關係。不過富人子的行為雖說是受父親的薰陶，可是如果他能從自身改變，又怎麼落到連性命也賠上的境地。

〈王塾師〉一篇則是敘寫祖先的行為也會影響後代的子孫：

> 為王於事，大費調停。萱王子之祖，在生時曾枉殺一漁人。世人訴
> 於冥司，冥譴先王當斬嗣，至王子即絕，以償漁人之怨。（第一二卷
> 第一〇篇，頁 283）

雖說王子的症狀不是自身所為，不過既然繼承了祖先的血緣關係，連惡業也繼續傳承。雖然經過王塾師的調停，王子總算保住一命。可是王子自當引以為戒，否則只怕會有更嚴厲的處罰會加諸在自己身上。

父母是子女楷模學習的範本，所以父母的行為，對子女是有極深遠的影響。和邦額敘寫這些文章，指出父母行為對子女的重要性。也藉由故事的表達，去提醒父母對自己行為的重視，也可以看出家庭教育的重要性。所以端正自己的行為，不是只為了自己，也是為了後代著想。

透過和邦額的敘述，提醒了世人對於父子關係實在不可不慎。父子之間的關係是一種天性，不過怎麼發展，確是完全因人而異。所以如果我們對長輩好，子女自然也就會學習好的行為。反之，如果做父母的其身不端，又如何去要求子女。子女也會從這些惡行之中，受到潛移默化，行為也隨之失當。子女對父母的孝敬更應該是要從內心做起，不該只是應付了事，做表面功夫。良好的父子關係不但幫助家庭的鞏固，延續家庭的傳承，也可以幫助安定國家社會。

三、夫婦觀

在古人的觀念之中，夫婦不但是人倫之中的大倫，更是人倫的開始。人類也是由夫婦的結合，兩人生兒育女、繁衍後代，生命才得以繼承延續。由夫婦關係延伸到父子關係再到社會關係，一環扣著一環，所以夫婦的關係自然十分重要。也因為夫婦關係的重要，所以兩人感情的穩固與否，也牽引著整個社會脈動。

（一）和睦相處

　　夫婦兩人雖然來自不同成長背景，所以會有不同的看法與意見。不過夫婦若能努力維持彼此之間的情感，保持婚姻關係的和睦，自然能讓婚姻關係長久。

　　〈秀姑〉一篇則是描述在田瞵知悉秀姑爲鬼之後，還感念其情義，不再娶婦：

> 不肯負姑之恩、妹之情，遂僦居村中，鳩工百人，營建墓道，植松柏，築垣墻。復想像舊宅，如武建宅一區。買僮蓄婢，即居焉，爲墓道之主終身誓不娶婦，但納妾生子，以繼田氏。每逢節序，必厚奠慟哭而祭之。（第一〇卷第一篇，頁221）

雖然田瞵與秀姑並沒有結爲眞正的夫妻，但兩人之間的情義，確比更多夫妻濃重。所以夫妻情誼不一定建立在時間的長短，而田瞵的深情，的確是世間少有。通常封建社會的男子較少會爲單一女子而願意不娶婦，娶妾的目的也是爲了延續血脈。在節慶之際，還爲姑母與秀姑準備豐盛的祭品與紙錢。這般對妻子深情的男子，在社會上也是不可多得的。

　　〈再生〉敘述夫妻情誼即使不復當世，也依舊深厚：

> 翁與嫗絮絮問答，宛然結髮。嫗大慟，翁止之曰：「有我在，無憂孤寡。」（第一〇卷第一〇篇，頁239）

有翁、嫗兩人皆好善，某日翁憩於亭。被青衣人帶至他處，再生已爲小兒。知其前世陽壽盡，但心中仍不捨嫗。在嬰孩之身就開口告知家人，要繼續照顧嫗。雖然家人百般不信，但前往探就果然有老嫗如翁敘述。翁再生爲富人，不但妥善照顧老嫗，且仍爲好善之人。所以翁對嫗的深情，並沒有因爲身分的改變而不同。雖然聽來匪夷所思，不過也是十分令人羨慕。

　　〈王侃〉一篇也是敘寫即使王侃知道其妻不是人類，依舊對她情深義重：

> 王驚定大慟，不食數日而死。女亦不復至，唯異生僅存，猶爲富室云。（第一一卷第一篇，二四四）

雖然王侃最後知道女子爲狐，但其妹下符滅之，白氏香消玉殞，王侃亦哀慟而絕。可知王侃與白女夫妻感情彌堅不衰。不過白女從來沒有傷害王侃及其家人之心，只因爲是異類，就遭人消滅。實在令人感嘆兩人之間的情深緣薄，只能讓人感到不勝唏噓。

　　雖然和邦額所敘寫的這些故事中，夫婦雙方都努力維持彼此之間的情

感。不過卻都因爲生命的無常,使得彼此之間無法再維持婚姻關係。可是我們確可以看出他們之間仍然對彼此有著極深的情感依賴,所以並不會因爲生命的改變,而讓彼此之間的感情也跟著改變。因此夫妻的和睦相處,的確對彼此關係的維繫,有重要的關連。

(二)不和爭執

就是因爲夫婦兩人之間的差異性,所以夫婦之間的相處會產生嫌隙或摩擦,自然在所難免。因此夫婦之間的不和爭執在日常生活之中是常常發生的。

〈米薌老〉一篇寫出了若夫妻之間的年紀相距太多,還容易造成夫妻之間的問題:

> 老身老而不死,遭此亂離,且無端窘一少年,心亦何愁?適見爾家
> 老翁,龍鍾之態,正與老身年相當。況老夫女妻,未必便利。彼二
> 人一喜一悶,不醉無歸。我二人盍李代桃僵,易地而寢。(第三卷第
> 九篇,頁 73)

透過老婦人之口,我們可以知道夫妻的年齡最好是能相近。否則兩人的家庭生活因爲年紀的差距,實在是很容易發生歧見。

〈屍變二則之一〉一篇則是敘述婦人因與丈夫嘔氣離家,而造成夫家與妻家形成訴訟的狀況:

> 陝西某村胡氏女,嫁爲李家婦。一朝反目,女負氣出門,不知所之。
> 李以爲歸其母家,往探之,未嘗歸也。遍叩親故,皆無有,遂成訟。
> (第六卷第四篇則一,頁 142)

夫妻之間,雖然難免會有爭吵,不過總是希望能和平收場。如過在爭吵的當下,胡氏女或是她的丈夫如果能夠彼此各讓一步,那麼也就不會有之後的悲劇發生。更不會形成訴訟,使得夫妻之間的問題變成要公布在眾人之前。

〈白萍〉一篇則是在敘述夫妻之間對彼此之間忠誠的重要性:

> 三朝,婦家來餪,男女親戚,宴會滿堂。忽一女子瞥然至前。諸眷
> 驚起視之,甚艷,而皆不相識。急呼主人,林入視,則余氏白萍也。
> 驚怛卻立,不能出一語。女艴然責林曰:「君誠所謂薄倖人也!兒何
> 負於君,遽以萋菲見遺?」
>
> 女哂曰:「子亦太強記,尚能憶及曩昔!若奴則盡付流水矣。子負心
> 太甚,即王魁、李益,有不逮焉。尤可恨者,子賤玉貴,致兒清白

之身，濫爲所玷。思之痛心切骨，銜恨非一朝一夕矣！」（第八卷第三篇，頁179）

林生在娶余白萍爲妻之後，竟然見利忘義，拋棄白萍，另娶他人。不但是背叛了與余白萍的誓言，其實也背棄了後來所娶的妻子。不管是對任何一方，他都是一個不忠不義之人。所以最後即使遭受到斷嗣的命運，也令人感覺到不值得同情。

和邦額經由故事的敘述表現出，夫妻間的聚合是世間最難得的緣分。從互不相識的兩人，形成有著密切關係的家庭。這其中的確是需要許多的經營與彼此的扶持。因此和邦額透過和睦相處與不和爭執的夫妻關係，使我們明白夫妻之間的相處是需要許多方面的努力，才能擁有良好的夫妻關係。

四、兄弟觀

在傳統的社會之中，大家庭是一般的常態。即使兄弟之間各自成家立業，不過仍然同住一個屋簷之下。因爲要讓門戶興旺，所以家中的人少有離家獨居。不過如何和睦相處，就成了另外一個課題。因此中國人也格外重視兄仁弟悌，也希望藉此維護社會秩序。不過即使同出一系，骨肉兄弟。關於爭奪家財、互相嫌隙，甚至反目成仇、殘殺迫害，也是時有所聞。

（一）友善相處

兄弟姊妹因爲血緣相同，日夜朝夕相處。所以彼此之間較能體諒對方的作爲，爲對方設想。因此彼此之間的友善相處，也能幫助家庭關係的和諧。

〈阿稚〉一篇就是敘寫保護弟妹是兄姐的職責：

> 柳溝某村，有兄弟樵蘇於山者，季入山之深，仲求之弗得，歸告其翁。翁驚且怒曰：「不爲雁序而作鶺鴒，明知弟幼弱，不加防護，任其獨行，不飽豺虎，必遭顛墜！汝慮我死後，數畝山田，不能獨據，故幸災樂禍，泄泄獨歸耶？」仲無以自明，但涕泣自誓。而隨父同至山中，偏覓不獲，尋亦置之。（第五卷第一篇，頁100）

所以在季弟竟在與仲兄出門砍柴之時，竟不幸迷途，無法歸家之時。父親大發雷霆，責罵仲兄。仲兄也知父親在氣頭之上，並沒有加以辯駁，或是覺得冤屈。而是在心中暗自發誓，一定要把弟弟找回來。所以兄弟之間的關係，從這篇故事也可以知道出生的順序，讓兄弟姊妹之間的責任歸屬，更加的明白清楚。

〈汪越〉一篇就是在說汪越與其姊及其弟相處融洽，讓自己能無後顧之憂的出門尋父：

> 一姊一弟年相亞，夙敦友愛，亦各涕泗滂沱，恨不與俱。（第五卷第
> 二二篇，頁 122）

如果汪越姊弟間感情不睦，那麼不只父親的屍首能不能尋回一事，汪越連出門也是異想天開。家中母親無人照料，又豈能出遠門。而且兄弟姊妹間，皆能希望一起面對旅途的險阻，不顧自己的性命安全。更令人感受到這個家庭的父慈子孝、兄友弟恭。

和邦額從故事中表達兄弟姊妹之間能夠互相扶持，幫助對方度過難關，是每個家庭的願望。所以彼此之間的情感維繫，也變得重要。所以不去計較彼此之間的責任或其他利益，自然也能幫助家庭和睦。兄弟姊妹間的感情融洽，可以讓家中更加興旺繁盛。因此讓彼此關係融洽，的確是百利而無一害。

（二）嫌隙爭執

雖然兄弟姊妹之間的情感是因為血緣關係而建立，不過也常常見到因為利益關係，而使彼此之間的情感破裂，甚至反目成仇，再也不互相往來的情形。〈霍筠〉一篇就是敘寫即使兄弟感情淡薄，不過在重大事件之時，仍是需要互相告知：

> 筠既獲美妹，又享厚富，心意滿足，無復書癖。於是盡移家口，同
> 入新居。往省兄莞，弟莡，衣服僕從之盛，色色動人。
>
> 夫唐文皇，英主也，猶納弟婦；陳曲逆，良相也，尚盜其嫂。我輩
> 凡人，又何泥焉？各歸與婦謀。莞妻賈，莡妻王，亦妒而不明理者。
> 共往見宜春，歸無人色。亦百計欲其夫亂之，以暢其妒心。（第九卷
> 第一篇，頁 200）

雖然霍筠與兩位兄弟的興趣不合，行為大相逕庭。可是基於兄弟關係，在入新居之後，仍是前往拜訪二人。沒想到兩個兄弟與妻子，竟意懷不軌，還為自己找些冠冕堂皇的藉口。雖然最後沒有得逞，還自取其辱，也讓彼此之間的兄弟關係難以再好好維持下去。

〈孿生〉一篇則是敘寫一對雙胞胎兄弟，不但沒有感情融洽，還懷疑彼此的妻子不忠實：

> 然性皆多疑，既授室，各防閑其妻，甚於縲紲。伯得子，見之詝曰：

> 「何酷似其叔也。得毋汝已作陳平嫂耶?」妻大恚,嗤曰:「汝與叔
> 有何分別?何怪懷抱中物。」伯終不釋,然故疏其防,留心以伺其
> 隙。(第一○卷第八篇,頁 235)

孿生兄弟兩人皆多疑,整日揣測妻不貞,子非親生。一日仲妻為仲作畫,有
一黑點,疑與其兄有染。竟鳴官訴訟,後經歷多官仍不得判決。邑宰以同例
告知,案子終於能夠評斷。如果兩兄弟能夠放下一些懷疑與成見,這一切的
事件也不會發生。因此兄弟關係的維護,互信也是相當重要的因素。

〈雙髻道人〉一篇描述呂驛好符咒,沒想到二妹亦跟從:

> 縣有富人呂氏,生七子二女,同居各爨。有賈者,客者,從軍者,
> 遊而惰者,無足紀述。唯六子驛,納粟為太學生,少年任俠,尤癖
> 好,符咒之事。平居購求秘書,盈囊累笈,終日閉門檢閱,朱筆黃
> 紙,與香燭錯列。夜間戟指禹步。一家莫測所為,唯二妹附和之。
> 而卒無成,殊為鬱結。(第一二卷第四篇,頁 271)

呂家人口眾多,二妹大可追循其他更好的榜樣。沒想到卻是跟從錯誤的示範,
而越陷越深。所以身於兄姐,更應該有所自覺,不能夠作不良示範。否則不
但是禍及全家,更是害人害己。

兄弟姊妹的血緣關係是僅次於父母子女的親密。因為家庭對人的重要性
深遠,所以家庭中的所有人,都應該負起一份責任。更因為舊時代大家族的
關係,每一個人的行為舉止,都對家庭有重大的影響。《夜譚隨錄》中表現出
兄弟姊妹之間的和睦相處,也是家庭運作的重要環節。彼此之間的友善相處,
能幫助家庭更加融洽;反之若彼此之間嫌隙爭執不斷,就會讓家庭永無寧日。

五、朋友觀

朋友是五倫關係之中範圍最廣,也牽涉最深的一種。朋友可能是社會中
的每一種階層,也在每個人生命中的不同階段中出現。不過我們知道交到一
個什麼樣的朋友,就會造就不同的人生。所以朋友的抉擇與是否與之深交,
也就顯得特別重要。

(一)誠信以待

朋友之間因為聚散容易,所以更加重視彼此之間的誠信。如果在和對方
相處之時,就是抱持著欺騙或不軌之心,這樣的友情自然是無法維持長久。

〈崔秀才〉一篇敍寫劉公本爲富家子弟,因爲任俠好客、用錢無度,又遭逢許多變故,終至一貧如洗:

> 劉連遭大故,資產蕩盡。又三年,一貧如洗,更屢試不第。親故白眼相向,動輒得咎,傳爲口實,漸至不相聞問;婢僕逃散,並有心作罪以求去者接踵,僅存一老僕。(第一卷第一篇,頁2)

還好有崔秀才出面資助,劉公才能再度振作起來。表現朋友的態度因爲環境不同而有所轉變:

> 劉拊髀嘆曰:「面朋口友,固不足怪。欲明通財之義,非道義之交不可。」
>
> 劉忿然,擲書於地曰:「荷荷!平日披肝膽,談道德,何啻羊左任黎。每舉一子一女,猶以百金爲壽。今急切相需,不破一文,乃反以膚詞迂說相敦勉。所謂道義之交,固如是乎?」老僕慰之曰:「主之朋友,大概未曾交得一人。親戚中不乏富貴者,盍拼一失色,與之通融?」
>
> 劉嘆曰:「朋友列五倫之一,尚三呼不應,瑣瑣姻婭,又何望乎?」
>
> 劉嘆曰:「今日何幸,群公臻至,錫我百朋,所恨座中唯少崔秀才一人耳!崔若在,必能知我之爲此舉也。」(第一卷第一篇,頁2~5)

劉公因落魄,嘗盡世間冷暖,唯崔元素幫助他恢復從前榮景。所以劉公分外感謝崔元素的幫助,而希望能結爲兒女親家。雖然最後知是異類作罷,不過更令劉公感受眞正的朋友無分異同。劉公也秉持道義,祭祀崔元素到過世。所以堅貞的友情不該因爲物種不同而有所差異。

〈邵廷銓〉被異類纏身,險些喪命。幸好有友人幫助,才得以脫險:

> 二生驚曰:「詎有與枯骨纏綿而不置禍害者乎!誼系朋友,知而不諫,非義也。汝姑勿泄,吾等自有處置。」(第一卷第九篇,頁23)

所以朋友之間不只有金錢之誼,更應該盡到互相告誡、勸勉之責。如果邵廷銓沒有兩個友人的告知,恐怕一條小命早已至陰曹地府報到。所以朋友之間,要多關注對方的行爲舉止,才能適時伸出援手,幫助朋友度過難關。

〈玉公子〉一篇則是在敍寫朋友之間的道義:

> 公子好客成癖,輒倒屣逆之。客入,則十八九美少年也。眉目娟秀,飄然若仙,公子一見傾慕。
>
> 因念:「吾與韋生至交也,今見色心蕩,欲淫朋友之妻,何殊禽獸?

　　苟不忍此須臾，則一生陰德喪盡矣！」（第一○卷第二篇，頁222）
玉家、韋家兩家往來甚密，甚結兒女親。後玉公子對韋妻秦氏動念，幸無犯
下大錯。後韋生離開，嫁妻與妹於玉公子，後乃知韋家皆爲狐，是前來求玉
家聖物所庇。不過可從上述文字看出「朋友妻，不可戲。」如果眞的順從自
己的心意任意而爲，與禽獸眞的是無所區別。除此之外，一切的仁義禮智，
只是空口白話。而且玉公子也是一個十分顧念朋友道義之人，否則不會在知
悉一家人皆是狐之後，還能坦然接受。

　　〈某別駕〉一篇則是敘寫顧及朋友情份，而將過世妹妹的閨房出借：

　　　昨公欲下榻於此，小人所以猶豫者，職此故也。後思人亡已久，似
　　　無事涉嫌，故不敢方公命。（第一二卷第三篇，頁271）

這件事看來簡單，不過在許生雖然爲難的情況之下，但仍願意出借妹妹閨房
給某別駕居住，否則他大可婉拒某別駕，另住其他房舍。但爲了不讓某別駕
失去喜悅的心，他也就勉強同意。可以從此看出，許生是在意某別駕這個朋
友的。所以即使心裡有所考慮，還是爲了友情，而做出決定。

　　維持友情，是有許多技巧與方法，不過仍然是要誠信爲先。除此之外，
當然也需要關注朋友的需要，幫助朋友面對所有的情況。否則只是一時的聚
合享樂，又怎麼能維持長久穩固的友誼關係。所以朋友之間的確是要互信互
賴，才是讓彼此能擁有堅定友情的良方。《夜譚隨錄》中，這些友誼長存的故
事，都是建立在誠信相待上，因此更能看出和邦額對這點的重視。

（二）互通有無

　　朋友之間除了要誠信相待之外，在對方面臨困境或是行爲失當之時，伸
出自己的援手，說出自己的建言，也是相當重要的。所以彼此之間能夠互通
有無，讓雙方不管是金錢或德性得到改善或提升，才是眞正的益友。

　　〈麻林〉一篇則是敘寫朋友之間有喪事互相往來的情義：

　　　與其友通州宋姓者，皆從浙江某監司爲常隨，相交極密，寢食必俱。
　　　及監司罷官，二人流落江淮間，無計還家。未幾，宋病痢死，羌所
　　　歸，林傾囊倒橐，殯葬如禮，思之弗諼。（第五卷第四篇，頁110）

死亡是人生必經的過程，雖然不知人過往之後，是不是眞能有知。不過略盡
棉薄之力，可以讓朋友的最後一程，可以隆重風光，又何必吝嗇自己能夠做
到的氣力。而且朋友之間，連在喪禮方面，都不能爲他做些事情，也眞是枉
費一生相交。

〈三官保〉一篇則是敘寫三官保本來與狐群狗黨結社，後來遇事醒悟，
奮發圖強：

> 保自此爽然若失，幡然而悔，遂折節讀書，不復語力。見人謙抑巽
> 順，犯而不校，卒為善士。或遭素日黨類於途。輒逡巡走避，若將
> 浼焉。人有述其向日行徑者，即赧然如不自容。佟、張勸其振作，
> 但含笑不言。佯以怒激之，惟敬謝而已。二人無如其何，索然而去，
> 終身誓不相見。（第九卷第三篇，頁 206）

三官保與佟生齟齬，拳腳相向，三官保因輸掉競技而投靠佟生。後一群人聚
黨關帝廟，與張生較量，張生也向佟生輸誠。上元夜前往燈會又再度鬧事且
冒犯余生，三官保遭重傷，不過卻因此悔改。從此用功讀書，眾人不復相見。
雖然三官保一開始盲目跟從他人，可是最後卻能悔改醒悟。否則成日與狐群
狗黨聚眾鬧事，也只是恍恍惚惚虛度一生。所以朋友的行為舉止，對一個人
的發展的確是扮演極為重要的角色。

　　幫助朋友度過難關、做朋友的良好示範等等，應該是每個人對朋友所應該
努力的行為。和邦額透過負面的例子，讓讀者思考，這些朋友彼此之間的影響。
讓我們知道，對朋友做出正面的幫助，才是身為一個友人所要作的事情。

　　和邦額更是透過故事的闡述，讓我們感受到五倫觀念對每個人的重要性。
不管是君臣、父子、夫婦、兄弟、朋友中的任何一倫，都在社會之中扮演著重
要的角色。所以努力經營好每一個關係，是我們要不斷學習、努力的課題。所
以從這些故事中，我們可以看出和邦額對傳統的五倫觀念，仍然相當重視。因
此也希望透過故事，讓這些五倫觀念能繼續傳承下去，不至中斷或消失。

第二節　婚戀觀

一、媒妁之言

　　儒家學者把婚禮視為「禮之本」，婚禮是成家之禮，為求夫妻的結合美滿
正常。五倫即以夫婦為中心，往外發展而形成，故婚禮是所有禮的基礎。傳
統婚禮儀節雖然十分繁瑣複雜，也表示了人們對於婚禮的高度重視。「媒妁」
二字根據《說文解字》云：「媒，謀也，謀合二姓者也。」〔註1〕「妁，酌也，

〔註1〕　〔漢〕許慎、〔清〕段玉裁注：《說文解字注》，臺北：萬卷樓圖書有限公司，

斟酌兩姓者也。」〔註2〕意指斟酌情形，謀合兩姓使其相成，亦即指婚姻的媒介。所以透過媒妁之言的婚姻，自然也就名正言順。在《夜譚隨錄》中，自然重視這種父母之命，也提及了許多關於傳統婚禮之中的細節與對人們的重要性。

（一）父母之命

透過父母之命所結合的婚姻，擁有長輩及親戚朋友的祝福，新人的婚姻也可以更加的穩固與平和。也經由這些婚俗步驟的施行，讓兩人更加了解建立家庭的艱辛，更加的珍惜彼此。〈孝女〉是敘寫孝女幸運被魏公收爲義女，透過魏公幫助，孝女妝奩之盛也幫助了夫家興旺：

> 女嫁於大興張氏子，妝奩之盛，不下數千金，皆魏獨任。婿家緣此，
> 累世爲富商云。（第八卷第七篇，頁 185）

孝女在成爲魏公義女之後，不但得到一門好姻緣，也因爲嫁妝的豐盛，能夠幫助夫家成爲富商。嫁妝準備常是兩家結爲親家之前的一個重要習俗。雖然因爲家中環境不同，準備的物品價值不同。孝女因爲成爲魏公義女，也可視爲另一種父母之命的巧妙幫助。

〈丘生〉一篇則是描述女子告知未婚夫兩人實爲指腹爲婚的姻緣：

> 然則與兒有姻緣之契矣。兒衛氏，字素娟，世系隴西。令尊公爲秦
> 州參戎時，與先君結耐久交，因有婚姻之約。彼時爾我尚在繈褓中，
> 不能記憶，迄今計之，十有七年矣。一旦邂逅於此，紅絲繫足，豈
> 偶然耶？昨夜夢神人見告，故能預知郎名姓里居。幸郎勿猜也。（第
> 七卷第一篇，頁 153）

丘生投宿某寺，進某公廢園。有女子稱其爲丘生的指腹姻緣，還能詳細敘述丘生的家系故居，所以丘生也就不加懷疑。雖然最後得知女子實爲狐，但可從此篇看出。不但婚姻是聽從父母之命，還有許多人的一生，是從在母親腹中，或繈褓之中就已決定。

〈玉公子〉一篇也是在敘寫玉公子與章生在兩人妻子有孕之時，便因兩人交誼深厚，就爲腹中嬰孩訂下親事：

> 章一子，方在繈褓，秦亦有娠。嘗謂章曰：「生男則已，苟生女，當
> 爲嫂家婦。」章曰：「恐娣戲言耳。如果然，實副奢願。」三妹復從

2000 年 9 月，初版二刷。頁 619。

〔註 2〕 同註 70，〔漢〕許慎著，〔清〕段玉裁注，《說文解字》，頁 619。

> 旁慫恿之。閱數日，秦果生女。章聞之，舉奉歡騰，粥米餽贈，旁
> 午於兩宅之間。（第一○卷第二篇，頁 223）

在真的確定二人生下的嬰孩果然為一男一女之後，兩人的友情不但更加堅定。對於剛出世的小嬰兒，也視作女婿、媳婦般看待。所以這兩個娃兒的未來也就此底定，對方就是自己一生的伴侶了。雖然最後知道章生一家實為狐，不過也並未因此而廢棄承諾。所以指腹為婚的婚姻，的確是真正存在的。

　　父母之命的婚姻，替男女雙方決定了彼此一生的伴侶。不過父母基於為子女著想的原則，為子女選擇的對象，也是經過深思熟慮，才加以決定。和邦額在《夜譚隨錄》中敘述這些父母之命的婚姻，幫助子女的婚姻關係能幸福融洽、白首偕老。可以看出父母對子女婚姻所做出的努力，是能讓子女平安快樂過一生。

（二）看重禮俗

　　禮俗的施行雖然常常被視為繁文縟節，可是禮俗的出發點常是為了雙方的幸福而成立。所以即使經過時代的變遷，這些禮俗還是依舊存在，〈碧碧〉一篇就是提到嫁妝的重要：

> 次日黎明，翁媼已送女至。鼓吹之誼，妝奩之盛，僕婢之多，內外
> 填塞皆滿。孫頗歆羨。（第一卷第二篇，頁 8）

孫克復一家雖然知道碧碧是狐的身分，可是在見到碧碧的妝奩與陪嫁的奴僕之多，也就沒有多表示些甚麼。孫克復也因此頗為沾沾自喜，覺得自己娶到一個好妻子，讓自己能衣食無憂。所以女子的嫁妝，在那時，的確是能決定女子的地位。所以家貧的女子，有時難以在婆家抬頭，也是因為這個緣故。

　　〈梁生〉一篇就是敘述梁生雖不幸失去未婚妻，但仍透過媒妁再尋另一佳麗：

> 汴州梁生，少失怙恃，家極貧。聘妻未婚而妻死，無力復聘。
>
> 梁秘而不宣，陰囑媒妁，旁求佳麗。凡相數十人，無當意者。
>
> 媼曰：「侯門似海，一入豈可復見乎？猥以貧老，不得以俾歸讀書子，
> 但取衣食充口體，不至凍餓以死，又可以作親戚往返，是為至願，
> 不敢作非望也。」梁曰：「若然，足見高明。但寒士聘儀謮陋，勉奉
> 百金為壽，肯見許否？」媼嫗曰：「的是書癡語，以君長厚，故爾相
> 托，此非老身錢樹子，詎忍居為奇貨？休休！但提起一文錢，使攜

之他適矣。」梁不復強，僅具酒相款。（第三卷第一篇，頁 52～57）

梁生本來是非常貧窮，後得孫氏為妻。孫氏家人也明言不將女兒嫁入豪門，就是希望女兒不被束縛，也能常見到女兒。並且在聘金方面也沒有刁難，可見天下父母心。在孫氏的幫助之下，梁生也漸漸富裕。雖然最後得知孫氏為狐，不過也無損於兩人之間的感情。

〈陸水部〉一篇則是在說男方的聘禮的內容：

陸心動，因出玉蟾蜍一枚以聘：並以交桂二束奉胡以為謝。（第七卷
第二篇，頁 162）

陸水部為了娶回心愛的女子，以玉蟾蜍為聘禮。也給了充當媒妁的胡生交桂二束為謝金。所以當時嫁娶之間，還是十分重視聘禮與媒妁。若是太過輕忽，也是有可能一輩子都孤單一生的。

〈趙媒婆〉則是強調媒人角色的重要性：

彰德趙媒居積取盈，家稱小康。郡有惡豪。欲娶吳秀才女，以重金
啗媒。媒貪其利，巧言合，致女失所配。吳忿甚，送官痛懲之。媒
愧悔改業，誓不復為人作伐，避居羨河舖。（第九卷第二篇，頁 202）

趙媒婆身為幫助未婚男女尋得一生相扶持之人的重要關鍵。卻泯滅良知，為了一些蠅頭小利，錯配姻緣。之後雖然遭懲罰，也避居他處。不過在探訪女兒後歸家途中，遇鬼說媒，仍為了謝金，又重操舊業。返家，始說媒與配對之人都是鬼，得病許久才康復。也算是告訴世人，做任何行業，都應謹守本分。更何況是會影響兩個人一生的媒妁，更是益發重要。

姻緣的結合是一件喜事，而透過明媒正娶的程序，的確有助於鞏固婚姻關係。其中雖然還有許多的繁文縟節，不過一切都是為了幫助兩人建立一個圓滿的家庭。所以禮俗的存在，可是還是有它的意義與象徵。因此和邦額的故事之中，也才會出現許多聘禮、媒人等促成婚姻締結的部分，更加佐證了禮俗的重要性。

在《夜譚隨錄》之中，不管是提及父母之命或看重禮俗方面，都用了許多篇幅描寫。可以知道和邦額對於這些傳統的思想與禮節還是十分的重視。也可以看出婚戀關係的建立，是需要透過許多的細節架構，才能完整。不過這些傳統的繁文縟節，只是一時形式的表現。和邦額在其他篇章之中，還是表現了夫妻感情基礎，對婚姻的重要性。

二、相戀而合

　　清代雖然依舊重視媒妁，不過有許多的平民百姓，由於迫於生活的困境，常常無法經由重重的禮俗程序嫁娶。所以也出現了許多男子見到心儀的女子，即使對於女子的來歷，不甚清楚。不過兩人情投意合，也就成為夫婦。這些觀念可以從和邦額描寫夫妻相守到老與無緣白首的故事窺見一二。

（一）相守到老

　　如果有緣份可以成為夫妻，自然希望能和對方互相扶持，攜手走完一輩子。具有感情基礎的夫婦，在感情的維繫上，較能長久。所以相守到老的情況，也就更為常見。

　　〈香雲〉一篇則是敘述喬生入奇境之後，與香雲情投意合，兩人就在女方家人的見證下完成終身大事：

> 喬驟聆之，陰喜過望，而口吶，不能措一辭，杜笑曰：「無可疑也。」
> 請古媼上坐，令喬拜之，曰：「即此是聘。山家無所盡，嫁衣完，便
> 司，成禮矣。」是夕歡飲而罷。
>
> 喬年八十余尚健。二子生孫；孫又生子。女適諸生某，亦弄孫矣。
> 每隔五六年，雲必來一探，又三四年不絕，容色終不少減。（第一卷
> 第四篇，頁 17）

喬復後來雖然知道香雲不是人類，但是兩人情意依舊十分堅定。而且透過香雲的幫助，喬復與香雲兩人的家業益發昌盛，子孫繁衍不絕。所以情意相投的婚姻結合，的確能克服許多困境。

　　〈噶雄〉一篇則是敘述狐為媒人，讓一對佳偶得以締結：

> 昔令祖官此地時，嘗獵於土門關。兒貫矢被獲，令祖憫之，縱之使
> 竄。屢圖報復，不得其間，茲得乘此為冰上人，夙願償矣。然苟非
> 子與周女有夙緣，兒亦無能為力也。」言訖出戶，旋失所在。眾始
> 悟此因果，狐實曲成之也，謂之狐媒。（第二卷第七篇，頁 45）

雖然噶雄與周女的結髮經過十分坎坷，可是因為有狐媒的幫助，兩人終於能結為連理。雖說狐是為了報恩才幫助噶雄夫婦，可是此篇也表現出父母之命對於兒女的重要性。有情人想要成眷屬，也是需要幫忙，而絕不只是彼此兩情相悅就可成雙成對的。不過也是因為兩人都有情意，才能夠讓這椿姻緣長久。

　　在《夜譚隨錄》中雖然有著透過各種不同形式，所建立起來的婚戀關係。

不過既然兩人情投意合，願意同心協力成立一個家庭，兩人就應該爲了家庭
負起相當的責任。如果有那一方沒有用心維持，或拋棄彼此之間的承諾。那
麼這個家庭也就不可能再繼續下去，兩人也不可能再一起生活。所以感情的
基礎，對婚姻、家庭的維繫，還是扮演極重要的角色。

（二）無緣白首

〈阿鳳〉一篇則是敘述雖知阿鳳爲狐，但是兩人互相情投意合，四郎家
人也就成全兩人情緣：

> 「特四公子將有大厄，願以三女阿鳳者，充公子妾媵，至旦夕呵護，
> 聊以報德，幸公勿棄也。」宗伯問：「阿鳳安在？」翁指示之。宗伯
> 諦視，稱不短，纖不長，國色無雙，平生所未睹。喜而諾之，問：「何
> 日親迎？」翁媼曰：「旗俗不親迎。且既承慨許，當即令其趨事舅姑，
> 敢議禮乎？」尋辭去，不復爲祟。（第二卷第五篇，頁36）

雖然一開始狐女及其家人擾亂宗伯宅第，不過宗伯爲了兒子的意願及家庭平
安，也就接受阿鳳。不過因爲阿鳳只是妾室，所以也就沒有迎娶的排場。不
過透過家人的祝福，四郎與阿鳳終於能結爲連理。雖然最後知道阿鳳委身於
四郎，只是爲了避禍。不過世上的因緣聚合，本就不可能事事圓滿，所以也
就無須太過在意，至少阿鳳一家人信守承諾，沒有再騷擾宗伯一家，終於能
夠平順度日。

〈阿稚〉一篇則是敘述樵夫不幸墜落山谷，竟然還巧得姻緣：

> 今聞家中大郎亦未婚，願以女蘿附托松柏，莫見棄否？」翁遜謝曰：
> 「誠援令甥女已爲非分，詎敢復苦令嬡？」媼曰：「老身不文，但知
> 言脫於口，不可復收。請先歸，少有嫁資，俟粗備，當親送魚軒到
> 宅，無事親迎也。」翁不能卻，即向季索得鏤玉香球一枚，聊以爲
> 信。媼親結之阿稚胸前羅帶上。（第五卷第一篇，頁104）

兄弟入山砍柴，不幸弟迷失其途，沒有反家。沒想到父入山亦迷失，幸好得
救，而且還發現少兒之蹤，且得兩女爲兄弟二人之媳。不過在媒妁的過程之
中，雖然較爲簡便，但是仍然是經過雙方家人的同意。所以大部分的人，還
是經過父母之命，決定一生的伴侶。雖然可能兩人可能一開始有不習慣，不
過經過兩人的相處，婚姻關係的經營之後，也就平順度日。雖然故事最後因
買一獵犬，才知兩女皆爲狐前來報恩，且因爲獵犬之故，狐死不能復生。所
以兩對夫妻也就沒有辦法廝守到老了。

〈白萍〉一文則是敘寫男子始亂終棄，對婚姻的不忠實：

> 「余氏，字白萍。園主人，奴之故主也。主人舉族遷城內，兒獨留
> 此間，年十七矣。父母、兄弟姊妹俱漂泊，蹤跡亦各無定。正愁孤
> 子，幸得與君邂逅。如見憐，願備妾媵。」林喜曰：「予亦未有室，
> 得與卿伉儷，亦何樂而不為？」女粲然。（第八卷第三篇，頁176）

林生遇白萍，幸運的結為夫妻。後林生求得功名，竟捨棄白萍，另娶其他女
子。白萍追求感情的堅貞，譴責林生的行為，可說是全天下女子的心聲。女
子託付自己的一生給一名男子，沒想到在他獲得功名，擁有富貴榮華之後，
卻拋棄糟糠之妻，另娶身家更好的女子。不但表現出女子的價值低落，更表
現出男子的見異思遷、用情不專。可是女子因為一生的倚靠頓失，所做出的
報復，常常也是男子所承擔不起的。所以對於婚姻的忠誠，一向都是婚姻的
基石。若是有人背叛，這個婚姻就算持續下去，也不過就是假象罷了。

〈王侃〉一篇則是敘述王侃喜獲嬌妻，又想獲得麟兒。在所有的願望都
達成後，卻不幸失去妻子：

> 女斂衽謝曰：「三郎有大恩於兒，委身事之，情理宜然，所慮姑不容
> 耳。苟姑能見憫，諸事包荒，則和氣致祥，安於磐石，人言不遑恤
> 也。」妹得諛詞，愈喜，殺雞為黍，俾二人合巹焉。
>
> 王驚定大慟，不食數日而死。（第一一卷第一篇，頁243）

雖然王侃歡喜可以迎娶女子，不過因為家境，也就簡單準備些食物，就算完成
婚禮。即使家境因為妻子的緣故愈來愈富裕。不過在滿足最基本民生需求之後，
王侃也不免想要擁有子嗣。在擁有子嗣之後，也將妹妹嫁到好人家。一切看來
似乎就平順和樂，沒想到被妹夫道破，女子原來是一異類，妹夫與妹妹一起把
女子消滅。不過王侃仍感念夫妻之情，十分想念女子。最後還因為失去女子，
絕食而亡。可以從王侃的決心與行為，知道他是真心愛著女子的。

雖然相戀而合的情形在《夜譚隨錄》之中，不在少見。但是這些故事並
不表示，因為少了一些傳統婚俗順序，就可以違背對婚姻的忠實與責任。所
以不管是透過什麼方式結合，既然兩人已決定廝守一生，就應該好好的經營
與面對。

在《夜譚隨錄》之中，也有提及如夫婦年齡懸殊、入贅、再嫁、續弦等
婚姻形式。這些婚姻雖然跟一般的婚姻締結形式不同，不過婚姻相處的過程
與困境，跟一般的婚姻也沒有太大差異。

　　〈米薌老〉一篇是在敘寫平民百姓，在無力聘娶的狀況之下，只好到市
集隨意挑選，就可得到一個妻子：

> 三原民米薌老，年二十，未娶。獨以銀五兩詣營，以一兩賂主者，
> 冀獲佳麗。主者導入營，令其自擇。（第三卷第九篇，頁73）

米薌老欲婚聘前往購妻，卻得到一老嫗，劉叟卻得少婦。老嫗鑒於老夫少妻
以及老妻少夫，在生活上比較難以相處，也需要許多時間適應。所以老嫗就
施展了一些技倆，讓兩對夫婦適得其所。

　　〈霍筠〉一篇則是提到男子入贅的情形：

> 太太首肯曰：「若然，姑留聘以俟後圖。」筠出白玉帶鉤一枚，奉之。
> 太太遂設祖席，以百金爲贐。筠三讓而後受。

> 乃抵通，一戰冠軍。即馳書報捷於梅氏，議娶宜春。老僕曰：「無大
> 郎之命，媒約之言，無乃不可乎？」筠曰：「虞舜聖人也，且不告而
> 娶英皇。況我無可以告，即大郎何能爲乎？」遂贅於梅氏。（第九卷
> 第一篇，頁195）

霍筠與梅氏的婚事，不但沒有經過媒妁之言，而且還是霍筠入贅梅家。男子
入贅妻家，通常不是因爲家中貧困，就是配合妻子家中可能沒有其他男丁。
不過一般男性通常認爲入贅妻家是一種貶低的作爲，也就少有男子願意。不
過霍筠本就不在意世俗眼光，所以願意入贅梅家，也是有跡可循的。

　　〈吳喆〉一則是描述女子不願再嫁而發癲發狂的故事：

> 女年甫及笄，有容色，許字邑紳周方伯少子，未嫁而夫死，重字涼
> 鎮馬總戎之孫。馬世系回紇，秉夷教，甚乖女願，鬱鬱成疾，漸發
> 狂語，哭笑不恒，巫醫不能救，張無如之何，唯嚴其防守而已。（第
> 一〇卷第五篇，頁231）

吳喆因罪流放，爲張生記事。張生妹妹本許配給周方伯少子。沒想到張女未進
門，未婚夫就過世。因爲張生還有些地位，所以幫妹妹又找了一門親事。不過
再度配婚的女子，夫家通常不是太好，所以張女不願屈就。竟因此而成疾癲狂。
雖然最後吳喆見兩少年在張女身邊作祟，將兩人砍殺之，知道實爲狐作祟。但
如果不是張女本身就心懷不滿，狐又從何可以爲患。所以女子的一生，仍舊是
聽從父母，不然就是聽從兄長。可以看出身爲女子的無奈與辛酸。

　　〈梁氏女〉一篇在敘寫男子在妻死之後續弦梁氏，梁氏不但沒有善待前
妻子女，還加以凌虐：

> 陝西白水縣村民，其妻死，遺一子一女，皆六七歲。民復娶同村梁
> 氏女爲繼室。（第一一卷第四篇，頁 245）

村民本是想要爲自己找個新妻子，也爲子女再找新媽媽，照顧整個家庭。怎知新婦不但沒有善盡爲人妻、爲人母的責任，還出手施虐子女。所以在要找新對象之前，更應小心謹愼才是。

〈董如彪〉一篇也是描寫筍兒入贅的情形：

> 筍羞澀無以自容。嫩曰：「知姊又得一詩題，故來相賀。」因以和詞
> 示之，筍大慚。二人戲語間雜，良久始去。叟風聞笑曰：「婢子下流，
> 乃悅及輿夫耶？吾不可效王鄭之所爲，致兒女子憔悴以死。」即擇
> 吉，以印兒贅筍。（第一二卷第二篇，頁 268）

筍兒因是奴僕身分，所以能夠答應入贅妻家。也是因爲兩人之間有身分差距，而且是女高於男。於是這種女性的地位高於男性的情形，也造就了許多男子入贅妻家的景象。

這些透過不同的婚姻形式所結合的夫妻，只是締結婚姻的方式有些許差異。在婚姻關係的維繫上，與其他夫婦並無太大差異。所以和邦額在書寫上也沒有太大的差別，不過也讓我們了解了一些當時社會中的特殊婚姻形式，可以更加明白當時生活的多樣。

不管夫婦兩個人是透過那一種方式結合，都不能改變要爲對方及彼此之間所建立的家庭負責。所以每一個人對婚姻的重視及生活方式的經營，都必須十分謹愼、小心處理。這樣自然能使家庭和睦，社會安和樂利。所以雖然沒有禮俗程序，可是夫婦之間的情誼、責任與傳宗接代等重要任務，並不因此就有所偏廢。對於長輩的尊敬與成立一個家庭之後的種種，都是同樣的受到重視。和邦額也從故事中透露出婚姻不能只是迷惑於對方的外表或是家財，而是應該要眞正的願意與對方廝守一生。這樣的戀愛，甚至進入到婚姻，才有可能相守一世、白頭偕老。相信大多數的人都希冀簡單的平安幸福。所以努力經營兩人的家庭與雙方的關係，不但幫助自己，也幫助整個社會的穩定發展與安定。

第三節　果報觀

中國在佛教傳入之前，已存在傳統報應觀念。如《周易・坤卦・文言》

云：「積善之家，必有餘慶；積不善之家，必有餘殃。」〔註3〕《老子道德經・七十九章》云：「天道無親，常與善人。」〔註4〕等諸多道德報應觀。以儒家的倫理道德為價值取向，報應的承受是個人及其子孫。到了漢代，董仲舒綜合陰陽五行等學說，創立「天人感應說」，再加上宗教的影響，果報觀念更加流行。所以中國人對於報恩、報應的觀念可說是其來有自。對於這些說法更是深信不疑、口耳相傳。在《夜譚隨錄》中，討論這類現象的故事，可以分為報恩與報應兩個類型。

一、報　恩

因為中國人一向以「受人點滴，泉湧以報。」為處事的重要準則。所以若我們接受別人的恩情，必定要想盡辦法報答對方。有時是以金錢回報，有時則是解決難關等等。報恩的方式五花八門、不勝枚舉。不管用什麼形式去報恩，兩方必定是要心甘情願，樂於往來。否則就成了挾恩以威，或是忘恩負義。

（一）金錢回報

因為生活之所需，都需要金錢來維持。所以這些報恩的狀況，常與金錢相關。當然用金錢來回報恩情，也都是因為這些施恩於人的一方有了財務的困境。想要報恩的人，才會用金錢當媒介，回報施恩的人的情意。

像〈崔秀才〉一則是敘寫崔秀才在接受劉公恩情之後，知恩圖報，幫助劉公再度富有：

> 劉始大悟，不覺潸然曰：「君去固自得矣，將無使吾為忘筌忘蹄之人哉？」……言訖辭去，永不復至。劉後官至枲司，以老告歸。感崔之誼，朔望祀以香楮，終身不衰。（第一卷第一篇，頁5）

從此篇可看出劉公家本富，遇崔元素前來投靠。後劉公落魄，嚐盡世間冷暖，唯崔元素助之。崔元素告知劉公，其本為狐，助其又富，不復返。劉公祀崔元素至終。可知雖為狐也懂人情世故，若受人恩惠，必定會回報。

另〈洪由義〉一篇則是敘寫被放生的魚蝦幫助漁人返回岸上，且幫助他致富：

> 洪由義者，靖遠協汛一烽子也。性慈善，喜放生。暇時坐黃河畔，

〔註3〕　同註68，《改良周易本義》，頁63～64。

〔註4〕　〔晉〕王弼注：《老子・帛書老子》，臺北：學海出版社，1994年5月，再版，頁91。

> 見漁人起網，凡所棄小魚細蝦暨螺蚌之屬，悉拾之投於水中，積數
> 年不倦。
>
> 貴人勞之曰：「汝大有恩於我部下，不但脫汝難，且當少爲潤澤。」
> 因命取一珠，大如豌豆，賜之曰：「此如意珠也，握之凡有所需，無
> 不如意。三年後可見還也。」（第一卷第七篇，頁 20）

洪由義性本慈善，喜歡放生。一日不幸失足落水，得海中物解救。入奇境還
得贈珠致富，三年後還珠。不過仍可見連海中生物也知要感恩圖報。

〈小手〉一篇也是在敘寫因爲緣份，所以狐幫助人得巨額金錢：

> 狐曰：「我與君夙有緣，故用一施仙術，燒煉相贈，非齊奴物也。是
> 非贋物，何不可駐世之有？君第用之，無疑慮，我亦從此去矣。」
> （第二卷第十篇，頁 47）

海公常祀狐，人僅見一小手。狐還可知禍福，告知海公，卻未聽取建言，果
有禍患。後施術給金，家不匱，狐亦不復至。

雖然用金錢來回報恩情不是一種最好的方法。不過在人們面對金錢所帶
來的困境時，的確是需要金錢來處理。所以想要報恩的人用金錢直接回報恩
人的恩惠，也可以說是最直接，也最有力的幫助。因此《夜譚隨錄》之中，
這些篇章都表現出被幫助的人，的確也是心懷感激，並樂意接受的。

（二）解決難關

除了有可能面臨金錢所帶來的困境之外，人們也常常遇到其他的困境。
這個時候想要報答恩人的人物，就常會用許多不同的方式，來幫助恩人來解
決他的困難。

〈紅姑娘〉一文即是敘寫紅衣姑娘不但陪伴校步軍，還幫助他度過每一
次的難關：

> 校少於方娶，苦無杯盤，將賃諸市。女曰：「是無庸，兒當爲爹假之。」
> 至期，果有金銀器物，雜然陳於房中，不測所自。家人怪之，校以
> 實告，始各欣喜。事畢，已皆失去矣。（第二卷第七篇，頁 31）

在恩人有所悲苦、困窘無措之時，幫助恩人解決困境，就是一種報恩的最佳
表現。

而〈噶雄〉一篇則明白指出女子曾被噶雄祖先解救，於是前來幫助玉成
噶雄與周女兩人姻緣：

> 花燭之夕，忽見西寧之女，先已在室，雄獐皇不知所出。女笑而止
> 之曰：「何事回避，兒雖是狐，今實爲報德來。子年少，固不能晰。
> 昔令祖官此地時，嘗獵於土門關」。（第卷第篇，頁 44）

狐因知道噶雄對周女十分依戀，所以藉由自身的力量，幫助噶雄能夠娶到周
女。所以完成恩人的願望，也是一種報恩的方式。

〈戀子〉一篇則是敘寫家僕因回報主人恩惠，而被收爲義子的故事：

> 及赦歸，謝官湖湘，戀子勸其勇退。謝致仕，頤養林泉。戀子壽至
> 九十，無疾而終。咸以爲忠義之報云。（第三卷第七篇，頁 72）

戀僕不但在謝梅莊最危難之時，並沒有捨棄自己的主人而離開。反而給予主
人許多建言，讓主人可以頤養天年。所以用身體力行來報恩，比其他方式都
還適切。

在《夜譚隨錄》之中，感恩知報的雖大多爲異類，不過也有人知道要報
答恩人。只是可從和邦額的敘寫中知道，人類因爲有較高的智慧，常常以爲
別人對自己好，是不需回報的。不過異類或許是出自他們較純樸的本性，即
使是很小的恩惠，他們也會想辦法回饋。和邦額在文字敘寫中，也委婉的透
露出我們應該感謝別人對我們的幫助，而不是視爲理所當然。

二、報　應

佛教有所謂三世之說，即前世、今世今和來世。而到了漢代，佛教傳入。
在佛教思想中，因果報應的善惡準則是戒律，報應不只會發生在個人身上，
並在會在生生世世中輪迴不已。此輪迴的過程以前世爲因，今世爲果；今世
爲因、來世爲果。每個人在現世所遭受的福禍，不只因爲今生善惡所致，仍
有前生所造善惡的果報。

（一）不得善終

許多人在做了眾多爲非作歹的事情之後，甚至到了在生命的終結之前，
可能都不知悔悟。不過在面對生死大關之時，才會赫然發現，自己所做的壞
事，不是沒有因果，而是在生命的終點，才會顯現。有的甚至會到下一世，
還在承受前一世的惡果。

〈詭黃〉一篇則是敘述學道之人不但不知檢點，還假藉道術欺騙世人，
最後遭受報應：

> 二婦裸臥，至日中，爲遊人所見鳴諸太守。郡人有識者曰：此非詭
> 黃之妻妾耶？天何報此惡人之速也！（第二卷第一四篇，頁50）

詭黃以邪術淫婦女，玳官亦效詭黃之伎倆，姦淫詭黃的妻妾。不過玳黃也承受報，亦遭他人姦汙。詭黃的妻妾不堪污辱，皆瀕臨死亡。詭黃最後遭官府正法，否則還不知有多少人受害。也可從郡人的言詞之中知道，當代之人是相信報應之說，所以詭黃的遭遇並不值得人同情。

〈陳景之〉一篇則是敘述作惡多端的囚犯，再世投胎爲豬：

> 亟往觀之，寂無一人。大駭。走告。眾人秉燭共往，遍索不獲。圈
> 中碾豬適生豚，數之，正七頭。咸爲嘆異，視之，豚亦無異常變，
> 俱各白四蹄而已。（第五卷第十九篇，頁120）

雖然囚犯變作豬的事件，看起來玄奇。不過確可印證在佛教輪迴之中，若人不配爲人，只能墮入畜牲道。所以此篇奉勸人不可爲惡的意味相當濃厚。

〈白萍〉一則是在寫男子拋棄髮妻的下場：

> 應示蒲鞭之辱，以儆狂且。然不致子於死地者，以子有日騰驤，爲
> 乃祖隱德之報故也。（第八卷第三篇，頁179）

林生幸運遇到白萍，兩人結爲夫妻。怎知後來林生求得功名，竟捨棄白萍。果然就遭遇報復，嘗到斷嗣的苦果。不過也在文末提到林生還能保全一命，完全是因爲祖上積德。否則一條小命早早鳴呼哀哉，根本也沒有生存的可能。所以若自身不知檢點，即使先祖皆爲積善之家，也無法解救。

〈某王子〉一篇也是在敘寫王子生母陰賊悍妒，王子也暴戾不仁。兩人再世，只能爲畜牲。祈求父親幫助，以逃脫被宰殺的命運：

> 驚詢所自，王子泣訴曰：「予生時不仁至極，死後備嘗地獄之苦。今
> 陰譴已定，當托生爲驢。公明日可至某大街某坊某市前，繫有草白
> 牝驢一頭，瘦而禿尾者，即予之生母也。驢腹中懷駒，即予也。公
> 幸念夙昔，贖我母子歸，不致畢命屠刀，則恩同再造矣。」（第一○
> 卷第九篇，頁235）

某王子性格殘暴，在世時無惡不作。死後竟托夢給蒙長史，告知己與母將爲驢，希望他告知父親拯救之。王得知此情形，念在父子情意，放養於園寢。不過也在王過世之後，不知王子及其母所終。從王子在人間的惡行，再看到王子道出在陰間受盡地獄之苦，又轉世爲畜牲。就可以知道壞事眞的不能做，終歸是有需要償還的一天。

〈梁氏女〉一篇描述繼母虐待前妻所留下的子女,而某日自烙而死的故事:

> 梁仰視,見一婦人,蹙眉黃顙,滿面流淚,梁驚悸發狂,自批其頰。
> 鄰人環救,梁大罵:「淫婢!奈何毒如蛇蠍,殘我兒女!」眾始悟
> 為前婦之鬼所附。巫灌以礫砂,逾時始定。(第十一卷第四篇,頁
> 245)

縣民前妻死,續梁氏女為妻。沒想到梁氏女整日虐待其子女。某日縣民前妻附身於梁氏女身上,竟喚子女鞭韃其身,梁氏女也自烙而死。若梁氏女對前妻子女寬厚,這些事情也不會發生。一切皆起於梁氏女自作自受,所以也就不值得同情。

和邦額透過這些故事表現出,如果這些人若能在活著的時候,不要為非作歹,在生命結束之時,自然也不會遭遇這麼多痛苦。所以每一個人的所作所為與最後結果,都是有著緊密的關連性的。透過這些人的淒慘下場,可以提醒我們應該多行善事,而不是只為自己的享受或欲望,做出傷害他人的行為,自然也就不會向這些人一樣。

(二)子孫受難

即使有許多人在當世惡貫滿盈,也得以終老。可是有許多人的惡業,卻會在子孫身上繼續延續。有可能是子孫受長輩影響,行為也都失當。或是子孫莫名會有奇特的情況,無法解決。有時候還可能讓全家人都不得安寧,也不得善終。

〈某太醫〉一天則是敘述太醫嫌貧愛富,不但沒有發揮醫者仁心仁術,還問診必要千金,所以導致子孫不肖:

> 妻唾其面曰:「呸!汝癡心,尚過望耶?天之報施老奴者,如此不爽,
> 縱有百子,亦必沆瀣一氣,豈復有以德報怨者?」醫默然無以應,
> 條獻而已。(第八卷第九篇,頁 188)

太醫長子向來視父親如仇人,太醫心中還期待少子能成器。不過太醫妻子直接戳破太醫的幻想。因為太醫的不顧醫德,即使有一百個兒子,也是枉然。最後家業散盡,長子夭折,少子亦不肖,這就是太醫的報應。所以每個人都應該恪守自己的本分,不去妄想不屬於自己的人事物。否則後代只會有樣學樣,不以身作則就希望下一代好,實在無異是天方夜譚。

〈新安富人〉則是敘寫富人逼死女子,女子到陰曹地府告狀。富人的行為,不但禍延自身,還殃及家人:

> 富人亦慘淒不勝，呼其妻女至前，哭告所見胼詳述前事，乞爲懺悔。
> 言未終，忽聲喘如牛，大叫「我去，我去！」而死。（第一一卷第一
> 三篇，頁250～252）

富人性殘，某日見浣衣女美，與眾人汙致死。某日富人女出，山神告知，才得以逃過鄉里無賴汙辱。後來知道能逃過一劫，是富人妻與其女積德才得以避禍。不過其子亦荒虐無道，所以難逃一劫。某日親戚告太監好，自去其勢。後富人見浣衣女魂魄及陰間衙役拘提，就撒手人寰。與富人一起欺凌女子的其他人，也都沒有好下場。

〈王塾師〉一篇則是敘述王塾師精通法術，施巧計得魚，眾人折服。王子家中也以禮相待：

> 乃覓一籃子，命館僮提之，閉目繞地而走。值且走作摸魚狀。有頃，
> 王曰：「止，得之矣。」果得一魚，長尺許，撥刺籃內，烹食之，味
> 極鮮美。（第一二卷第一○篇，頁282）

後王子得病，藥石罔效。王塾師前往王子祖墳，才知王子父親誤殺漁人，與鬼相衡與理之後，王子遂病癒。

> 萱王子之祖，在生時曾枉殺一漁人。世人訴於再司，冥讉先王當斬
> 嗣，至王子即絕，以償漁人之怨。吾感福晉之誠，竭力關白。始得
> 暫脫王於之厄。（第一二卷第一○篇，頁283）

雖然若因爲長輩的關係，必須承受這些報應，對子孫來說是不公平的事。不過若能想其他方式去面對錯誤的行爲，不要再讓惡行繼續延續。施行更多的善事，或是改變自己的做法，自然能夠改變累世循環的情況。因此和邦額也是希望透過這些故事，讓人思考如何去改變現況，使得這些惡行得到遏止，不要再循環不斷。

和邦額在敘寫這一類果報觀故事時，不論故事內容是敘述報恩或報應，必定都是其來有自，不會無緣無故發生。因果循環的道理，主要是在奉勸世人要記得他人的恩惠，不能爲非作歹。萬事萬物有一定的規準與法則，只要順勢而行，一切自然就能平順和樂。和邦額也引述劉備的名言：「無惡小而爲之，無以善小而不爲。」〔註5〕凡事都該無愧於心，無愧於天地，行事自然端正，也不需害怕報應的到來。

〔註5〕 參見《夜譚隨錄》卷十篇九〈某王子〉和邦額評註。同註2，〔清〕和邦額、
　　　　樂均著：《夜譚隨錄、耳食錄》，頁237。

第四節　異類觀

本文之中所謂之異類，是指有別於人類的其他類別皆稱為異類。所以舉凡為鬼、神、仙、佛、動物、植物，都是異類。這些異類在《夜譚隨錄》之中出現的型態、動機、樣貌皆不相同。不過敘寫之時，在《夜譚隨錄》之中的論及這些異類的篇章也多達一百二十八篇。和邦額在這些篇章故事所要表達的異類觀可分為勸戒諷諭、避災求合兩個觀點，以下分別說明。

一、勸戒諷諭

從異類身上，我們常常可以得見人類也會出現的行為舉止。所以如果異類的行為是好的、善的，我們自然也會連想到人類其他的好行為或善行。反之，如果異類的行為是不正確的，我們也該去思考是否人類也是有這些錯誤的行為舉止。於是和邦額在《夜譚隨錄》之中，其實是用了許多篇幅藉由異類的奇異行為去表現人類的舉止，進而達到勸戒與諷諭的效果。

（一）勸人為善

雖然異類跟我們人類的生活習性、形態大不相同，不過和邦額卻透過許多不同的異類來表現人應該端正其身，從事善行。否則就有可能淪為異類，遭受異類所承受的痛苦。

〈驢〉一篇，就是在描寫以殺驢為業的人，有一夜又在殺驢之時，主人誤以為自己殺的是人。之後雖然澄清誤會，不過也因為這個奇特經歷，遂改業，不復殺驢：

> 其人忿極，重欲對從檢視，乃亦是驢。始而愕然，既而廢然。遂改
> 業，誓不殺生。（第六卷第六篇，頁 145）

從這個篇章，我們可以看出其實不是每個人都喜歡殺生的，不過卻常因為生活或職業的需要，必須要這麼作。不過改變職業或想法，常常也只是在一念之間。所以不要殺生，改用其他方式，也就不是那麼的困難。

另〈異犬〉一篇描述三惡少襲擊某侯，某侯家中一犬救侯，犬傷重數日後不幸死亡。之後某侯又遇三惡少，犬亦附他犬身救某侯，三惡少各得報應：

> 後聞知三惡少，二作廢人，傷陰者，越宿即殞。（第六卷第七篇，頁
> 145）

異犬並非有心要傷害這些少年，而是因為少年們要襲擊牠的主人。這些少年

如果不是存著傷人之心，自然也不需要承受這些痛苦。所以如果我們與人爲善，不要常常想著要算計別人。這樣一來，跟他人的相處，自然也能協調。

〈周琰〉一篇則是在敘寫周琰危害鄉里，一度變身爲虎的驚險體驗：

> 一食頃，皮膚即復其舊，始知道士爲異人也。由是改過自新，平心靜氣，勉爲善事。銘八字於座右：「放情詩酒，絕想功名。」自號爲虎變居士云。（第一○卷第六篇，頁232）

如果周琰依然執迷不悟、危害鄉里，那麼變身爲虎，恐怕也只是繼續危害世人。不過他能大徹大悟，改變性格。又能多做善事，幫助大眾，實爲難能可貴。

即使大多人類都是因爲害怕自己變成異類，遭受身爲異類的不好情況，才會改變看法與做法。不過能從異類的身上，學習到改過遷善、造福社會。這也是和邦額想透過這些異類，來讓人們深入思考，進而省悟，不要再做出一些害人害己之事的深切用意。

（二）諷刺世情

雖然和邦額強調這些故事都只是聽聞之後記錄下來的故事。不過從其他人口中所聽來的故事，自然也添加了許多說的人、聽的人、寫的人，對這些故事的看法。也因爲這些奇異之事，表現的是社會的異象，當然也呈現了許多社會的不公平。

〈癲犬〉一篇是描述癲犬傷人，實因人民食犬而致，後術士禳之息：

> 粵西某村，居民數千家，俗尚畜犬以爲食。值夏日酷暑，其犬盡癲，人被傷而死者，日以百數。有術士來禳之，犬咸聚其前，人立踔吠，若有所訴。術士喃喃，似有解慰之說。犬悉俯首，淚下如雨。術士囓破其指，以血之，其犬四散，不知所之。（第五卷第一五篇，頁117）

狗一向是人類最忠心的家畜，不過卻因爲人們要滿足口腹之慾，而成了桌上佳餚。這種情形也可以說是人們爲了滿足自己的私欲，就不惜傷害他人。所以狗的復仇，也不過就是表現了被欺壓的弱勢一方，從心中深沉的一種無奈反擊。

〈獺賄〉一篇是描寫折蘭喜食獺，常常殺獺食用。一日遇獺以棄賄，折蘭便不復食獺：

> 是夜，露宿於野，聞帳外有簌簌聲。出視，見群獺各挾草葉裹沙棗，置榻畔而去。收之，得二斗餘。折誓不復食獺。後有人勸之，折曰：「吾曾受獺賄，可復食同類乎？」（第五卷第一七篇，頁118）

從這篇可以看出動物爲了求生，還會使出賄賂的計謀，以求自己能逃過一死。

如果人類一樣面對生死存亡之際，也同樣常常會忘了自己應該堅守的原則，向困境或挫折屈服。所以如何在困難之時，依舊可以不改其志，實在是一個艱難的考驗。

〈貓怪三則之一〉一篇提及貓怪現身某公家，某公一家本來打算消滅貓怪。貓怪為了求生存，道盡某公之醜事，希望某公能改過遷善。後貓怪離開，不再出現。不過某公一家人仍然不改其行徑，某公家遂敗：

> 貓哂笑而起曰：「我去，我去！汝不久敗壞之家，我不謀與汝輩爭也。」亟出戶，緣樹而逝。至此不復再至。

> 半年後，其家大疫，死者日以三四，公子坐爭地免官，父母憂鬱相繼死。二年之內，諸昆弟、姊妹、妯娌、子侄、奴僕死者，幾無孑遺。惟公子夫婦，及一老僕暨一婢僅存。一寒如范叔也。（第六卷第五篇則一，頁143）

貓為了生存，開口說出勸戒之詞，可是人們並不以為意。所以仍舊遭遇衰敗的命運，也是當然之事。

〈鼠狼〉一篇描述佐領夜歸買羊蹄獨酌，忽聞牆腳有聲。忽見小人撿拾羊蹄骨頭，取火襲擊小人，小人化為鼠狼消逝無蹤：

> 某佐領好酒喜啖。一夕夜歸，市羊蹄六七枚，火酒一偏提，擁爐獨酌，棄蹄骨於地。驀聞牆腳下寒宰有聲，挑燈諦視，見小人十余，各高五六寸，或男或女，裝束悉類時人。皆背一竹筐，彎腰拾取蹄骨置筐中，移時而盡。某心悸，取火箸擲而擊之，一人。餘驚走，悉入壁洞。僕者滾地唧唧，隨化為鼠狼而逝。（第一一卷第一二篇，頁254）

鼠狼為了生存，撿拾羊蹄骨頭。更因為要求活命，在面對火的攻擊時，不顧同伴安危，自己趕緊逃命。雖然表現了人在面臨危機之時，常常都只想到自己，不會顧慮他人。不過如何讓每個人都能夠不是只為自身著想，而能夠體諒他人，才是一個更需要努力的目標。

雖然從這些篇章可以看出當時的一些社會亂象，不過這些社會亂象也絕非一朝一夕便形成的。所以看到這些故事，我們更應去思考，古人所犯過的錯，我們是否依舊在重蹈覆轍。如何去改變我們的看法與做法，不要再落入不好的循環，才是和邦額想要告誡我們的重點。

異類不受世俗之規範，行為舉止也比人類來的任真自由。他們不會受到道德教條的束縛，而是依據自己的想法做事。所以對於想要的人、事、物，

就會努力去追尋，而不會兢兢業業、小心謹愼得去計較得失。在這種情況之下社會的看法、原理和原則，當然也就不適用於異類了。不過從和邦額的敘寫我們確可以看初透過異類行爲的不拘小節，更凸顯人類行爲應正直向善。適當的調整舉止是可以被體諒的，不過若用一時的放縱當藉口，只會害人害己。所以對於自己的所作所爲，還是應該小心謹愼爲上策。

二、求合避災

和邦額筆下的異類通常擁有過人的容貌與才情，所以在他們要吸引人類與他們結合之時，常常都是無往不利、一試即成的。不過這些異類與人類結合，有些異類單純就是想與人類在一起，另外一些則是另有目的要躲避災禍。《夜譚隨錄》之中，這些故事都描述了發展的原由及結果。

（一）異類求合

這些異類爲了和人類在一起，通常都會製造一些偶遇，或是用一些姻緣天定的說法。讓人類不覺得異類的出現有什麼突兀之處，或是兩人的結合有何不妥。

〈婁芳華〉一篇就是描述婁芳華出門訪舅，投宿寺中。巧遇女子，出寺又入奇境，得款待。女子又說了許多兩人姻緣是天作之合的話語：

> 婢因一手把婁袖，一手攬女腕。攣之使相就，曰：「好！好！千里姻
> 緣似線牽也。今日郎有言，操蛇之神，無不聞之。泉水松風，悉爲
> 羔雁行矣，無辜負普救佳會也。」（第二卷第六篇，頁 40）

從女子與其婢女兩人的行爲可以看出，她們對婁芳華的期待是很高的。而婁芳華最後也相信兩人的說詞，眞的找了舅舅打算迎娶女子。

另〈梁生〉一篇則是提及女子的家人，自己把女子帶到梁生的家中，要求結爲夫婦：

> 既而有曲背嫗攜一女子至，年約十六七，鬒發皓齒，膩理靡顏，天
> 然艷麗，洵平生所未睹，神爲之奪。（第三卷第一篇，頁 52）

梁生身無長物，理論上應該不是一個好的伴侶。更何況女子擁有過人之姿，應該可以找到更好的對象不過曲背嫗卻不計較這些，只是想要讓女兒嫁入平凡之家。可見得異類也有「侯門一入深似海」的感慨。

〈丘生〉一篇也是異類用兩人有父母之命的說法，說服丘生迎娶女子：

> 然則與兒有姻緣之契矣。兒衛氏，字素娟，世系隴西。令尊公爲奉
> 州參戎時，與先君結耐久交，因有婚姻之約。彼時爾我尚在襁褓中，
> 不能記憶，迄今計之，十有七年矣。一旦邂逅於此，紅絲繫足，豈
> 偶然耶？（第七卷第一篇，頁150）

所以異類要和人類結合之時，也會使用許多合理的言詞，讓人類相信。而這些說法自然也是其來有自、頭頭是道。讓人類除了迷眩在異類的外表之外，更加強了要和異類結合的意念。

〈王侃〉一篇則是異類用了王侃想要求得一門親事的強烈願望，讓兩人結爲夫妻：

> 聊相戲，何便怨懟？若竟以兒爲負心人，是知石而不知韞玉也。請偕歸，幸勿以葑菲見棄。（第一一卷第一篇，頁240）

除了王侃的願望之外，其實女子的說詞也是打動王侃的另一重點。所以女子跟王侃的結合，大多都是因爲女子的能言善道才能成功。

不管異類想要跟人類結合，用了什麼方法。我們都可以看出其實這些異類想和人類在一起的想法，其實是非常的單純簡單。他們沒有希冀對方是富貴榮華的背景，或是要擁有完美出眾的外表，還是要家財萬貫的金錢。常常只是想要與對方度過一生一世。就這幾點看來，異類的心思，似乎比人類要來的踏實純樸多了。

（二）避災逃禍

雖然異類常常用有一些炫人的外表或令人驚奇的能力。不過並不是每一個異類都擁有這些能使自身化險爲夷的能力。在《夜譚隨錄》之中，仍然是有些異類需要透過人類的幫助，才能夠避災逃禍的。

在〈阿鳳〉一篇，就寫出了阿鳳爲了避禍委身於四郎：

> 會夏日，大雨大雷，女驚惶失措，抱四郎臥帳中，現形爲一黑牝狐。
> 四郎無計擺脫，不勝忐忑。霹靂繞屋奔騰，逾時始定。狐復化爲女，
> 跽謝四郎，欣喜之色可掬。夜半遂失所在，後不復來。（第二卷第五
> 篇，頁34）

阿鳳也在逃過一場大劫，簡短的道謝之後，就不顧夫妻情義，消失無蹤。所以更加的證明異類在面對危難之時，循求人們幫助之後，也是會不顧仁義道德的。

〈玉公子〉一篇也是在描寫章氏等異類爲了尋求玉公子家中佛力的庇祐，而委身於玉公子：

　　午後，果見西北方奔雲如墨，隱隱雷鳴。三妾獐皇伏佛座下，立化
　　為狐。公子惻然，急納小女於案下，以佛旛覆蔽之。與章虔心開經，
　　向佛跪誦不輟。頃之，雷電交作，大地震搖。公子與章，俯伏戰兢，
　　而誦經愈急。良久，忽聞人語曰：「何如？」又一人應曰：「止止！
　　已奉佛旨免之矣。」俄而寂然，雷聲漸遠。三妾已抱侄女鵠立於前，
　　喜溢眉宇，叩謝公子與章，各相慶幸。（第一〇卷第二篇，頁 222）

章氏等人為了躲避一場災劫，而委身玉公子，最後雖然還是與玉公子一家人
繼續相處。不過還是不能否認一開始是為了逃災避難，才與玉公子一家人親
近的事實。

　　〈藕花〉一篇則為描述植物為了求生存也會祈求人類幫助：

　　女曰：「但培其根，每清晨為誦《觀音咒》九九遍。明年此際，可以
　　再生矣。」。宋如所教，至心持咒，時以湖泥培養，日夜不輟。次年
　　復出，菠花忽至，雖覺瘦生，而姿態愈艷。（第一二卷第九篇，頁 249）

菠花、藕花透過宋秀才的幫助，才能再度化為人形，出現於宋秀才面前。雖
然不是特意的希望宋秀才的協助，不過仍然表現了異類有求於人的狀況。

　　雖然異類為了逃災避禍來依附人類身邊，對人類並不會造成傷害。不過
這種出自有所求的行為，終究令人感受到異類與人類之間的隔閡。而且也常
常因為如果失去了逃災避禍的原因，兩者之間也就不在具有連繫的必要。更
是表現了異類的寡情，令人感嘆不已。

　　在《夜譚隨錄》之中，描寫了許多有別於人類的各種精怪鬼狐等異類。
不過雖然這些異類與我們人類物種不同，可是他們卻在和邦額筆下成為與人
類一樣擁有愛恨情仇、貪嗔痴慢等等情感。即使有許多異類無法擺脫他們本
來的性格，不過卻更有許多異類他們比人類更重情重義。這也是和邦額想透
過這些異類傳遞的另一個訊息。讓我們再多加思考，不要只圍限在自我的眼
界裡。更要用寬廣的心胸，去面對所有的人事物。這些異類在《夜譚隨錄》
之中，不管是表現了勸戒諷諭、避災求合的觀點。都讓我們了解一些平常人
類不敢直接表達的行為或話語。不過這些行為或話語，常常也是在提醒我們
要常常反省自身，或是放開心胸去看待世間的萬事萬物。不要只侷限在自己
的狹隘思考或短小眼界，讓自己反而成了其他人眼中的異類。

　　綜觀《夜譚隨錄》中的思想內涵，還是以勸人為善、教忠教孝為主。從
五倫觀來看，故事中仍然表現出重視倫常的重要。五倫在社會中所扮演的重

要聯繫，仍然是被高度重視。從婚戀觀來看，希望人們維繫良好的婚姻關係，讓社會得以安和樂利，持續進步。也透過婚姻戀愛的題材，來告訴我們維繫一個家庭，對個人、家族甚至於國家的重要。從果報觀來看，和邦額期望人們重視自己的一言一行，遵循善道，不要為非作歹。所以不論是報恩或報應，都在提醒人們謹言慎行，種種自身作為都會影響整個社會國家。從異類觀來看，和邦額透過異類的行為表現，來表示人類的舉止作為，進一步讓人們思考反省。和邦額這種期許透過小說故事讓讀者深入思考的作法所帶來的效應。也是每一個小說作者在寫作小說故事時，所樂見的最佳結果。

第五章 《夜譚隨錄》之寫作特色

第一節 人物刻劃

　　人物是小說的重心，也是小說敘寫的主要對象。由於人物搬演出種種事件，才能把所有事件貫串為情節，使故事得以繼續發展，也讓讀者更加有興趣深入研讀小說。《夜譚隨錄》描寫的人物有王公貴族、平民百姓、官吏、士子、商人、奴僕等等，幾乎把社會各階層的人物寫進書中，也將人生百態表現出來。人物的描述，除了要用一般性的特色來說明外，以實際的言行、動作、事蹟來佐證是更好的選擇。所以和邦額除了將每個人物的世系、年齡、外表等加以敘寫之外，還將言行、動作、事蹟化入故事。《夜譚隨錄》中關於人物刻畫的寫作特色，可從外在描寫及內在刻畫兩方面討論，以下分別敘述之。

一、外在描寫

　　和邦額在刻劃人物之時，許多時候著力在外在描寫上。外在描寫為描繪人物角色展現出來的言行、儀態與風度等等。外在描寫又可以分為靜態描寫與動態描寫兩方面，如下所述。

（一）靜態描寫

　　靜態描寫主要為肖像描寫與服飾描寫。和邦額透過這些人物外表的敘寫，可以讓讀者透過觀察，更加了解人物的形態，也更加了解人物。

1、肖像描寫

　　以針對人物面貌、身體、姿態等所作的形象化表現描寫稱為肖像描寫。

和邦額透過這些具有真實感受的肖像描寫，可讓讀者觀察人物形態，進一步了解人物個性。

如〈崔秀才〉一篇，形容男子絕美的面貌：

> 一人循徑來，草笠布衫，仿佛甚美。既辯眉目，果美甚。丹唇皓齒，
> 華髮素面，十七八一孌童也。（第一卷第一篇，頁 1）

在敘述女子的樣態，也是十分美麗：

> 女徐徐束足，了不見答。孫方怪其倨，審諦之，則苗條婉妙，絕代
> 美姝也。（第一卷第一篇，頁 1）

從這些美麗外表的描寫，讓人想繼續了解人物的性格。

〈陳寶祠〉一篇之中，就描寫了如杜陽、主人、主人女等人物。形容杜陽雖出生貧家，不過卻長得俊朗清秀：

> 蒲東杜陽，姿質美秀，年二十未婚。（第二卷第三篇，頁 32）

透過描述，令人更想知道杜陽的性格與遭遇。

另〈婁芳華〉一篇，描述女郎的美麗樣貌：

> 俄見一女郎，從一婢，遵山徑自東而西。年十六七，姿容美麗，目
> 所未睹。（第二卷第六篇，頁 40）

主人的樣貌不俗，連婢女的樣貌，也不相上下：

> 婢年亦相等，明眸皓齒，頗嫵媚。（第二卷第六篇，頁 40）

透過婢女的陪襯，讓人更加想要了解美麗女子的內心世界。

又〈梁生〉一篇描述女子的美麗渾然天成，讓人失魂落魄，忘了自己：

> 既而有曲背嫗攜一女子至，年約十六七，鬕髮皓齒，膩理靡顏，天
> 然艷麗，洵平生所未睹，神為之奪。（第三卷第一篇，頁 52）

透過外表的描述，讀者不免想更深入知道曲背嫗帶來的女子，真實性格與動機為何。

又〈伊五〉一篇則從外貌描寫，又進一步敘寫生活狀況：

> 兵丁伊五者，身蠐短而貌麼麻，貧不能自活。（第三卷第五篇，頁 66）

外表的不利條件，讓伊五生活更艱鉅，也表現出了他缺乏自信心，鋪展下面會去求死的線索。

另〈閔預〉一篇也是說閔預美麗的外貌，並敘寫他很會打理，可以看出他重視外表的性格：

> 閔生預，浙西世家子，貌即都美，且善修飾。（第五卷第二篇，頁 105）

而和邦額對於女尼的描寫，也是稱道不已：

> 有二女尼啓簾入。一可二十許，一可十八九，青頭素面，容態雙絕。
>
> （第五卷第二篇，頁 106）

從外表的描述，我們會先想像女尼的和善。但和邦額卻是反其道而行，女尼竟然是荒淫無道的。

〈潘爛頭〉一篇則爲描述道士潘爛頭的瘡包，來加深讀者的印象：

> 有患癧疽者，即以其瘡之膿血少許塗之，無不瘥。人知其姓而不知
>
> 其名也，咸以潘爛頭稱之爾。（第五卷第一四篇，頁 116）

瘡包的汙穢除了描繪潘爛頭的面目可憎，也進一步的推展出潘爛頭個性上無法容人的缺點。

又〈譚九〉一篇在描寫少婦時，則用眼中含淚、眉妝不整及笑容不開等等。來表現家中貧困，連帶影響情緒：

> 年可二十，淚睫慘黛，殊少歡容。（第八卷第一篇，頁 117）

即使少婦擁有美麗外表，但因環境的關係，也無法擁有樂觀的性格。

〈白萍〉一篇則論及林澹人、余白萍及符生的外表。林澹人美麗如女子，讓人驚艷不已：

> 林澹人，延平諸生也。貌姣媚如好女子，見者無不嘖嘖而目送。

而余白萍也不遑多讓，美麗絕倫：

> 見一女子齒甚稚，娟妙絕倫，由對岸步水而過，無少沾濡。（第八卷
>
> 第三篇，頁 176）

連交往的友人符生也是翩翩美公子：

> 友人符生，故太守某公之孫，美而少，蓋翩翩濁世之佳公子也。（第
>
> 八卷第三篇，頁 178）

透過美麗的外表敘述，本讓人以爲會有和善的性格，不過林澹人與白萍的行爲卻表現出不忠不義以及殘酷的一面。

和邦額在對人物進行肖像描寫時，大多都是用白描的技巧，直接敘述人物的外貌。間或使用譬喻及對比的手法來刻畫人物。不論是使用何種手法，都讓我們知道這些人物的特色，更加深其印象。

2、服飾描寫

人類外形除了面貌、身體、姿態等之外，還可以從衣物、飾品等等，來表現人物的特質。

　　如〈梨花〉一篇中描述梨花在妝扮之後的艷麗，又敘寫他即使用一般植物裝飾，還是如詩如畫的美麗：

　　　　既長，艷麗無匹，淡妝濃抹，靡不相宜。小草閒花，隨意簪之，皆堪入畫。（第一卷第三篇，頁10）

所以可以從上得知梨花的美是自然天成，而再加裝飾，更是令人讚嘆不已。

　　又〈蘇仲芬〉一篇則用衣物與鞋子來烘托女子的輕靈：

　　　　辯是一女郎，衣輕綃，躡高屨，丰姿甲娜，已足銷魂。（第二卷第一篇，頁27）

女子服飾輕巧、腳穿高屨，姿態依舊美麗。可以看出其人也是敏捷聰慧。

　　另〈陳寶祠〉一篇之中，則爲描寫了主人是外表光鮮，不過衣著卻不像當代之人。所以可以窺見並非一般人：

　　　　覘主人年可四十許，赤面修髯，被服五采，非復本期制度。（第二卷第三篇，頁32）

主人除了服飾與一般人不同，也可從臉色及對髯鬚修飾的注重，看出主人的嚴謹。

　　〈阿鳳〉一篇之中，在描繪女子美貌之時，還用頭髮、衣袖及燈飾等來敘寫：

　　　　坐中稚齒女子，丰姿妖冶，鬒髮如雲，衣廣袖之襦，把文犀之盞。（第二卷第五篇，頁34）

從女子的頭髮、衣袖及燈飾這些服飾來看，女子十分注重打扮，也可看出女子對細節的重視。

　　〈修鱗〉一篇更爲詳細描述修度王的衣飾：

　　　　修度王郊迎三十里。冠紫金冠，衣赤錦袍，披素羅鶴氅，貌甚奇偉，執禮甚恭。（第四卷第一篇，頁76）

從修度王的衣飾，可以看出一個帝王之家所表現出來的氣度。更可從對服飾的器重，看出對人才的重視。

　　〈雜記五則之二〉一篇則透過上衣及裙子的描繪，讓人更能察覺女子的性情：

　　　　於是女子分花步月，冉冉而至。丰姿綽約，美麗非常，目所未睹。著碧羅畫衣，曳練裙，秋波流慧，蓮靨生潮。（第四卷第三篇則二，頁84）

觀察女子的衣物顏色鮮麗、質料輕盈，可以看出女子必為一個性格活潑的人。

〈譚九〉一篇則詳細描寫老嫗的衣飾：

> 著紅布短襖，綠布褲，藍市短襪，跋高底破紅鞋，皆敝甚。露一肘、
> 一腓並兩踵焉。（第八卷第一篇，頁171）

從老嫗衣物不合時節且殘破不堪，可以窺見家中情景。又將手腳示人，更可看出老嫗是一個不拘小節的人。

〈劉大賓〉一篇也是描寫女子衣飾：

> 薄暮於軒東獨步，瞥見一女子，年可破瓜，翠裙紅袖，艷莫與京，
> 向生嫣然一笑，百媚俱生。（第八卷第四篇，頁180）

以女子顏色鮮艷的衣裙，就可看出女子的活潑個性，又從她對外人也可輕鬆微笑，更表示出女子的個性外向。

和邦額在敘述人物的服飾時，常以簡易的文字敘述，讓讀者了解究竟人物是何形象。而這些服飾也能把人物的個性、儀態等等表現得恰如其分。所以即使文字簡單，還是可以讓人對人物角色有一番了解。

和邦額不管用白描、譬喻、對比或烘托等手法，使用靜態描寫讓人物形象凸顯。也從這些服飾描寫表現出和邦額喜用色彩鮮明的色調，來營造人物。也可以看出和邦額在塑造人物之時，大多表現活潑、輕盈的一面，與他的富裕生活環境極為貼近。

（二）動態描寫

動態描寫主要為對話描寫與動作描寫。和邦額透過這些人物對話與動作的敘寫，讓閱讀的人與《夜譚隨錄》中的人物角色有著一樣的脈動，更能感受到人物的情緒、性格等等，也能幫助讀者對故事有著更深的興趣。

1、對話描寫

藉著描寫對話，讓人物的溝通情形、思考模式更加鮮明，讀者也更加明白人物的特質與個性。作者在描寫對話之時，更是要契合人物的的身分地位，才能讓人物之間的對話恰如其分。

〈崔秀才〉一篇透過崔秀才及妻子的對話，表現出兩人對生活的不同態度：

> 妻怒之以目，曰：「往日良朋密友，有求必應，啜汁者豈止一人？今
> 年盡歲逼，吃著俱無，猶不少思籌策，乃合兒女子作推敲醜態。想
> 亦拼得餓死，故預作〈薤露〉挽歌耶！」劉曰：「然則欲我做賊去耶？」

（第一卷第一篇，頁 1）

從上可以看出崔秀才個性溫和、對世事抱持樂觀態度；妻子則是通透事理，心直口快，也對現實有承擔的勇氣。

又〈蘇仲芬〉一篇中敘寫蘇仲芬與女子在對功名追求方面的對談：

> 仲芬語塞，但輕拍其肩曰：「卿佞口奪理，吾不復與爾置辯。然既自稱仙子矣，吾聞仙子能知未來事，卿視我今科榜上有名否？」女曰：「君才疏而氣高，每從輕薄朋友，務爲諧謔，此大不利。夫隱惡揚善，現在功德，何惜齒牙餘慧，而必以樸訥爲恥，唯尖巧之是逞？恐滑稽之名一立，而禎祥亦從之而減，非君子永言配命之道也。今科復無望矣。君苟從此自新，功名中尚可小就。否則，會當見君於餓莩中耳。」（第二卷第一篇，頁 27）

蘇仲芬性格不願服輸，所以即使說不再強辯，卻又以其他缺點攻擊女子。可以從此看出蘇仲芬的氣量實在不大。而女子卻不以爲意，單純從蘇仲芬的性格分析，對蘇仲芬的優缺點說明。又將蘇仲芬的未來，跟他解說透徹。可以知道女子的預知未來及聰慧機敏。

另〈紅姑娘〉一篇則是描述校步軍與紅姑娘在城樓上的對話：

> 醉後興高，問：「三姐有所求乎？」
>
> 女曰：「以狐媚惑人者，皆有求於人者也。翁一身貧病，且老，兒何求於翁？所以親近翁者，以翁有大恩於兒故也。」（第二卷第二篇，頁 30）

校步軍畢竟有些年歲，所以在面對紅姑娘對她示好之時，心中不免較爲謹慎，存有疑惑。不過紅姑娘也透過有條有理的說明，讓自己的出現合乎情理，也讓校步軍心中的疑惑盡釋。

〈噶雄〉一篇則爲描寫噶雄與女子在困頓之時的對話：

> 忽見女至前謂曰：「子勿憂，以天地之大，何處不可托足？請與子偕隱，何如？」雄見女，悲喜交至。泣且拜曰：「一身之外，別無長物。子雖鐘情之篤，我寧忍見子爲乞人婦乎？」（第二卷第七篇，頁 42）

女子在知道噶雄遭遇困境之時，不但沒有離開，還願意同甘共苦。不過噶雄也不是沒有肩膀的男子，他的言談之中，也表現出不願心愛女子一同受苦的心意。

又〈某倅〉一篇敘述書生與某倅在談論之中，書生等人將有所請託之時的對話：

書生笑曰:「終是老人,雖日暮途窮,猶刻刻不忘切己事。然誠為要務,請為貴人陳訴,敢冀鼎力,以副睽望,莫推諉否?」倅已半酣,攘臂曰:「人固有具熱腸俠骨如某者乎!天涯邂逅,良朋盍簪,氣味已投,金蘭分定,又何事囁嚅其辭,令人鬱悶耶?」(第三卷第二篇,頁57)

從書生的言談,可以看出書生較為直率敢言,所以勇於表達。某倅也是古道熱腸,在還沒聽到他們的請託之前,就表現出想要代為效力的感覺。

〈韓樾子〉一篇提及韓樾子與書娟在敘說彼此真實狀況的對話:

韓曰:「然則舅姑性嚴,諸昆正直之說,胡為而云然也?」娟笑曰:「亦飾說也。」韓亦笑曰:「卿尚有一毫誠實哉?相聚才半日,誑語已足夠一車矣!」(第四卷第四篇,頁90)

可以從他們的對話看得出來,韓樾子即便知道書娟的言談不夠真誠,卻也沒有再去深究其動機。反觀書娟坦然承認,態度顯得落落大方。

〈阿稚〉一篇則敘述老翁與老嫗在討論彼此兒女親事時的對談:

翁遜謝曰:「誠援令甥女已為非分,詎敢復苦令嬡?」嫗曰:「老身不文,但知言脫於口,不可復收。請先歸,少有嫁資,俟粗備,當親送魚軒到宅,無事親迎也。」(第五卷第一篇,頁100)

老翁對於小兒子娶得老嫗甥女,已覺得是非分之事。對於要再娶老嫗之女,不敢再奢求。不過老嫗確信守承諾,只要說出口,絕對不改變心意。

〈丘生〉一篇提及丘生與莘女在互述真相之後,對彼此的情意表達:

生且悲且喜,再拜謝曰:「卿起白骨而肉之,何以圖報?」莘亦泣曰:「寧生離,無死別。行矣,慎之,無相忘,緣盡於此矣。」生曰:「累卿將奈何?」莘曰:「兒聞賢者急病而讓夷,況兒亦有術,自能發付老魅,無慮也。」(第七卷第一篇,頁150)

丘生對於莘女的恩情想要有所回報,可以看出他的品性純良。莘女更是溫柔體貼,根本不希望丘生為她擔心。

〈周琰〉一篇則是描寫周琰不願接受朋友廖生的勸誡:

琰聞之怒曰:「奈何隱刺朋友?」廖曰:「周處初年,固似周琰,然卒為善士,是琰未必如處也。」琰欲行毆,廖走免。琰逐之,得眾勸,乃解。(第一〇卷第六篇,頁232)

周琰人俠氣橫,不能雅納他人的建議,更在他人直言規勸之後,還想對他人

不利，更表現出他的任意妄爲。不過廖生卻能出言相勸，表現出他對朋友十分重視，希望他能改過遷善的心意。

〈王侃〉一篇則敘寫王侃解救女子之後，女子又前來相就的對話：

> 王驟見之，化憂爲喜。故作慍色曰：「子已脫禍，不自覓樂地，留此何爲？」女邁前把握曰：「聊相戲，何便怨懟？若竟以兒爲負心人，是知石而不知韞玉也。請偕歸，幸勿以荓菲見棄。」（第一一卷第一篇，頁2420）

王侃明明心中竊喜，卻又在言語之中假託其詞，表現出他不願以眞實情緒示人。女子就大方許多，直接表現出自己的意圖。

和邦額在敘寫人物對話之時，具有良善特質或性格強烈之人，通常他的對話內容較長。而若是行爲不端或是個性懦弱之人，他的對話內容較短。不過也透過這樣的對比，將人物的內涵與學識等等表露無遺。讀者也對故事的發展，更加了解。

2、動作描寫

透過動作的描寫，可以讓人物的心理狀態以及性格特色，更加的突顯生動，表現出更具有立體感的效果。

如〈米薌老〉一篇描述葛姓女與老嫗在面對困境時的不同動作表現：

> 女子方掩面泣，見嫗，乃起，斂衽，秋波凝淚，態如雨浸桃花。怒極，揮以老拳。嫗亦老健，榜掠不少讓。（第三卷第九篇，頁75）

葛姓女在面對困境之時，只會掩面哭泣，表現出一種嬌弱無能的形象。相對於老嫗在面對老翁要以暴力相向之時，卻是能自己奮力抵抗，可以看出兩人的性格大大不同。

〈雜記五則之三〉一篇則論及褚十二在面對女子的誘惑時的反應：

> 因眩目大怒，奮拳揮之，中鼻，女負痛滾地，唧唧哀鳴，沖簾而遁，繼此不復再至。（第四卷第三篇則三，頁86）

雖然褚十二是因爲禁不起女子誘惑，而有惱羞成怒的表現。不過也可以看出褚十二用最直接的行爲來表達他的憤怒與不滿，展現出他直率的個性。

〈請仙〉一篇則描寫戲術人所表現出來的女子動作：

> 瞥見一女子立几後，約長五尺許，衣大紅衫，拖素裙，眉目娟好，微笑作羞恥態。
>
> 女子乃推前女，繞出几外，捺其頭，令跪。舉止柔媚，觀者神癡。

> 但把其臂如握棉絮，力又微弱，才四五牽扯，已汗出淫淫，嬌喘不
> 勝矣。（第八卷第八篇，頁 186）

可以從上面的不同女子動作看出不同的性格。第一個女子動作嬌媚且性格內
向；第二個女子動作豪放、性格較爲外放。不過兩人感覺上都是纖細瘦弱的
女性。

〈三官保〉一篇提及三官保在平時待人的動作行爲：

> 乃負氣淩人，好勇逞力，往往於喧衢鬧市間，與人一言牾，或因睚
> 小怨，必致狠鬥凶毆，雖破腦裂膚，終不出一軟款語，有北宮黝之
> 風。（第九卷第三篇，頁 203）

三官保具有好勇鬥狠的習氣，所以在平日見到人有一些小爭執，就會動手動
腳。更嚴重的還會將人打成重傷，可以知道他只知使用氣力，不知提升學識。

〈秀姑〉一篇則描述田疄與秀姑兩人在山路追趕的情形：

> 女回顧見之，促婢速行。田不少卻，女且行且顧，若甚慌怯者。因
> 循里許，女揮汗且喘。（第一〇卷第一篇，頁 216）

女子見田疄追趕，倉皇快行，可以看出女子心裡面的緊張無措。田疄卻依舊
快步跟上，可以看出他的性格急躁，不拘禮俗。

〈吳哲〉一篇則提及吳哲在了解狐作祟之後的行爲舉止：

> 吳乃悟二人即祟張女也。大怒，亟返其室，取腰刀，並彈弩，潛從窗
> 隙彈之，中綠衣者之目，繼嵌繞地而叫。紫衣者驚惶欲遁。彈又發，
> 中鼻。隨棄弩抽刀入室，已失二狐所在。（第一〇卷第五篇，頁 231）

吳哲在知道狀況之後，馬上見義勇爲，取出他的武器想要消滅狐。而狐也是
爲了求生存，馬上逃之夭夭，展露出本能的表現。

〈王侃〉一篇在描述白女之時，敘寫了在面對怪風之後，在陌生人之前
撕裂衣裙以及重挽髮髻的動作：

> 女子已危坐其中。裂裙縛足，含笑縮髻，香汗尚濡，喘息未定。蛾眉
> 曼躁，娉目騰光，薄而觀之，妖艷無匹。（第一一卷第一篇，頁 240）

女子對於衣裙毀壞不以爲意，又可任意在他人面前整理頭髮。可從此看出女
子的豪放不羈。

〈董如彪〉描寫董如彪的父親董恆的暴虐無道：

> 以故失父愛，雞肋常遭老拳。（第一二卷第二篇，頁 264）

董恆對自己的親生兒子都能下此毒手，更不要說是對其他的朋友僮僕。所以

之後會將董如彪一人丟在山中自生自滅，也就更不足爲奇了。

和邦額對人物的動作描寫都能針對人物的心理狀態表現出妥切的動作行爲。透過這些動作行爲讓我們更明白人物的性格行徑，更可以從這些動作行爲幫助故事的推展進行。也透過不同的人物行爲形成對比，表現出不同的人物角色特色。

二、內在刻劃

內在刻劃，主要是針對小說人物的內心活動，如思想、情緒等進行描寫。和邦額在創造人物時，十分重視按照人類的心理特性來構成一個獨特的角色。而人物的內在刻劃又可以分爲內心獨白、內心分析及感官印象三方面分析，以下分別論述之。

（一）內心獨白

內心獨白是指人物用自言自語的方式，表現自己在特定心境之下的思想、情緒與感覺，是描寫心理狀態的一種方法。我們可以從人物的內心獨白，看出角色的複雜情感。

〈碧碧〉一篇之中，孫克復對於各種不同的情形，心中的自我對話：

> 孫駭曰：「世豈有男子而姣媚若此者乎！」
>
> 陰念：「何今日奇遇之多也！時日已薄崦嵫，四山漸暝。」
>
> 陰念：「來勢兇猛，必將選事，不如姑卻以婉詞。」（第一卷第二篇，頁 6）

孫克復先是在見到男子美貌時，心裡讚嘆且沾沾自喜，看得出已有不軌之心。再來又遇到女子，但還在考量環境對自己的不利，可以看出以自己爲重。而在面對壓力之時，更是只知道逃避現實。從上面的各種跡象，都可以看出孫克復的醜惡行徑。

〈梁生〉一篇則描寫梁生在被嘲諷之後，心裡面的自我獨白：

> 梁得詩，懊惱殊甚，冥想：「彼以富貴驕人，喜諛惡直。我何獨不能以貧賤驕人，黽勉爭氣，其覓一妾，聊以自娛乎？第苦囊中羞澀，妄心徒熾。世間又無紅拂，紅綃之俠烈者，雖有佳人，烏能自至？」
>
> （第三卷第一篇，頁 52）

梁生對於面對他人的諷刺，雖然心生不悅。不過卻在內心思考解決辦法，沒

有因此而灰心喪志，仍然對自己非常具有信心。

〈雜記五則之三〉一篇則敘寫丁生面對誘惑時的內心獨白：

> 丁自念：「此皆妄慮所招，心不動，則魔何由生？任之可也。」（第
> 四卷第三篇則三，頁86）

丁生在被外界誘惑之時，卻能把持自己。並進一步思考不被誘惑的可能性，可見丁生的自制力頗佳。

〈汪越〉一篇則是描述汪越在歷經許多磨難之後的內心世界：

> 陰念：「生逢百罹，死且不遭，險遇安足薛？特父屍未歸，母老未養，
> 姊未嫁，弟未婚，一旦死此，何天之不仁也。」（第五卷第二二篇，
> 頁122）

汪越雖然多遭困頓，不過在自己可以成仙成佛之際，心中仍掛念家人的去處歸所，可以看出汪越的性格敦厚，極為家人設想。

〈陸水部〉一篇則是敘寫陸水部在被趙僕錯待之後的內心獨白：

> 仰天大慟曰：「天乎！不意我陸公榮竟至此！拔佩刀欲自刎。」既又
> 自念曰：「吾奉命從軍，此非吾死所。」（第七卷第二篇，頁160）

陸水部在面對如此難堪的局面之時，一開始竟然想以死來解決。不過念頭一轉，還是放棄尋死的念頭，改為正面思考。從這些敘述可以看出陸水部的內心變化。

〈趙媒婆〉一篇提及趙媒婆在遇到重金誘惑後，心裡面的自我獨白：

> 媒陰念：「自蒙辱後，久不作寒修。今觀此青衣舉止，故是大家婢子，
> 從之必獲多金，不妨一作馮婦。」（第九卷第二篇，頁201）

在看到欲說媒之人的禮金豐厚之後，趙媒婆改變她本來的心意，而且還為自己找了許多理由，也可以看出趙媒婆內心改變的轉折。

〈宋秀才〉一篇則描述宋秀才在見到法術之奇特後的感悟：

> 宋陰念：「一身蜩寄世間，真如恆河一沙，滄海一粟。吾生亦何有涯？
> 所不能痛處一刀者，妻子之情耳。」（第九卷第八篇，頁213）

宋秀才在心中表現對世事的一番了解與感受，進而有了捨棄世俗一切的想法，變化可說極大。

〈玉公子〉一篇則是用內心獨白表現玉公子在心存歹念卻又自我醒悟的改變：

> 陰念：「吾與韋生至交也，今見色心蕩，欲淫朋友之妻，何殊禽獸？

苟不忍此須臾，則一生陰德喪盡矣！」（第一〇卷第二篇，頁 222）

玉公子不但沒有雖著自己的欲望行事，反而能夠自我反省，進而做出正確的決定。可以看出他內心的掙扎變化，也可以看出他的自我規律嚴謹，不會任意而爲。

〈某別駕〉一篇則是從別駕的內心獨白來表現兩人的深厚友誼：

> 別駕默念：「此必主人閨秀所居，密室曲房，宴私之地。以我力請下榻，故爾曲意騰那，其誼亦良厚矣。事出冒昧，心中不安。翌日會須厚饋，以酬其情也。」（第一二卷第三篇，頁 269）

從這段文字可以看出主人雖有所爲難，卻能大方出借妹妹閨房。而別駕在發現事實之後，也沒有視爲理所當然，而是能夠感受對方情意，並且在內心決定要有所回饋。

和邦額透過人物的內心獨白展現了故事中人物不同的心理變化與情緒表達。這些內心獨白都依照人物的特性發展，更可以看出人物的個性與特質。也透過這些內心獨白的表現，我們可以更容易了解人物。

（二）內心分析

內心分析是透過作者的敘述來表達人物的意識活動。可以把說是「人物的心理活動統攝於作者的理性的籠罩與控制之下。」〔註 1〕和邦額在故事之中，也善用內心分析，進一步將人物塑造的更加突出。

〈邵廷銓〉一篇之中敘寫了邵廷銓知道真相之後的內心狀態：

> 廷銓被促歸署，心殊悵悒。及備聞其故，始生懼焉，不敢復作癡想。
>
> （第一卷第九篇，頁 22）

邵廷銓在知道女子爲骷髏之後，心裡便起了變化。開始有了恐懼之感，也不再妄想可以再遇到女子。

〈梁生〉一篇之中提及了梁生在得到財物之後的反應：

> 私心狂喜，如掘藏金。（第三卷第一篇，頁 52）

梁生在得到財物之後，表現出十分欣喜的反應。雖然與一般人無異，不過卻更能把持自己。

〈某倅〉一篇之中敘述了少年、書生及三女子的態度：

> 二人踧踖不安，頓首引咎。三女子忻然色喜，再三叩謝，相繼辭去。

〔註 1〕 金建人：《小說結構美學》，臺北：木鐸出版社，1988 年 9 月，頁 124。

（第三卷第二篇，頁 57）

可以從文字看出前兩人心仍不安，而女子們卻心中大喜。雖然有對比，不過卻不突兀，都是人的自然反應。

〈戀子〉一篇則描寫戀僕中肯敢言，反而引起眾人的不滿：

> 謝語塞，謝之，而陰愈銜之。是點者乘隙，日夜伺其短，謗僕者共
> 媒孽，勸主人逐之。（第三卷第七篇，頁 70）

主人謝梅莊表現出陽奉陰違的態度，其他二僕則為千方百計想要陷害戀僕。所以可以看得出來這些人物的個性與行為舉止的形成原因。

〈阿稚〉一篇之中敘寫了在弟弟走失之後，哥哥的內心變化：

> 仲無以自明，但涕泣自誓。（第五卷第一篇，頁 100）

哥哥對於弟弟的走失，心中是極度懊惱與後悔，不過因為無法證明，也只能自己心中發誓。

〈譚九〉一篇之中描述了譚九與少婦的內心世界：

> 譚坐久，頗倦，又不便偃息，乃出具就燈吸煙。婦頻，有欲煙之色。
> （第八卷第一篇，頁 171）

譚九明明想要休息，卻介懷於借助他人家的不便。少婦雖然想要抽大煙，卻又不好意思開口。可以看出兩人對禮教仍十分重視。

〈霍筠〉一篇之中敘寫了霍筠在真的得以解決困境卻又要面對另一挑戰時的態度：

> 筠初念不過一時失路，漫為權變，以圖一宿。試不料被迫至此，不
> 勝惶遽。又不敢易辭。（第九卷第一篇，頁 193）

霍筠在知道要為女子治病之後，表現出一種怯懦卻又不敢明言的態度。可以看出他的個性較為沒有擔當又怕事。

和邦額使用內心分析的方法來表現人物特性，可以讓人物的表現與行為顯得更加合理。也可以看出和邦額用簡練的文字就將人物的性格與故事的發展緊密結合。

（三）感官印象

感官印象包括視覺、聽覺、嗅覺、味覺以及觸覺。透過這些感覺的描寫，人物可以表現他的感受與想法。雖然感官印象可能是片段的或是稍縱即逝的，不過也可以帶給人物無限的懷想及深刻的感受。所以和邦額也就善用感官印象表現在《夜譚隨錄》裡，讓人物形象更加的鮮明與生動。

〈碧碧〉一篇透過嗅覺描寫來表現孫克復的內心感受：

> 孫與少年接吻時，覺異香入腦，衣上亦有香氣，數日不散，漸歸兩
> 腋，遂患慍羝，終身不瘥。（第一卷第二篇，頁 6）

孫克復在接近少年之時，還感覺到香氣，讓他更感覺迷醉，香氣還持續數日
沒有散去。此外香氣的摹寫也幫助讓少年的美麗形象更加鮮明。

〈蘇仲芬〉一篇透過聽覺描寫來表達小僕心中的恐懼，還有描述蘇仲芬
與女子相近的觸覺感受：

> 夜半時，睡初覺，聞庭中有女人笑語聲，不禁毛髮如磔，蜷縮衾中。

> 旋復有應答者，聲音清銳如燕語，模糊不復可辨，直至五更始寂。

> 僮瑟縮畏聳，浹體汗流，一夜不寐。（第二卷第一篇，頁 27）

> 仲芬戲捉一足，諦視之，距跗豐妍，底平指斂，長止六寸，撲鼻作
> 異香。（第二卷第一篇，頁 28）

前面兩段文字在描述小僕在沒有其他人同住之地，突然之間聽聞女子聲音的
內心恐懼。第三段文字則描寫蘇仲芬接近女子時，觸摸到女子腳及香味的感
受。可以從這幾段文字看出女子的輕靈美麗，讓女子形象更顯如躍眼前。

〈陳寶祠〉一篇提及杜陽與女子相見時的嗅覺感受：

> 一交拜間，麝蘭芬馥，入腦薰心。（第二卷第三篇，頁 32）

杜陽在與女子相見之時，聞到一股極濃郁的香味，更令人好奇女子樣貌是否
也像香氣一樣的誘人。

〈劉鍛工〉則是論及許生對少年有踰矩行為時的觸覺感受：

> 初見少年姣好，深慕之。既抵足，肌膚滑膩如脂。（第二卷第八篇，
> 頁 45）

許生先見到少年的美好面貌，已有不軌之心。到了真正對少年採取行動之時，
又接觸到少年的美好肌膚，更表現出少年的完美形象。

〈某馬甲〉一篇則是敘述馬甲聽到乙妻哭聲的聽覺感受之後，又見到乙
妻要上吊的視覺感受：

> 房中泣聲漸粗，倍覺慘切，潛於簾隙窺之，乙妻已作縲於梁間，將
> 自縊。（第三卷第八篇，頁 72）

馬甲聽到乙妻淒慘的哭聲，已有一股不祥之感。沒想到在窺看乙妻作為之時，
又見到乙妻要上吊的舉動。透過這兩種感官印象的塑造，更表現出乙妻心中
的不如意及乙妻家中的困窘。

〈雜記五則之三〉一篇則是描述丁孝廉接近女子時的感官印象：

　　既而，其人以頰偎腮，尋以口親吻，粉香脂膩，肌滑如脂。（第四卷
　　第三篇則三，頁86）

丁孝廉接近女子之後，感受到女子身上的香氣及美好觸感。這些都讓人覺得女子必定是一姣好美人。

〈某掌班〉一篇敘寫了投宿之人突然感受到的異狀：

　　呼叫正嘩，忽色盆中有血一點，疑是鼻破，群相眴視。既而隨骰而
　　落，腥血淋漓。相顧錯愕，舉目環睇，瞥見當頭頂隔，漬一血痕，
　　大如案。咸大駭，各結舌無言，仰首注目。俄而血跡四浸，隔紙脫
　　落；見一物下垂。（第四卷第八篇，頁97）

投宿之人先是聽到不同平常的呼叫之聲。然後又感覺到血滴在身上流竄的觸覺感受。最後又見到有東西垂吊下來的景象。這些感官描寫都讓人感覺到被害之人的情況之慘。

〈章倐〉一篇則是描繪章倐接觸到女子，又聽到女子聲音的兩種感覺：

　　欺起捉其臂，則一美女子，側臥草露間，宛轉嬌啼，若不勝其臂之
　　痛者。（第五卷第三篇，頁108）

章倐摸到女子的柔嫩肌膚又聽到女子的嬌弱聲音，這些感官描寫都表現了一個纖纖女子的形象。

〈屍變二則之一〉一則是在敘述僵屍所表現的視覺與聽覺感受：

　　目大如盞，舉兩手作撲人狀，聲吱吱若鳴蝙蝠，身搖搖如戲秋千。（第
　　六卷第四篇則一，頁141）

僵屍給人的感覺本來就較為負面。此篇在描寫僵屍出現時，又是眼睛大的像燈的駭人，還對著人直撲而來。另外又描寫他們的聲音像蝙蝠叫聲的刺耳以及身體會像秋千一般的擺動。這些描寫都帶給人極為不舒適的感覺。

〈丘生〉一篇則描寫丘生還沒跟女子接觸之前的嗅覺與聽覺感受：

　　生中心忐忑，不測吉凶。良久，忽覺異香撲鼻，笑語喁喁。瑕須簾
　　啟，二女從一女郎亭亭出戶。（第七卷第一篇，頁150）

丘生本來心裡惴惴不安，不過卻在聞到兩個女子的濃郁香味及聽到她們的悅耳聲音之後，改變了心中想法。

〈董如彪〉一篇則描寫董如彪見到及聽到夜叉行為的文字：

　　諦之，非人，夜叉也。敦臃血拇，齒喳喳如鋸，鵲行鴞顧，目光睒

閃，氣息咻咻。（第一二卷第二篇，頁 264）

董如彪先是見到不是人的夜叉，心中就有了極深的恐懼。而夜叉又是外表嚇人，又是聲音如鋸刀般刺耳。另外走路又像鵲及鷂的怪異，還有目光一閃一閃，呼吸聲又十分急促。這些感官摹寫不但表現出深刻的夜叉形象，也更加表現出董如彪內心的驚恐。

透過和邦額對人物感官印象的種種摹寫，我們對於人物有更深一層的了解。雖然這些感官印象都是十分短暫，不過卻能幫助人物形象更加鮮明。和邦額對人物的內在刻劃，不管是內心獨白、內心分析或是感官印象，都盡力讓人物突出。也透過這些敘寫，讀者更加對《夜譚隨錄》中的人物，更加容易掌握且更深入了解。

和邦額對於人物刻劃運用了外在描寫與內在刻劃。而外在描寫又從靜態描寫與動態描寫著手，表現出人物的不同面向，更加容易瞭解人物。靜態描寫的肖像描寫與服飾描寫，讓讀者透過這些形象，可以先對人物有初步了解。而內在刻劃則透過內心獨白、內心分析與感官印象，來表現人物的內心世界，與人物的外在描寫相輔相成。讓人物的形象更加立體化，也更加突出。所以和邦額不論是外在描寫與內在刻劃方面，都著墨許多，希望透過人物的刻劃，讓故事更加的生動活潑。因此和邦額在人物刻劃方面，的確是有可觀之處的。

第二節　情節安排

作者在小說中必須處理人物的特色、人物與人物之間的關係，和事件的發展等等。作者也將這些特點加以合理的組織，明確表達小說的主題思想，成為情節。如何營造出豐富的故事情節，成為小說創造者的重要課題。透過和邦額縝密的安排故事情節，讓故事情節具有傳奇性、真實性、曲折性，果然讓《夜譚隨錄》，讀來節奏緊湊明快、情感扣人心弦。也更令人有與故事同步進行，景象如躍紙上之感。另在非情節因素，則是用來表明寫作動機與用來解釋名詞。這些和邦額情節安排的敘述，分別如下說明之。

一、情節特色

情節往往隨著人物的性格、命運展開，所以小說的情節是一連串展現人物性格大小事件的組合。普遍而言，筆記小說侷限於篇幅較短之緣故，對人

物的性格著墨較少,而重在鋪陳傳奇生動的情節,造成情節密度較大具有較強的故事性,以吸引讀者閱讀的興味。綜合本書情節特色可以區分爲傳奇性、真實性與曲折性三點,〔註2〕略述如下。

(一)傳奇性

傳奇性從字面上來解讀是傳述奇人異事的文章。自唐人傳奇開啓作異好奇之端,寫作小說的作者便有意識的在鋪張情節和語言變化上做工夫。又在讀者好奇的閱讀心理相互影響之下,「以奇爲美」也爲小說的審美要件。〔註3〕早期志怪小說內容之「奇」和民間宗教信仰、鬼神靈異之事、輪迴報應之說等有關,因此古典小說故事情節之「奇」呈現出:荒誕之奇、神話之奇和迷信之奇的樣貌。〔註4〕和邦額的《夜譚隨錄》中,也有這些故事情節之奇的特性,分別如下說明之。

1、荒誕之奇

荒誕之奇指的是故事中的事件異於平常,不是一般人所能理解。沒有原因、沒有理由也看不出徵兆,事件就這樣發生。不過在經過和邦額的巧妙安排,卻不會令人感到突兀或不自然。

〈碧碧〉一篇之中提及在碧碧消失之後,她所帶來的器物,也消失無蹤:

> 一切器物,不見人取攜,一霎化爲烏有。(第一卷第二篇,頁6)

人事物憑空不見,本來是一件極爲弔詭的事件。不過因爲碧碧的出現,本來就充滿謎團。所以她與器物都無故消失,也就容易讓人接受。

〈香雲〉一篇則是描寫香雲的面貌並沒有因爲時光的流逝而衰老:

> 雲從喬三十年,常如十七八歲。生二子一女,女美麗有母風。(第一卷第四篇,頁12)

若是普通人,一定都是無法抵抗時間的改變而容顏衰老。可是香雲她是異類,

〔註2〕 卓美惠:〈論筆記小說《客窗閒話》醫藥類故事的情節特色〉,2008年健康與管理學術研討會共同教育組身心靈健康大會手冊,新竹:元培科技大學,2007年12月20日,頁1~10。

〔註3〕 小說以奇爲美的審美要件與社會普遍好奇的心理、民間宗教信仰和作者意圖令人驚詫的情節吸引讀者注意有關。見張念穰〈論中國古代小說情節藝術的演進軌跡〉,《濟南師專學報》,1991年2月,頁25。

〔註4〕 賈文昭、徐召勛將小說情節分爲:神話之奇、迷信之奇、荒誕之奇和正常之奇。見兩人合著《中國古典小說藝術欣賞》,台北:里仁書局,1983年3月,初版,頁128。

外表沒有改變，反而令人覺得是正常之事。

〈婁芳華〉一篇描述婁芳華與女子宴飲之時，出現豐盛美食的景象：

> 因命婁於佛殿前設長梯，婢旖旎而升，巡簷探取爵殼數十枚，袖中出銀銚一具，復出一漆盒子，取油少許，色如酥，炙殼盈銚。又出酒一搏，色碧而香烈，味極醇。（第二卷第六篇，頁 40）

在佛門清淨地，本來是不該出現美食、酒飲等物品。可是因為要塑造兩人歡樂的氣氛，這些東西的出現，反而變得必須且重要。

〈落漈〉一篇則是描寫鬼變成鳥的事件：

> 此非鳥，亦鬼也，歷年既久，精氣耗散，故幻此形耳。（第三卷第四篇，頁 64）

鬼在人的一般印象之中，應是無形無體。可是因為故事的需要，所以變成可以被人食用的鳥，讓人物繼續生存。所以這些鳥的出現，也就沒那麼突兀了。

〈伊五〉一篇中描述燃燒樹木卻有像動物的氣味：

> 視之，則一藤夾脈也。聚薪焚之，精血流溢，氣味如燒肉，逾時始盡。（第三卷第五篇，頁 66）

因為樹木在故事中為一作祟的植物，所以在伊五消滅它之時，出現像動物的氣味，令人感覺似乎更加的真實。

〈王侃〉一篇中敘寫白女居然不需經過十月懷胎就能生下一個嬰兒：

> 約食頃，忽聞呱呱之聲。女易衣而出，曰：「盍去看兒？」王大駭，啟帷，已繃一兒於床，眉目如畫。（第一一卷第一篇，頁 240）

人類經過生命的孕育過程，才能獲得子嗣。不過白女施展多次神奇之技，讓其他人對於她能短時間內就產下孩兒，雖然心中有所存疑，卻也能接受。

雖然和邦額所描寫之事，乍看之下似乎荒誕無理。不過卻在他的巧筆之下，本來似乎無法解釋的事件，卻變得合情合理。所以作家在描述荒誕之奇的故事之時，也會盡力將故事安排妥切。讓讀者不但不會有所疑惑，反而是被吸引，更想了解原因。

2、神話之奇

神話之奇指的是故事發展之中，有一些情節是在神話故事之中才會出現的事件，卻在《夜譚隨錄》的故事之中也發生了。

〈香雲〉一篇描述狹小的房子卻能容納為數眾多的賓客：

> 最可異者，列筵十數，屋不更廣，亦不覺隘。（第一卷第四篇，頁 12）

以小容大的現象，通常都是經過神仙之手，才能實現。所以這種小屋容多人的景象，也就更令人感覺似乎到了仙境般的不可思議。

〈龍化〉一篇則描寫神話中才會出現的祥獸：

> 劍鞘中，即聞戛戛作聲，旋出旋入，無所阻礙。良久，忽又飛出，蜿蜒。空際。甫及簷，霹靂一聲，屋宇震動，紅光燭天。（第一卷第五篇，頁19）

龍這種生物一般只能在神話中窺見，不過和邦額卻在故事之中，將其行動描述的如現眼前。

〈洪由義〉一篇則是提及洪由義在水中及返家之後的神異現象：

> 四面黃水如壁立，門前二石顛質，大約數畝，洪大駭異。
>
> 洪素喜樗蒲，得珠後重與其徒博。分明梟色，呼之，皆成盧雉。於是有博必勝，家業漸豐。（第一卷第七篇，頁20）

洪由義進入水中卻能衣裳不溼又不會接觸到水。得到寶物回家之後，氣勢又隆盛不衰。這些遭遇都是神話之中才會發生的事件。

〈小手〉一篇則描寫了狐的斷言：

> 狐曰：「三日內勿往，往必有災。」（第二卷第一〇篇，頁47）

狐對主人提出忠告，後來也果然成真。這種鐵口直斷的現象，更像有神力所助。

〈宋秀才〉一篇則描寫道士的法術之奇：

> 道士乃於懷袖間，出紙鶴二，以水噀之，暴長如生者。（第九卷第八篇，頁213）

神仙法術之說，本來就充滿驚異。道士所讓紙鶴透過水的作用，變成真正的鶴。這種事情也是在神話之中，才能見識得到。

和邦額敘述神話之奇的故事，也是經過層層鋪排。所以看到這些情節之時，即便一開始有懷疑之感。卻還是不覺得怪異，反而對故事的推展，有所幫助。

3、迷信之奇

迷信之奇指的是一般人的知識、常識無法理解。需要透過宗教、穿鑿附會之說或是一些不能解釋的事件反而能有一個說法。

〈李翹之〉一篇描寫菩薩寶相出現的景象：

> 忽山川大地放大光明，迎面十八里外，現一菩薩寶相，高可數十丈，

> 衣紋瓔珞，燦若雲霞，月面星毫，靡不華采，映澈世界肅如琉璃。（第
> 一卷第六篇，頁 20）

菩薩出現在人間，本來就不屬平常之事。李魁之無功無德，卻能見到如此現
象，讓人感覺更加奇特。

〈回煞五則〉一篇敘寫五則有關民間對回煞的迷信之事：

> 人死有回煞之說，都下尤信之，有舉族出避者，雖貴家巨族，亦必
> 空其室以避他所，謂之躲殃。至期，例掃除亡人所居之室，炕上地
> 下，遍篩布蘆灰。凡有銅錢，悉以白紙封之。恐鬼畏之也。更於炕
> 頭設矮幾，幾上陳火酒一杯，煮雞子數枚，燃燈一盞，反扃其戶。
> 次日，鳴鐵器開門，驗灰土有雞距、虎爪、馬蹄、蛇足等跡，種種
> 不一。大抵亡人所屬何相，即現何跡，以蔔亡人罪孽之重輕，謂鎖
> 罪輕而繩罪重也。草木雞犬，往往有遭之而枯斃者。習俗移人，賢
> 者不免，所謂相率成風，牢不可破者也。第其理未可盡誣，或者死
> 者有知，歸省所戀歟？（第六卷第二篇，頁 137）

對於人死亡之後的現象，人們一般多有揣測。所以會出現許許多多對死者進
行的儀式，以及對人死亡之後會有回家探望，出現生肖腳印，或是傷害人的
現象。

〈夜星子二則〉一篇描述二則有關民間對夜星子的說法的現象：

> 俗傳小兒夜啼，謂之夜星子，即有能捉之者。於是延促者至家，禮
> 待甚厚。捉者一半老婦人耳。（第六卷第三篇，頁 139）

人們對嬰兒為何會夜哭的現象，本來缺乏科學解釋。不過自己透過長輩說法
與經驗，推論出一番說法。即使看來不切實際，卻也十分有趣。

〈倩兒〉一篇則描述倩兒死而復生的現象：

> 亟至墓所，掘塚出棺，剖而見屍。顏色不變。僧自頂至踵，以手拿
> 之曰：「已死二寸矣。枯魚銜索，幾何不蠹。再七日庸得生乎？」
> 唯兩足至踝，常冷如冰，僧所云已死二寸之說，亦信。（第九卷第四
> 篇，頁 207）

倩兒在重獲新生之後，果如僧人所言的死兩寸現象。不過鬼魂都可以跟隨凡
人，所以復活之後，有這種情形，也就不奇怪了。

和邦額在敘寫這些迷信之奇的故事之時。不管是何種情形，雖然都是一
種猜測與解釋，可是卻表現了當代人的想法。所以迷信之奇，即便不能採證

或輕易相信，卻還是有可觀之處。

　　和邦額在《夜譚隨錄‧自序》便明言：「聖人窮盡天地萬物之理，人見以為怪者，視之若尋常也。不然，鳳鳥、河圖、商羊、萍實，又何以稱焉！世人於目所未見，耳所未聞，一旦見之聞之，鮮不以為怪者，所謂少所見而多所怪也。」所以故事中的傳奇性，通常表現了人類的未知與限制。我們在閱讀故事之時，也不需如此介意故事情節是否與現實生活能否結合。能夠超脫一般的眼界與侷限，我們也才能夠接受更多的新事物。更在見到這些新事物之後，我們也能更加拓展自己的視野，擺脫陳舊的習氣，朝聖人之道邁進。

（二）真實性

　　既以傳奇性而滿足讀者好奇的心理，又以真實性求之於小說，看來似乎有前後不合之處。然所謂真實性的意義乃是「合於事實」之意。作者於序言中說本書的題材乃是在朋友聚會之時，聽聞他人所談見聞之古今軼事、奇聞異事。又透過指出故事發生的時間或是主角的里籍、姓名、職業、身世背景和在文中加註故事來源與發生的時間或是於篇末加註有其人之語昭信讀者等，都加強了故事的真實性。

1、指出故事發生的時間或是主角的里籍、姓名、職業、身世背景

　　〈陳寶祠〉一篇描述故事發生的時間及杜陽的里籍、姓名、職業和身世背景：

> 蒲東杜陽，姿質美秀，年二十未婚。雍正初，從其舅為賈於興安。（第
> 二卷第三篇，頁 32）

故事發生在雍正初年，當年杜陽二十年少且跟隨舅父在興安從商為業，都表現了確有其事的筆法。

　　〈噶雄〉一篇敘述噶雄的里籍、姓名及身世背景：

> 雄楊姓，本粵東人。其祖為河州副將，卒於官。
>
> 予從先王父鎮河湟時，雄甫二十餘，已在材官之列。女亦無恙，曾
> 一至署中，上下目睹其婉媚，迥異儕俗，洵佳人也。雄後官至參戎，
> 周女誥封淑人。四十即致仕，居河州，猶富甲一郡云。（第二卷第七
> 篇，頁 42）

和邦額不但詳盡描寫噶雄的里籍、姓名及身世背景之外，和邦額還在故事最後提到見過故事人物，讓故事更具說服力。

〈劉鍛工〉一篇敘述故事發生的時間以及劉鍛工的里籍、姓氏及職業：

> 鍛工劉姓，汀州連城人。乾隆丙子入都，道經汶上，宿逆旅。（第二
> 卷第八篇，頁45）

和邦額的敘述，將故事發生的時間以及劉鍛工的里籍、姓氏及職業都條列清
楚，還把他的行跡也敘寫進去，可以看出真有其人其事。

〈章倜〉一篇提及章倜的里籍、姓名及故事發生時章倜的年紀：

> 鎮番章佃，世居水磨關，少好勇。十七八歲時，獨負弩入北山獵取
> 雉兔，日暮不得歸，露宿懸崖下，酣寢。
>
> 予在金城時，章已為千總，年甫二十四，每詢及女子之事，章悲感
> 之色，猶可掬也。（第五卷第三篇，頁108）

除了敘述章倜的里籍、姓名及故事發生時章倜的年紀，和邦額還在故事最後
提到不但見過故事人物，還與故事人物有深刻對談，也讓故事更具真實性。

〈薛奇〉一篇敘寫薛奇的里籍、姓氏及職業還有常出現的樣態：

> 薛奇，山左滕縣人。以侍衛授陝西宜君營參將，常把一鐵，重三十
> 斤。（第五卷第九篇，頁113）

將薛奇的里籍、姓氏及職業條列分明，又將樣態說的如現眼前，更讓人信服
確有其人。

〈莊斸松〉一篇寫出故事發生的時間及莊斸松的名號，還有居住的地方：

> 吉州莊壽年，號斸松。乾隆初年，貢入國學，僦居城北一廢園。（第
> 八卷第五篇，頁181）

和邦額明確敘述故事發生的時間、莊斸松的名號及居住的地方，讓人感覺莊
斸松的真實存在。

透過指出故事發生的時間或是主角的里籍、姓名、職業、身世背景等等
的敘述，我們可以看出和邦額對於考察人物的種種事蹟十分詳盡。而證明人
物的真實存在，也讓故事的真實性更加提高。

2、在文中加註故事來源與發生的時間

〈香雲〉一篇道出故事發生的時間與來源：

> 予於乾隆庚午歲，從先祖父自三秦入七閩，路經武昌。月夜沽酒，
> 聚舟人而飲食之，俾各述見聞，異聞怪異。舟人共舉此事，爭說紛
> 紜，且指江上一湘船見告，此即喬家物也。（第一卷第四篇，頁12）

可以從上文看出此篇故事發生在乾隆庚午年間，和邦額也提到跟隨其祖父遷

徙的事件。又將從舟人聽聞的經過敘述的鉅細靡遺，這些敘述都表現了故事的真實性。

〈回煞五則之一〉一篇提及聽聞自己友人德書紳的說法：

> 予友德書紳，不幸短命。方其弱冠時，季弟歿，出殃之夕，德不信。
>
> 德面色如土，數日失神。每向予述之，為不妄也。（第六卷第二篇則
>
> 一，頁 137）

此篇故事不但是聽朋友所說，還是朋友至親的故事，更可以看出所言不虛。

〈丘生〉一篇敘述述說的人物，還有故事來源：

> 冠千與之遊，熟悉其事。秋宵剪燭，向予詳述之。（第七卷第一篇，
>
> 頁 150）

和邦額寫出自己好朋友的姓名及聽聞的經過，證明故事的真實。

〈玉公子〉一篇則描寫故事來源的真實性：

> 章有侍女青蘋者。嫁為戚商范氏侄婦。玉公子事，蘋每向其親戚鑿
>
> 鑿言之。（第一〇卷第二篇，頁 222）

和邦額直言青蘋的于歸之處，且青蘋身為土角的親近人士。青蘋又將事件述說的十分活靈活現，讓人更容易相信故事的真實性。

〈市煤人〉一篇則將時間、時節及敘述之人都描述出來：

> 癸巳仲夏，過訪宗室雙豐將軍，立談廊下。（第一一卷第一一篇，頁
>
> 253）

時間、時節的準確以及和邦額提及敘說的人是自己的親戚，還有故事人物就出現在眼前。這些描述都更加佐證了故事的確發生過。

　經由在文中加註故事來源與發生的時間，和邦額將自己的故事塑造得更加有憑有據。也透過這些敘述，我們可以了解故事的時空背景。

3、於篇末加註有其人之語昭信讀者

〈蘇仲芬〉一篇提及蘇仲芬自己所說之言：

> 李齋魚與仲芬為總角交，習知其事，時向予細述之。詢及女衣所在，
>
> 已歸給諫攜去江南矣。（第二卷第一篇，頁 27）

蘇仲芬與和邦額好友李齋魚也是知心之交，所以在互相介紹之下。三人談論的這個故事，又有衣物可以佐證，更表示故事的確真實發生過。

〈莊斸松〉一篇描述莊斸松自己道出一番經過：

> 此事莊自言之。（第八卷第五篇，頁 181）

和邦額十分肯定的寫下莊斷松說出這一番經歷,所以令人相信故事的存在。

〈阮龍光〉一篇則為故事人物阮龍光自述其故事:

> 阮入都,為咸安宮教習。予嘗聞其自述如此。(第一二卷第五篇,頁
> 273)

知道確有故事人物且自身就是敘說之人,又將他的身分講的十分清楚,更使人相信故事確實是真實呈現。

這種於篇末加註有其人之語昭信讀者的寫作方法,就如同自己將故事娓娓道來。所以透過這種方法,更可讓讀者相信故事的真實性,也可以讓故事中的證據與線索更加具有說服力。

和邦額的《夜譚隨錄·自序》提到:「己亦不妨妄聽。夫可妄言也,可妄聽也;而獨不可妄錄哉?雖然,妄言妄聽而即妄錄之,是亦怪也。」也就是一種忠實地記錄下自己所聽到的「合於事實」的故事之態度。所以和邦額在寫作故事之時,注重每一個層面。盡力用許多可以幫助故事真實性的方法,讓故事讀來更有說服力。所以我們在閱讀這些故事的時候,也更加被《夜譚隨錄》的故事牽動,也更感受到故事就在周遭發生。

(三)曲折性

曲折性或稱之為故事性,因此故事性強主要是指小說有迂迴曲折的情節,情節迂迴曲折才能產生藝術魅力。《夜譚隨錄》的故事雖然篇幅簡短,但和邦額透過小說中人物之間複雜矛盾的關係和特殊遭遇,使得情節起伏一波三折,而具有故事性。至於如何敷衍曲折性情節常見技法,則有巧合、伏筆與照應及懸疑三項。

1、巧 合

小說的情節為一系列大小事件的組合,為縮結或與轉換不同情節間所需,「巧合」是和邦額最常用的手法,「巧合」的出現若是無端或偶然,可信度差反而會削弱故事性,易令讀者產生反感,所以「巧合」的出現必須合情合理,才能引人入勝。

如〈碧碧〉一篇就是描繪孫克復落難之時,巧遇女子解救:

> 孫為一樹枝夾住,欲上不能,欲下不得,呼叫聲嘶,無人知者,自
> 拼必死。忽一女子,過而見之。(第一卷第二篇,頁6)

荒山野地,人煙本來就稀少。不過孫克復卻能遇到女子經過,女子也願意拯

救他，更加強了故事的巧合。

〈香雲〉一篇則是敘寫喬生迷路之時，遇到老嫗的經過：

> 舅命入山伐竹，迷不得出，榜徨殊甚。瞥見一嫗，年約七旬，杖藜
> 甃圓，循山徑而西。（第一卷第四篇，頁12）

在喬生迷途、心中驚惶之際，竟能遇到老嫗。可說是出現了一線希望，也帶動了故事的發展。

〈丘生〉一篇描繪丘生與衛素娟情緣得以締結的原因：

> 然則與兒有姻緣之契矣。兒衛氏，宇素娟，世系隴西。令尊公爲秦
> 州參戎時，與先君結耐久交，因有婚姻之約。彼時爾我尚在繈褓中，
> 不能記憶，迄今計之，十有七年矣。一旦邂逅於此，紅絲系足，豈
> 偶然耶？（第七卷第一篇，頁150）

遇到女子就已經教人覺得巧合，又從女子口中聽聞兩人竟然還是指腹姻緣的未婚夫妻。這種種巧合都表現了兩人難得的緣分。

〈霍筠〉一篇提及霍筠本就懂得些許醫學知識，而女子竟生怪病的巧合：

> 不意忽遘瘄疾，日本一一日，心甚憂之，故命其阿保往聘瘍醫。何幸
> 路遇郎君，自稱國手，曷勝欣幸。（第九卷第一篇，頁193）

除了霍筠本身懂醫，又爲年輕男子。更巧的是女子的病灶又在私密地方。這些跡象都幫助推展故事的進行，讓人更想知道故事的發展。

〈秀姑〉一篇描述田驎與偶遇一家人的親戚關係：

> 田驎聞之，悲喜交並，趨拜膝下，曰：「侄實將往衛輝，投托姑母，
> 不意邂逅於此。」嫗曳之起，且泣曰：「老身移此十二年矣。非天
> 假之緣，焉能相遇之巧？汝父母無恙乎？」（第一○卷第一篇，頁
> 216）

在荒山野地能得解救，已屬上天眷顧。田驎居然還能遇到自己要尋找的失散多年姑母，而且還能互相辨認。可以看出這一連串的巧合，也表現出了田驎的幸運。

和邦額將故事的巧合編排的十分妥切自然。讓讀者在閱讀故事之時，不但不覺得突兀，更是希望知悉故事的下一步發展。所以巧合的安排，的確在故事情節扮演一個極爲重要的角色。

2、伏筆與照應

所謂伏筆是對後面的情節發展有所提示，旨在爲故事的發展鋪路。照應

則是對前面埋下的線索作回應。前有伏筆必定後有照應，小說的情節密度才
會緊湊。也讓事件或故事發生變化，讓讀者產生認知失衡，引出好奇心。和
邦額在故事情節的鋪陳，使用這種手法，讓故事更加緊湊，也讓讀者更想知
道故事發展。

〈梨花〉一篇先是描寫梨花身體構造的不合理：

> 顧船是公子之船，人是梨花之人，而陽具則又居然陽具也，此疑圍
> 終難打破。

然後又敘述眾人心中的疑惑：

> 怪底守身如處子！且十八九歲，天癸未至。今若此，複何疑哉！（第
> 一卷第三篇，頁 10）

不過這一連串的安排，都能讓人更想進一步去了解爲什麼梨花要隱瞞事實的
關鍵，讀來也不會令人不解。

〈阿鳳〉一篇先描述這些狐作怪的前兆：

> 於是晝夜乖戾，妖異旋生。二郎乘馬上衛，往往途中失去二鐙。海
> 棠如廁，猝遇紫衣少年，摟之接吻，力拒久之，旋失所在。他侍女
> 所遭尤強暴。（第二卷第五篇，頁 34）

後來狐在達成避難的目的之後，也就不知去向：

> 狐復化爲女，跽謝四郎，欣喜之色可掬。夜半遂失所在，後不復來。
> （第二卷第五篇，頁 39）

因爲狐一開始就擾亂家中，雖然後來嫁給四郎。可是在化解危難之後，又回
復原形。故事看來編排的是合情合理，不會覺得阿鳳的消失突兀。

〈韓樾子〉一篇敘述韓樾子說出返家心願時，兩女的爲難：

> 次日復宴於亭。韓偶見燕子將雛，陡憶萱闈，不禁廢然思返。以語
> 娟、秀，色變，如失左右手。（第四卷第四篇，頁 94）

在韓樾子服完母喪，又要前去尋找兩女的時候，卻已不知兩女去向：

> 風景如故，第宅無存。但見頑石寒泉，亂雲紅樹。空山寂歷，幽鳥
> 啼鳴。四顧茫茫，杳無人跡，徘徊向夕，大慟而歸。（第四卷第四篇，
> 頁 95）

從兩女一開始的百般不願，就鋪陳了接下來可能不得相見的情節。最後韓樾
子果然無法再找到昔日舊地與往日情人。雖然令人惆悵，卻也莫可奈何。

〈阿稚〉一篇先敘述老翁解救狐的過程：

> 有獵者過之，左提雄兔，右牽一生黑狐，毛光潤如漆可鑒，兩目蠅
> 炯，向翁躇踟不前。翁心動，以責蚨二千，贖而欲縱之。（第五卷第
> 一篇，頁100）

又再描寫二狐喪失性命的經過：

> 但見二黑狐亞地上，衣服履襪面俎蟬蛻二子號眺慟。翁錯愕良久，
> 猛悟當日贖狐事，所以雲有再生恩也，且悲且佩憐其義，議治棺衾，
> 厚葬之。（第五卷第一篇，頁104）

雖然老翁經過一番波折，才知道整件事的來龍去脈。不過讀者也是跟著老翁
的頓悟，才能知道整個事件的通盤經過。

和邦額巧妙運用伏筆與照應的緊密結合，讓故事情節讀來有前有後，次
序井然。這種安排也讓讀者在閱讀之時，心中跟著人物高低起伏，更能對故
事產生共鳴。

3、懸　疑

懸疑則是故意渲染製造離奇的氛圍，吸引讀者繼續看下去，必欲尋出真
相而後已。與伏筆不同的是，懸疑故意渲染吸引讀者閱讀下去的欲望，而伏
筆表現手法似隱若現，隨著故事的發展揭露真相。不把內容明說給讀者知
道，吊足讀者的胃口。和邦額希望透過這些情節的敘述，讓故事更加具有效
果。

〈香雲〉一篇描寫故事的權力人物主姑出現時的神秘與緊張：

> 杜與女郎頗遑遽，急走出迓。雲匿喬於廚，亦整衣趨。喬不知是何
> 貴客，潛窺於窗。（第一卷第四篇，頁12）

所有的人在聽到主姑要來訪之時，都表現出惴惴不安的神態，也讓閱讀之人
感受到緊張的氣氛。

〈陳寶祠〉一篇敘寫了長鬣叟只見到杜陽面貌，就知道他的姓名的景況：

> 叩之，一長鬣叟出，迓曰：「郎那得來此？」告以故，恍然曰：「郎
> 其杜陽乎？」陽詫曰：「然。翁何以知之？」叟曰：「主人待郎久矣！
> 請暫憩於此，當為郎先容也。」（第二卷第三篇，頁32）

只見到面就知道未曾見之人姓名，的確透露一分古怪。長鬣叟又繼續說他的
主人就是在等待杜陽，更讓人想要知到他們之間究竟有著怎樣的牽扯。

〈章佖〉一篇則描述女子特殊的飲食習慣：

> 女極慧，特饕餮殊甚，每食禽獸之肉，腹笥兼人，雖至厭飽，猶耽

> 耽於餘。章嫛之，不以爲怪。日出獵，取以媚之。（第五卷第三篇，
> 頁 109）

一般人在看到女子這種驚人的吃法時，都會有所疑惑。不過章似卻不以爲意，還繼續爲女子張羅食物。可是也讓人疑惑接下來故事還會怎麼發展。

小說情節的曲折性，無論是巧合、伏筆與照應與懸疑都是展現和邦額對故事情節結構的藝術手法。透過前有伏筆後有照應的寫作方式促使故事結構緊密，佈局完整。懸念的疑慮可以引起讀者焦急的心理；巧合的安排則使受到阻礙的情節舒緩，一方面使情節跌宕、波折緊張，另一方面又便於展開另一情境描寫。然巧合之巧要巧在合情合理順應情節，可令讀者有出乎人預料之感。因此《夜譚隨錄》的故事，也就更添可看之處。

和邦額的情節特色透過傳奇性、眞實性與曲折性三者的互相配合，讓整個《夜譚隨錄》的故事更具可看之處。也在傳奇性、眞實性與曲折性的個別處理之上，花費極多的精神與心力。這些情節特色的安排不但只凸顯情節的重要，也幫助人物、故事推展、背景等等敘寫。所以和邦額的確是透過了傳奇性、眞實性與曲折性，成功的將每個故事完整又精彩的呈現在讀者面前。

二、非情節因素

據賈文昭、徐召勛的歸納，古典小說的非情節因素通常有下列幾種：一是入話、楔子或序言，二是議論或旁白，三是結語。〔註5〕由此可知，則早在六朝志怪小說即存在非情節的結構。而在《夜譚隨錄》之中，和邦額則是著墨在用來解釋名詞以及解釋寫作動機。這些也幫助了情節的推展與進行，以下分別敘述之。

（一）用來解釋名詞

名詞的解釋是先介紹故事中的主要事物來點明或補充正文，然後才開始敘述故事。形式上是作品的一部分，內容上又與正文故事緊密相連，也成功的將非情節因素在形式與內容上和故事正文連結在一起。所以和邦額在故事中用了許多篇幅來解釋名詞。

〈噶雄〉一篇解釋故事人物的姓名意義：

> 噶，少小也；雄，俊美也。袍罕人稱噶雄，猶中士人之稱少俊也。（第

〔註 5〕　同註78，賈文昭、徐召勛：《中國古典小說藝術欣賞》，頁25。

二卷第七篇，頁 42）

透過了姓名的解釋，我們可以粗略知道人物的形象。

〈梁生〉一篇是敘寫梁生別名的來源：

> 汴州梁生，少失怙恃，家極貧。聘妻未婚而妻死，無力復聘。知交
> 譃之，號爲「梁無告」。

> 人愈嗤其無品，更號之爲「梁希謝」，蓋取《金瓶梅》中謝希大以嘲
> 之也。（第三卷第一篇，頁 52）

透過字面的解釋，我們不但知道梁生別名的由來，也可以看出其他人對梁生
的態度。

〈落漈〉一篇是提及奇特自然現象的內容：

> 海水至彭湖，勢漸低，近琉球，則謂之落漈。（第三卷第四篇，頁 64）

一般人如果沒有見過這番景象，很難理解落漈到底是甚麼。不過經過和邦額
的解釋，也就對這種自然現象有了進一步的瞭解了。

〈伊五〉一篇則敘述物品名稱的意義：

> 所謂搐氣囊，其中所貯小兒魂魄也。（第三卷第五篇，頁 66）

如果單從字面看來，我們可能還會以爲此物是儲存氣體之用。不過經過解釋，
我們才知道它的眞實面貌。

〈來存〉一篇則爲描寫奇特野獸在不同地方的不同名稱：

> 其地有獸，似猿非猿，似猴非猴，中國呼爲人同，甘涼人呼爲野人，
> 番人呼爲噶里。（第四卷第二篇，頁 80）

同樣的一種生物，只要異地而居，就有了新的別名。所以如果沒有透過解釋，
很容易誤以爲是不同的生物。

〈倩兒〉一篇也是解釋名字的意義：

> 一子名澄，小字螢秀。潮人謂至極曰螢，以澄詔秀，故字之。（第九
> 卷第四篇，頁 207）

因爲一般人對潮人的姓名意義可能沒有了解，透過和邦額的解釋，才可以知
道眞正的意義。

　　和邦額在故事鋪陳之前，先做解釋名詞的動作。除了讓讀者可以了解這
些名詞的意義之外，在描述這些故事之時，也顯得更有說服力。所以名詞的
解釋，在故事之中，常常是關鍵且必要的。

（二）用來表明寫作動機

寫作動機的敘寫雖然不一定要在故事之中完整呈現，不過卻可以透過故事中的蛛絲馬跡尋找。所以在和邦額的描寫之中，我們還是可以窺見各篇故事的寫作動機。

〈來存〉一篇是描述聽到家僕敘述故事因而寫作：

> 予從家君扶祖梓自閩入都，於仲家淺泊舟三日，侯放閘。夏夜苦熱，撞襟坐船頭，對月當風，向李詢塞外風景及所見聞。（第四卷第二篇，頁 80）

因為喪事的沉重苦悶，讓和邦額在好不容易得以小憩之時，想要聽聞家僕敘述奇特之事。也從這段敘述，看出和邦額寫作此篇的動機。

〈雜記五則〉一篇則是提到與同學的交談而寫作：

> 予與諸同學偶談及狐怪，擇尤者五則記之。（第四卷第三篇，頁 83）

和邦額對狐怪知是本來就有濃厚興趣，在與同學交談之後，更決定要將所聽聞來的故事都一起記載。所以也就完成了此篇故事。

〈請仙〉一篇是敘寫和邦額想到過去的往事：

> 唯憶從先君子隨宦於宜君時，先太父攝篆烏蘭，先父母奉祖母留居宜君署中。（第八卷第八篇，頁 186）

透過追憶，和邦額不但想起自己的家人，也說明了這篇故事的寫作動機。

故事的發展總是有原因，所以對於寫作動機的理解也就格外重要。因此和邦額描述寫作動機之時，也會詳加敘述，讓讀者知道他的寫作都是其來有自的。

小說中的非情節因素，雖然佔的篇幅通常不多。不過在幫助了解故事，卻有一定的作用。所以和邦額在《夜譚隨錄》之中，仍舊花了心思，讓非情節因素表現出它獨特的作用。

小說所敘述的故事通常是有關人的價值生活，表現人的感情思維。所以透過和邦額縝密的安排故事情節，果然讓《夜譚隨錄》，讀來節奏緊湊明快、情感扣人心弦。也更令人有與故事同步進行，景象如躍紙上之感。因此和邦額在編排故事情節之時巧妙運用傳奇性、真實性與曲折性等等特色，讓讀者在閱讀故事就更可以層次井然的感受到故事的進展。小說所敘述的故事通常是有關人的價值生活，表現人的感情思維。因此和邦額不管是情節或非情節因素的描寫上，都表現了他要把故事最真實也最完整讓讀者看到的態度。

第三節　語言修辭

　　良好的語言修辭不僅有助於人物的刻劃，同時也可藉以推動情節。生動、貼切的語言修辭往往是好小說的關鍵。和邦額在《夜譚隨錄》之中，則善用詩詞與其他修辭技巧，讓每篇故事的人物刻劃及情節推動等等達到相輔相成的效果。以下就《夜譚隨錄》所表現的詩詞作用及修辭技巧，分別敘述之。

一、詩詞作用

　　小說故事之中，常可見詩詞穿插其中，替故事製造許多效果。雖然和邦額並不是在每篇作品之中，都有出現詩詞。這些詩詞也或長或短、形式不一，不過卻扮演了極重要的角色。這些詩詞在《夜譚隨錄》之中幫助故事塑造人物形象、表現人物情意及推展故事情境等作用，以下便分別陳述之。

（一）塑造人物形象

　　詩詞的創作，可以表現出人物的文才與態度。所以在《夜譚隨錄》之中，詩詞的出現常常幫助人物的角色塑造，看出人物的形象。

　　〈梁生〉一篇中梁生的同學們為了嘲笑梁生，寫作一首聯句：

> 同學傳其事，共聯句以戲之曰：「年少生成老面皮，那知謝大甚難希。
> 而今一發窮無告，不久西山唱〈采薇〉。」梁得詩，懊惱殊甚。（第
> 三卷第一篇，頁53）

從這首聯句可以看出梁生的同學們雖然有淺薄的文學素養及歷史知識，卻是用在嘲諷上，令人感到惋惜。

　　〈段公子〉一篇先用一首詩詞描述段公子的家境：

> 三月山田長麥苗，村莊生計日蕭條。羨他豪富城中客，住得磚窯勝
> 土窯。（第三卷第六篇，頁67）

這篇詩詞形容段公子家中富有，塑造出段公子也是一富家少年的形象。

　　〈韓樋子〉一篇提及書娟與書秀的詩詞：

> 紅梅正馥白梅芳，無賴東風趁蝶狂。只說清芬堪殢汝，誰知韓壽慣
> 偷香。（第四卷第四篇，頁92）

> 月光如幕草如茵，無事紅螺點絳唇。未死會須行樂事，忍看入室有
> 他人。（第四卷第四篇，頁93）

前面一首詩詞為書娟所寫，後面一首詩詞為書秀所寫。兩首詩詞雖然表現出

兩位女子的才學，不過也表現出書娟與書秀心裡面的嫉妒與不滿。

〈丘生〉一篇提及女主角衛素娟所吟誦的詩句：

> 生詰之，笑而不答，第誦梁武帝詩以應之曰：「滿塘蓮花開，紅光照
> 碧水。色同心復同，藕異心無異。」生莫解其意，亦不復窮究。（第
> 七卷第一篇，頁153）

這首詩詞表現出了衛素娟豐厚的才學，也表現了衛素娟心裡面對丘生的情意。不過從丘生的反應可以看出丘生胸無點墨，才疏學淺的窘境。

〈維揚生〉一篇則是敘寫某生對西楚霸王的不敬詩詞：

> 炎劉受命順皇天，天使重瞳作獺鵲。千古中原群盜賊，讓君馬首一
> 鞭先。（第一一卷第一〇篇，頁252）

某生雖然對歷史及文學頗有造詣，不過確存著不敬之心，所以也就可從中窺見某生的狂傲。

透過故事人物所創作或是集結的詩詞，我們可以更加深入了解這些人物的形象。也因為這些詩詞，的確讓我們在閱讀時，可以更快、更精準的掌握人物。

（二）表現人物情意

在人物要表達自己內心的感受之時，面對面有時反而難以輕易表現情意。因此在小說之中常常出現人物運用詩詞往來表達出彼此內心對對方的情意。

〈秀姑〉一篇中秀姑就用詩詞表達心裡的傾慕：

> 春雲一朵趁風來，有意無心罨碧苔。既有閒情能作雨，如何舒卷上
> 陽台？（第一〇卷第一篇，頁219）

田瞵在收到秀姑詩詞之後，也馬上回了一首表達心中情感：

> 春雲一朵趁風來，故意氤氳罨碧苔。白日有情先作雨，夜間打點上
> 陽台。（第一〇卷第一篇，頁219）

秀姑又回了一首，表示內心的顧慮：

> 坐待秋風出岫來，東牆月已上莓苔。娘家兄妹休回避，例有溫嶠玉
> 鏡台。（第一〇卷第一篇，頁220）

另秀姑又在田瞵要離開之時，用詩詞表示心中的不捨：

> 愁對空庭月影斜，淙淙別淚恨無涯。他時相訪應如夢，認取棠梨一
> 樹花。（第一〇卷第一篇，頁220）

田瞵也用詩詞回復內心的千百種不願意：

> 話別匆匆月已斜，無端分手向天涯。癡情不比浮梁客，珍重東風撼
> 落花。（第一○卷第一篇，頁 221）

從上面的詩句往來可以看出田疄與秀姑之間的確是有深厚的情感，所以詩詞也就成為他們最好的傳情媒介。

　　〈孿生〉一篇則敘寫孿生弟弟妻子所集題的詩句：

> 但傳消息不傳情，一半梨花一半鶯。珍重從今常倚壁，卿須憐我我
> 憐卿。（第一○卷第八篇，頁 235）

從詩詞之中可以看出弟弟妻子對丈夫的深刻情感。

　　〈董如彪〉一篇也提及阿筍、董如彪及阿嫩間的詩詞往來，如阿筍藉由詩詞來表現對姊姊夫妻兩人情感的描述：

> 鶼鶼比翼鳥，一夕忽分單。夜靜更深後，鶴行鷺伏前。雪膚依草薦，
> 玉掌示蒲鞭。俯首無生氣，郎當犢鼻邊。（第一二卷第二篇，頁 267）

董如彪則回應妻子妹妹的詩詞：

> 垂成事忽敗，肘膝赴床前。方寸癡如醉，雙腮熱似燃。夜深孤鳥動，
> 春老一蠶眠。不殺刑尤酷，飛梟壓兩肩。（第一二卷第二篇，頁 167）

阿筍另又藉著詩詞來表現自己對印兒的好印象：

> 擲果潘郎風味，傅粉何郎風致。底事不同車，忍作執鞭之士？留意，
> 留意，留意詢伊名字。（第一二卷第二篇，頁 268）

阿嫩則藉由詩詞直接將妹妹的心意，直接表現出來：

> 漸識石榴滋味，驚見蓮花標致。有女正懷春，誰是誘之士？留意，
> 留意，留意印兒名字。（第一二卷第二篇，頁 268）

在這些詩詞的互相往來之下，我們可以看出這一家人的感情和睦。也再度表現人物使用詩詞傳達情感的印證。

　　〈藕花〉一篇則是敘寫藕花與菱花對宋文學表達心志的詩詞：

> 彈指韶光易老，瞥眼初陽又曛。從此朝朝暮暮，不隔秋水思君。（第
> 一二卷第九篇，頁 280）

藕花與菱花接受宋文學的好意之後，寫下這首詩詞，也表現出對宋文學的情意堅貞不變。

　　和邦額透過這些詩詞讓人物的情感可以透過文字產生更加深沉的意義，也透過詩詞我們可以知道這些人物的真實內心情感。經過了文學的美化，也讓人物的情感顯得更加的動人。

（三）推展故事情境

在故事發展之時，運用詩詞來表現情境，有時比冗長的文字敘述更能表現出當時的狀況。所以和邦額也運用此技巧來推展故事情境。

〈崔秀才〉一篇中提到崔秀才家道中落時，崔秀才女兒所作的詩詞：

> 悶殺連朝雨雪天，教人何處覓黃綿。歲除不比清明節，底事廚中也禁煙？（第一卷第一篇，頁1）

女兒對家中景況的一種無奈與譏嘲，崔秀才也用詩詞來回復心中的無能為力：

> 今年猶戴昔年天，昔日輕裘今破綿。寄語東風休報信，春來無力出廚煙。（第一卷第一篇，頁2）

從上面的詩詞往來可以看出崔秀才家中情況的困窘，也幫助了接下來故事的進行。

〈某倅〉一篇則提及紅衣女對自身境況所作的詩詞：

> 夜深風露涼，蟋蟀吟秋草。空江孤月明，魂迷故園道。（第三卷第二篇，頁58）

除了紅衣女表現出內心的惆悵，另一個少年也創作出想要歸鄉的詩詞：

> 滾滾江上濤，溶溶沙際月。渺渺雁驚秋，迢迢鄉夢絕。（第三卷第二篇，頁58）

從上面的詩句可以看出這一些人都離鄉一段時日，心中想要返鄉的念頭非常強烈。所以也表現出了接下來某倅會幫助他們將屍骨安葬回鄉的故事情節推展之效。

〈棘闈誌異八則之四〉一篇則是敘寫單文炳對自己悲慘情況所寫下的絕命賦：

> 夜迢脩而轉側兮，心似焚以忡忡。慘幽蘭之早折兮，悼芳蕙之先蕪。何惡蕕之滋蔓兮，其賊苗之稂莠。欲剪拔以糞除兮，皀劉足而棘刺手。告田父以假其鋤銍兮，絡冒頭而鉗制口。冀美人於一晤兮，倏神結而爲夢。出閨闥以遐矚兮，見蓬顆之蔽塚。聲嚶嚶以啓悲兮。先秋風而聽之。魂舟舟其欲離乎窞穸兮，猶逡巡以鼠思。羌值侗而夷猶兮，非疇昔之姣態。頻拭目以端睨兮，徒神奔而鬼怪。詎綺羅之化蝶兮：體袒裼而裸裎。哀冰玉之銷鑠兮，搶匐匍以縱橫。妾薄命以貽戚兮，職王孫之故也。君獨生以曷歡兮，甯不懷茲楚也！誶曰：已矣，魂其歸來兮，毋躑躅以流連。吾將與子同穴兮，心則石

而力則綿。（第六卷第一篇則四，頁 132～133）

通篇文字都是在描寫單文炳與小蕙的淒慘狀況與心境，讓讀的人皆會起側隱之心。也鋪展出接下來康生會逃不過內心譴責，而作出自我了斷的舉動。

　　經由詩詞的幫助，和邦額成功的讓情節的推展更加順利。詩詞中的深刻寓意，也讓讀者對接下來的故事發展更能了然於心。所以詩詞的作用，的確有其重要性。

　　另有〈崔秀才〉一篇又著錄爲嘲諷勸戒世人的詩詞：

> 主人好施與，揮霍無躊躇。客有諫之者，主人笑日毋。君謂財可聚，
> 我意財宜疏。不暇爲君詳，聊以言其粗。財爲人所寶，人爲財之奴。
> 富者以其有，貧者以其無。有則氣逾揚，無則氣不舒。逾揚人愈親，
> 不舒人不知。昔我貧賤時，顚踣無人扶。有身不能衣，有口不能糊。
> 貴戚與高朋，相逢皆避途。居然一厭物，儼若非丈夫。今日奮功名，
> 食祿復衣襦。門庭鬧如市，勢利日以殊。一壽千黃金，一箸萬靑蚨。
> 奢窮欲亦極，無勞用力圖。當時何其嗇，今日何其都？顧茲親串惠，
> 豈我所願乎？昔貧今且富，昔我即今吾。淸夜維其故，反側心踟蹰。
> 其故良有以，今昔人情符。周急不繼富，聖言不可誣，憶昔齊晏子，
> 舉火瞻葭莩。又聞范文正，義田置東吳。設使天下人，能聚復能輸。
> 在在無和嶠，處處有陶朱。流過阿堵物，何來庚癸呼？堪嘆近富者，
> 唯利之是趨。滿盈神鬼惡，往往寄禍沽。用是常自惕，羞爲守虜徒。
> 況今得之如泥沙，當日求之無錙銖。君不見棲棲窮巷孤寒儒，此時
> 此際如苦茶？（第一卷第一篇，頁 4～5）

這篇詩詞是崔秀才在家境再度好轉之後對眾人表達心意的詩詞。可以看出崔秀才對社會的眞實景況及人心眞實面目，都已經有了深刻體會。不過也透過自身的經驗，希望可以經由詩詞的嘲諷勸戒讓世人能有一些感悟。

　　和邦額的詩集《蛾術齋詩稿》中的詩作，雖僅存九首傳世。不過我們卻可以從他的《夜譚隨錄》之中，看到這些詩詞作品。雖然這些作品都是爲了幫助故事才產生的作品，不過確且展現了和邦額的寫作功力與文學造詣。也透過詩詞作品，讓人物形象的塑造、人物情意的表現及故事情境的推展，可以順利的表達與進行。所以詩詞作品在小說之中也才會如此的廣泛運用，也具有高度的評價。

二、修辭技巧

修辭技巧的運用不但能幫助情節的發展與人物的塑造，也能表現作者的寫作功力。和邦額使用對比和誇張反諷這三種寫作技巧，形成《夜譚隨錄》的語言修辭。

（一）對　比

對比是透過比較不同的人事物，或是一個人的兩種面貌，強調彼此的差異。當人物表面和內心的反差越大，對比效果就越突出。

〈梨花〉一篇就用梨花自身的對比，表現其中的差異：

> 丫頭梨花，人雌亦聲雄：此吾之所不解也。（第一卷第三篇，頁 10）

梨花外表雖為女子，聲音卻像男子一般。這樣強烈的對比，的確讓人心中更加感到疑惑。

〈張五〉一篇則是用縣令與張五兩人的身分做對比：

> 彼知縣，官長也，我何人，敢相近乎？（第二卷第四篇，頁 36）

兩人身分本來就有所差距，所以對於張五的行為，我們能夠理解。不過還是會對張五為何身負協助擒拿縣令的原由還是會有所困惑

〈阿鳳〉一篇先貶低海棠，再讚揚海棠：

> 海棠雖賤，顏色姿態，且遠勝四嫂。（第二卷第五篇，頁 34）

本來海棠似乎是輕賤之人，不過卻又表現出比皇家貴族媳婦更加美麗的外表形體，這些都形成了對比。

〈梁生〉一篇透過美人的描述，去對比其他人的妻妾之庸：

> 眉修矣，煙煤之所畫也，眼媚矣，黑白不甚分也；唇櫻矣，胭脂之所點也；肩削腰細矣，而拔頸戾肘，儼然用力；抹胸束肚，宛然有痕；皆戕賊而為之也。吾聞古之美人，面色如朝霞和雪，光艷照人。而今者，四體五官，皆有粉飾。若使亂頭粗服，粉黛不施，竊恐國固城堅，雖笑綻兩腮，欲傾之而不可得也。（第三卷第一篇，頁 52）

上面的文字敘述將美人的眉、唇、肩、面、髮及服飾等，敘述得更完美，就展露出其他人妻妾的平庸。所以不需寫出其他人妻妾的面貌，也可以形成強烈的對比。

〈戇子〉一篇是在比較三僕的差異：

> 吾向以為黠者有知，樸者可用也。今而知黠者有用而不可用，而戇者

可用也；樸者可用而實無用，而戇者有用也。（第三卷第七篇，頁 70）

謝梅莊道出黠者有智慧、僕者能被所用。不過最後只有戇者才是眞正可用之人，更可看出三者的差異。

〈董如彪〉一篇則是董恆將自己的兒子與奴僕相比較：

董叱曰：「懦弱子！何顏甲至此，不畏奴輩笑耶。」（第一二卷第二篇，頁 264）

從文字中可以知道董恆覺得自己的兒子連奴僕的比不上，更表現出在他心中，董如彪的不值一晒。

透過人事物或是一個人的兩種面貌，及外表與內心的比較，我們可以更快的掌握故事要表達的意義。而和邦額運用對比讓人物透過自己所說的話去表現這些內心的想法，也使讀者更容易親近故事。

（二）誇　飾

黃慶萱說明其意義：「『夸飾』的主觀因素是作者要語出驚人；『夸飾』的客觀因素是讀者的好奇心理。」〔註6〕和邦額爲加強小說的傳達效果，使人物形象更加突出，強調書中人物的個性和行爲，就是誇飾的寫作方式。

〈某太醫〉一篇敘述某太醫爲非作歹、爲害世人，還想子孫孝順：

呸！汝癡心，尚過望耶？天之報施老奴者，如此不爽，縱有百子，亦必沆瀣一氣，豈復有以德報怨者？（第八卷第九篇，頁 188）

太醫的妻子直接道破太醫只是癡心妄想，更以因壞事做盡，即便太醫擁有一百個兒子也是無用，來表現太醫行爲偏差及罪孽之深重。

〈趙媒婆〉一篇則是描述趙媒婆的舌粲蓮花：

無論公子內慧何如，即此外秀，便足削盡天下公侯之色。遮莫老身減齒三十年，亦必拼死充作姬媵。阿誰有閨秀，肯不急設東床？老身平生不慣作模棱語，憑三寸舌往說之，必有佳報。（第九卷第二篇，頁 201）

媒人在說親事之時，本來應具實以報。不過趙媒婆爲了表現自己的才能及賺到新人的謝金。卻是口出狂言，讓人更加感受到趙媒婆的誇大其詞以及心性貪婪。

〈雙髻道人〉一篇則是敘述呂驊的目中無人：

〔註6〕黃慶萱：《修辭學》，臺北：三民書局，2004 年 1 月，頁 285。

驊曰：「吾有此術，可橫行天下，人其奈我何？」（第一二卷第四篇，
頁271）

呂驊在稍微有一些道術修練之後，就自以爲是。以爲自己已是天下無敵，更
是語出狂妄。可以從這些描寫看出呂驊已喪失正確的思考，走入歧途。

〈阮龍光〉一篇描述老人的說詞：

聞一老人帶晉音者言曰：「一眨眼又一年矣。」（第一二卷第五篇，
頁273）

時光的流逝有一定的規律，不會有快有慢。不過經由老人對時間的描述，我
們卻可以看出時間對老人來說，已變成沒有意義，凡事也是瞬間即逝，如過
往之雲煙。

透過和邦額用誇飾的手法，讓人物語言更加具有效果，也幫助表現出人
物行爲及個性或是心中的想法。所以語言的誇張除了能讓人有驚異之感，也
加深了讀者的印象。

（三）反　諷

反諷雖然揭露醜惡和指責被抨擊的對象，但作家反諷的動機並非詆毀，
而是渴望被諷刺的現象和對象有所改善。「諷刺文的眞實目的在於改正惡行。」
〔註7〕因此諷刺的動機必須是善意的，不能惡意攻訐，應以革新爲目的。反諷
常常使用詼諧、談笑的語氣，嘲諷人性的弱點和醜陋。和邦額靈活的使用此
技巧，讓文章更顯有深度。

〈崔秀才〉一篇描寫崔秀才妻子諷刺崔秀才的言語：

妻曰：「做賊亦得，第恐君無其才耳。」（第一卷第一篇，頁1）

雖然字面上看起來，崔秀才的妻子好像是希望崔秀才成爲一個盜賊。不過崔
秀才妻子話中的眞實用意是希望崔秀才能夠振作起來，重振家業。

〈梁生〉一篇則是敘述諷刺梁生沒有妻室的言語：

明知此生斷無此樂，轉不得不目空一世，謬論解嘲。獨不自念一糟
糠婦尚不能消受，至今游泳似鯤。更求一赤腳婢亦不可得，只苦煞
貴手，不知一夜幾番作肉虎子也！（第三卷第一篇，頁52）

梁生同學明言梁生沒有妻室的凄慘窘況，還用許多不堪的詞語讓梁生更加無地
自容。不過他們也是想要知道梁生在這番刺激之下，是否眞能擁有一神仙美眷。

〔註7〕 波納德（Arthur·Pollard）著；董崇選譯：《何謂諷刺》，臺北：黎明文化事業
公司，1973年5月，頁11。

〈丘生〉一篇是描寫丘生心思與文才不如一般人的諷刺：

> 措大心思如此，何嘗著低棋者，雖窮思極算，又豈有高著出耶！聽
> 飾詞殊可笑！轉欲請問如何發付矣？諒郎君口同百舌，膽如鼬鼠，
> 詎敢作犯法事，亦不過一言半語，討人便宜而已。（第七卷第一篇，
> 頁 150）

透過婢女的敘述，我們可以看出丘生的文才與心思，的確不高。不過婢女的言語，也是希望經由這些嘲諷讓丘生有所領悟，不要再自以為是。

〈陸珪〉一篇則是道出白馬自身也難脫束縛的言語：

> 小魅蹻鐵未脱，遂敢於阿酼前饒舌耶？（第八卷第二篇，頁 174）

上面的敘述也是女子希望白馬能認清自己的景況，不要對別人落井下石。

反諷在故事一開始看來的確是具有讓人物感覺不知所措的錯愕感。不過也透過過反諷的手法，我們可以明白其他人物對敘寫人物的真實觀感。也藉由反諷讓人物作進一步思考，因此有所作為與改變。所以和邦額使用反諷技巧讓故事更具可看性。

和邦額在語言修辭方面運用詩詞作用與修辭技巧讓故事看來文采美麗又極具深度。也幫助了人物、情節、背景等等的塑造。也透過塑造人物形象、表現人物情意、推展故事情節與嘲諷勸戒世人讓故事更加豐富。而其他對比、誇飾、反諷的技巧，除了展現和邦額的文字運用功力，也是故事引人入勝的一大功臣。所以可以看出和邦額在語言修辭方面，的確用了許多心力，也成功的讓《夜譚隨錄》更具可觀之處。

和邦額在人物刻劃以外在描寫與內在刻劃來表現。外在描寫又從靜態描寫與動態描寫著手，這些敘述都確實能幫助對人物的了解。內在刻劃則透過內心獨白、內心分析與感官印象，來表現人物的內心世界，與人物的外在描寫有互相推波助瀾之功。和邦額在故事情節方面以傳奇性、真實性與曲折性等等特色，讓讀者在閱讀故事就更可以對情節充分掌握。非情節因素用來表明寫作動機、解釋名詞也扮演了故事的重要部分。另外語言修辭又用運用來塑造人物形象、表現人物情意、推展故事情節。修辭技巧則善用對比、誇飾、反諷讓情節、人物更加凸出。所以和邦額的《夜譚隨錄》的寫作特色，確實讓人物生動活潑，使故事得以繼續發展。也使情節豐富自然，連結順暢。語言修辭，也讓讀者更加有興趣深入研讀小說，發現文字、語言與人物等等之間的關係。因此《夜譚隨錄》的寫作特色，確實是極為多樣又成功的。

第六章 結 論

第一節 《夜譚隨錄》的研究心得

一、研究心得

  本文研究上遇到的困難，在於資料收集不易，因為專門研究《夜譚隨錄》的資料太少，能參考的資料實在屈指可數。另《夜譚隨錄》的版本雖不多，但版本卻遍佈各大圖書館，需花費許多時間找出各版本，再比較版本的異同。關於其他著作的刊行，如《霽園雜記》更是僅餘海內外孤本。或如《一江風傳奇》早已亡失，只剩其他相關書籍的零星記錄。但筆者卻在搜尋資料之時，更加熟悉如何搜尋資料，以及歸納和整理資料的方法。

  在寫作論文的期間，藉由閱讀專書和小說，深入了解清代的小說發展過程，以及小說為時事而作的特色，增進筆者對清代小說的認識。研究《夜譚隨錄》之後，由衷了解和邦額謹慎編纂記錄當時民間傳聞的寫作動機，和直指時弊與不齒當代世風日下的譴責精神。本文雖自許以客觀角度寫作，但唯恐研究不夠縝密，有研究角度不夠深廣，及筆者過度主觀的缺點。期許未來能更加深入研究，讓更多人重視《夜譚隨錄》在小說史上的意義與價值。

二、《夜譚隨錄》的寫作特色與缺失

  和邦額用他的見聞與文筆，完成《夜譚隨錄》。其中也經過先完成《霽園雜記》稿本，再修改、潤飾成為《夜譚隨錄》的過程。我們從《夜譚隨錄》

可以看出和邦額對他的作品的認眞與執著，不過作品之中，總有特色與缺失，以下分別說明。

（一）寫作特色

和邦額雖爲八旗子弟，不過因爲長期與一般階級接觸，所以不像其它王公貴族，更能親近一般的普羅大眾。他的故事取材不但篇數眾多，更是遍及各個族群。更基於和邦額在前言中所說自己雖然妄言、妄聽，但絕不妄錄，因此在《夜譚隨錄》之中，我們可以見到他謹愼文詞，詳加敘述的嚴謹態度。《夜譚隨錄》的寫作特色大致可分爲題材廣泛、追求眞實、人物多元幾項，分述如下。

1、題材廣泛

因和邦額遊歷經驗豐富，取材廣泛，作品中獨特的風景和風俗除能帶給讀者不同的視覺想像外，對於瞭解各地風土人情也具有很好的參考價值。另綜觀《夜譚隨錄》的故事內容，我們可以看出和邦額對題材的重視。寫作故事遍及寫動物奇譚、鬼魂軼事、風俗景物、奇人與其他故事等等。因此全書一百四一十一篇，包含一百六十則故事的著作，題材廣泛，令人感到閱讀之後，有意猶未盡之感。

2、追求真實

作者於序言中說本書的題材乃是在朋友聚會之時，聽聞他人所談見聞之古今軼事、奇聞異事。又提到：「己亦不妨妄聽。夫可妄言也，可妄聽也；而獨不可妄錄哉？雖然，妄言妄聽而即妄錄之，是亦怪也。」所以和邦額在寫作故事之時，注重每一個層面。盡力用許多可以幫助故事眞實性的方法，讓故事讀來更有說服力。所以我們在閱讀這些故事的時候，也更加被《夜譚隨錄》的故事牽動，也更感受到故事就在周遭發生。

3、人物多元

《夜譚隨錄》描寫的人物有王公貴族、平民百姓、官吏、士子、商人、奴僕等等，幾乎把社會各階層的人物寫進書中，也將人生百態表現出來。人物的描述，除了要用一般性的特色來說明外，以實際的言行、動作、事蹟來佐證是更好的選擇。所以和邦額除了將每個人物的世系、年齡、外表等加以敘寫之外，還將言行、動作、事蹟化入故事。所以故事中的人物皆能活靈活現，如躍紙上。他們因爲性別、身分的不同，在和邦額的筆下，也就被分別被賦予不同的生命。這些人物或許不是雍容華貴或滿腹文才，不過他們的言

詞、行徑，卻都讓我們看出了當代之人的各種風貌。

（二）寫作缺失

和邦額雖盡力詳加實錄，以求詳盡。不過畢竟故事內容已傳唱許久。所以在閱讀時，較難發現新的樂趣。許多篇目之中又不願直述其人與背景等等，在寫作之時就難免綁手綁腳。而在集結描述常常都是寫人最後死亡或曰不知所終。因此在《夜譚隨錄》之中，我們會發現他草草將故事結束。因此《夜譚隨錄》的寫作缺失大致可分為難創新意、婉曲避嫌、結局草率幾項，分述如下。

1、難創新意

和邦額在描述鬼魂軼事以及神仙道術的故事之時，使用的筆法與方式常常在其他志怪小說之中，也處處可見。而這些故事在歷朝歷代小說家的描述之下，題材與內容也就變的既定而不變。和邦額也難以逃脫這種陳舊的模式，並沒有特別的題材與思考。因此在敘寫這些故事的內容單調，連帶造成人物與情節也沒有特別的特色。在看志怪小說之時，若不能引起讀者的閱讀興趣，看不出新鮮感。故事自然無法讓讀者有特別的感受，而想要繼續閱讀，所以《夜譚隨錄》也就因此有了遺珠之憾。也因為故事都是聽聞他人說法，內容自然也就無法天馬行空、任意想像，所以在《夜譚隨錄》也就難以看出和邦額所能發揮的創意。

2、婉曲避嫌

雖然和邦額在故事內容力求真實，不過卻也在寫作故事之時，有許多地方事含糊其詞，沒有明言。如〈某僧〉、〈某倅〉、〈某馬甲〉、〈某諸生〉、〈某王子〉、〈某領催〉、〈某別駕〉等篇，在篇目上就沒有道明真實人物究竟是誰。自然在故事描寫之時，就有許多細節沒有交代清楚。因此在閱讀故事之時，有許多地方就讓人產生疑問。雖然可以理解和邦額是為了避免直述其人可能帶來的困擾，卻也讓後起的讀者有追查的困難，也就無法更加了解故事的來龍去脈了。

3、結局草率

和邦額雖在故事情節鋪展上，運用許多方法，讓故事活潑生動。不過卻在寫作結局之時，常常流於草率。男女主角在經歷一番轟轟烈烈的感情糾葛之後，最後卻常是莫名其妙的分開或是死亡。或是角色在故事的最後，應該受到懲罰的人，匆匆死去，好人的後續也沒有一個說法。因此在閱讀《夜譚隨錄》之時，常常在故事的發展之時，情感受到極大的振盪。不過在看到故事結尾，卻有被

澆了一盆冷水之感。所以和邦額在故事結局的處理上，的確是有令人詬病之處。

第二節　小說史上的價值與地位

　　雖然大多數研究者都將《夜譚隨錄》視為追隨《聊齋誌異》的附庸之作，並無特別可看之處。但在經過筆者研究之後，卻發現雖然《夜譚隨錄》的確是在《聊齋誌異》之後的創作。不過也因為《夜譚隨錄》的傳抄，而讓許多更後起之作，承襲這股志怪小說之風，讓文言短篇小說能夠繼續繁榮昌盛。而從下面的文字之中，也可見出《夜譚隨錄》的內容也有被抄襲的情形。

　　　　偶閱近人《夜談隨錄》，見所載焚旱魃一事，狐避刦二事，因存記所疑，俟格物窮理者詳之。〔註1〕

　　　　胡成譜《雙塵譚》一書亦有借才此書。鄒韜的《澆愁集》甚至多次抄襲本書。〔註2〕

　　《新齊諧‧麻林》中與《夜譚隨錄‧麻林》如出一轍。而《夜譚隨錄》中直陳此故事為家中僕人劉忠所敘述，而主角麻林更為其密友，更確定故事來源。另《新齊諧‧鐵公雞》一篇則僅敘述其梗概，沒有多著筆墨。但在《夜譚隨錄》描寫極為詳盡，連聲音姿態都鉅細靡遺。據詹頌〈乾嘉文言小說作者閱讀視野與作品故事來源〉一篇中，〔註3〕更統計出有〈人同〉、〈噶雄〉、〈怪風〉、〈孝女〉、〈佟觭角〉、〈白蓮教〉、〈呂琪〉、〈伊五〉、〈落漈〉、〈夜星子〉二則、〈瘍醫〉等則，是直接摘錄或改寫自《夜譚隨錄》。

　　所以這種文人之間的互相聽聞，而幫助自己完成的現象，實在也是屢見不鮮。不過透過這些傳承與延續，能讓醒世勵志的好作品流傳，也是一個文學家的責任。透過《夜譚隨錄》，我們得以從一個八旗子弟的筆法，更加了解當時社會文學作品的寫作現象。更由和邦額所敘寫出來的故事，我們加以反省思考許多被稱為怪異的事件。所以《夜譚隨錄》對於當世思想、後代文學傳承與影響是非常深遠的。所以我們也就不需因《夜譚隨錄》的一些小缺點，而否決了《夜譚隨錄》的文學價值。

〔註1〕　紀昀：《閱微草堂筆記‧如是我聞》一，臺北縣：弘揚圖書有限公司，2006年1月，頁105。

〔註2〕　戴力芳：〈和邦額評傳〉，《廈門教育學院學報》，2004年一期，頁30。

〔註3〕　詹頌：〈乾嘉文言小說作者閱讀視野與作品故事來源〉，《首都師範大學學報（社會科學版）》，2003年四期，頁93。

第三節　研究展望與限制

　　本文歸納出和邦額的生平資料，敘述其爲人和交遊，再列舉他創作的傳奇、詩作與小說創作，了解其生活背景和創作過程。發現清乾隆期間及其前後時代背景、交友狀況，對其《夜譚隨錄》的成書經過間論與其他創作的影響。接著探討《夜譚隨錄》的故事內容，看出和邦額對於當代社會的高度關注。從對動物奇譚、鬼魂軼事、風俗景物和奇人與其他各類故事進行深入的刻畫與描述，可以看出和邦額採集故事的廣泛及對寫作的熱忱，也展現出《夜譚隨錄》故事的繽紛多樣。在思想內涵可分爲五倫觀、婚姻觀、果報觀與異類觀，從這些觀點可以看出和邦額在《夜譚隨錄》所表現的各種不同思考，進一步對和邦額與《夜譚隨錄》有更全面且通盤的了解。在寫作特色方面，可以知道和邦額如何安排此書的人物、情節及語言修辭。從中了解和邦額的寫作技巧與寫作功力，給予正確的論斷。最後在結論列出《夜譚隨錄》的優缺點及歷史意義。期盼給予此書一個中肯的評價，讓和邦額及《夜譚隨錄》不再被認爲僅僅只是他書的附庸或是抄襲之作。

　　雖然本文期待將《夜譚隨錄》作一全面且通盤的研究，卻囿於資料採集及對和邦額的後半生無法確實考證等等限制，而有所侷限。不過從《夜譚隨錄》的研究之中，仍然可以看出和邦額的豐厚才學及《夜譚隨錄》在清代小說上的角色與地位。未來希望把研究範圍擴及和邦額的所有作品，比較各著作之間的相連性及差異性。探討每部著作不同的風格思想和寫作技巧。歸納出和邦額著作的全面架構之後，再整理前人對他的評價與研究，找出他在清代小說史，乃至清代文學史上的合理定位。或可再論及其他志怪小說中的豐富內涵與文學特色，這些都是筆者可在未來努力的方向。

主要參考書目

參考書目排次順序以專著、碩博士論文、期刊論文的出版日期爲次。

一、專　著

（一）和邦額著作

1. 閑齋氏：《夜譚隨錄》四卷，上海進步書局石印本（收入國家圖書館善本書庫）。
2. 閑齋氏：《夜譚隨錄》四卷，臺北市：新興書局，1978 年 2 月，《筆記小說大觀》二編，第十冊。
3. 霽園主人（Chi-yuan-chu-jen）：《繪圖夜譚隨錄》十二卷，臺北市：廣文書局，1982 年 8 月，初版。
4. 〔清〕和邦額著：王一工、方正耀點校：《夜譚隨錄》，江蘇：上海古籍出版社，1988 年 12 月，一版一刷。
5. 〔清〕和邦額著：寧昶英編譯：《白話夜譚隨錄》，瀋陽市：遼瀋書社，收入《白話繪圖清代傳奇叢書》，1989 年 11 月，第一版。
6. 〔清〕和邦額，束景南、王英志、鍾元凱、張長霖譯：《白話全本夜譚隨錄》，上海：上海古籍出版社，1996 年 3 月，一版二刷。
7. 〔清〕宣鼎、閑齋氏：《夜雨秋燈錄、夜譚隨錄》，四川：重慶出版社，1996 年 3 月，一版一刷。
8. 〔清〕和邦額、樂均著：《夜譚隨錄、耳食錄》，黑龍江：黑龍江人民出版社，1997 年 6 月，一版。
9. 和邦額：《夜譚隨錄》四卷，臺北市：新文豐書局，1999 年 2 月，收入《叢書集成》三編，第六六冊。

（二）古籍專書

1. 〔清〕鐵保：《欽定八旗通志》三百四十卷，首十二卷，臺北市：臺灣學生書局，一九六八年，收入《中國史學叢書續編》二，據清嘉慶四年刊本影印。

2. 〔清〕愛新覺羅・敦誠著：《四松堂集》，上海古籍出版社，1984年。

3. 〔清〕昭槤：《嘯亭續錄》五卷，臺北市：新興書局，1984年，收入《筆記小說大觀》三十六編，第六冊。

4. 〔清〕邱煒萲：《菽園贅談》節錄一卷，臺北：新文豐書局，1989年，臺一版，收入《叢書集成續編》，第二四冊。

5. 〔清〕愛新覺羅・永忠：《延芬室集》，江蘇：上海古籍出版社，1990年7月，一版一刷。

6. 〔清〕鐵保輯，趙志輝校點補：《熙朝雅頌集》，遼寧：遼寧大學出版社，1992年6月，一版一刷。

7. 〔晉〕王弼注：《老子・帛書老子》，臺北：學海出版社，1994年5月，再版。

8. 司馬遷撰、裴駰集解、司馬貞索隱、張守節正義、（日）瀧川龜太郎考證：《史記會注考證》，臺北：萬卷樓圖書有限公司，1996年10月，初版二刷。

9. 〔漢〕鄭玄注，〔宋〕孔穎達疏：《十三經注疏》附校勘記，第六冊《禮記》，臺北縣：藝文印書館，1997年8月，初版十三刷。

10. 〔清〕王先謙：《莊子集解》，臺北：三民書局股份有限公司，1999年5月，四版二刷。

11. 〔漢〕許慎、〔清〕段玉裁注：《說文解字注》，臺北：萬卷樓圖書有限公司，2000年9月，初版二刷。

12. 《改良周易本義》，臺北：武陵出版有限公司，2001年12月，二版三刷。

（三）近人論著

1. 蔣瑞藻：《小說考證》，上海市：古典文學出版社，一九五七年，第一版。

2. 哈佛燕京學社引得編纂處：《三十三種清代傳記綜合引得》，收入《哈佛燕京學社引得》，臺北市：成文出版社，1966年5月，初版一刷。

3. 胡懷琛：《中國小說論》，臺北：清流出版社，1971年11月，初版。

4. 波納德（Arthur・Pollard）著；董崇選譯：《何謂諷刺》，臺北：黎明文化事業公司，1973年5月，初版。

5. 黃慶萱：《修辭學》，臺北：三民書局，2006年1月，增訂三版。

6. 林以亮等著：《中國古典小說論集》（一），臺北：幼獅文化事業公司　1975

年 12 月初版，1988 年 7 月，五版。

7. 嚴靈峰輯：《書目類編》第二十六冊，臺北：成文出版社，1978 年 7 月，初版。

8. 嚴靈峰輯：《書目類編》第三十七冊，臺北：成文出版社，1978 年 7 月，初版。

9. 《筆記小說大觀》二編，臺北：新興書局，1978 年 7 月。

10. 羅盤：《小說創作論》，臺北：東大圖書有限公司，1980 年，2 月初版。

11. 私立靜宜文理學院——中國古典小說研究中心編：《中國古典小說研究專集》一，臺北：聯經出版事業公司，1981 年，第二次印行。

12. 私立靜宜文理學院——中國古典小說研究中心主編：《中國古典小說研究專集》三，臺北：聯經出版事業公司，1981 年，第二次印行。

13. 袁行霈、侯忠義編：《中國文言小說書目》，北京：北京大學出版社，1981 年 11 月，一版一刷。

14. 孫起著，洪北江主編：《販書偶記續編》，臺北：洪氏出版社，1982 年元月，再版。

15. 樂衡軍：《古典小說散論》，臺北：純文學出版社，1982 年 5 月，八版。

16. 賈文昭、徐召勛：《中國古典小說藝術欣賞》，臺北：里仁書局，1983 年 8 月，初版。

17. 王德毅：《清人別名字號索引》，臺北：新文豐出版公司，1985 年 3 月，初版。

18. 葉慶炳：《古典小說論評》，臺北：幼獅文化事業公司，1985 年 5 月，初版。

19. 張菊玲、關紀新，李紅雨輯注：《清代滿族作家詩詞選》，吉林：時代文藝出版社，1987 年 2 月，初版一刷。

20. 劉葉秋：《歷代筆記概述》，臺北：木鐸出版社，1987 年 7 月，初版。

21. 陳必翔：《古代散文文體概論》，臺北：文史哲出版社，1987 年 10 月，初版。

22. 郭箴一：《中國小說史》，臺北：臺灣商務印書館，1988 年 2 月，臺八版，收入《中國文化史叢書》。

23. 劉子揚：《清代地方官制考》，北京：紫禁城出版社，1988 年 6 月，一版一刷。

24. 宋浩慶等著：《中國古代小說十五講》，臺北：木鐸出版社，1988 年 9 月，初版。

25. 金建人：《小說結構美學》，臺北：木鐸出版社，1988 年 9 月，初版。

26. 楊廷福、楊同甫編：《清人室名別稱字號索引》下，上海：上海古籍出版

社，1988 年 11 月，一版一刷。

27. 任世雍：《小說欣賞與論評》，臺南：龍門圖書股份有限公司，1989 年 1
    月，增訂版。

28. 孫楷弟：《戲曲小說解題》，北京：人民文學出版社，1990 年 10 月，一版
    一刷。

29. 錢鍾書：《管錐篇》五冊，臺北市：書林出版有限公司，1990～1996 年，
    收入《錢鍾書作品集》六。

30. 張友鶴輯校：《聊齋誌異會校會注會評本》，臺北：里仁書局，1991 年 3
    月初版。

31. 陳炳熙：《古典短篇小說藝術新探》，上海：華東師範大學出版社，1991
    年 9 月一版一刷。

32. 郭立誠：《中國人的鬼神觀》，臺北：臺視文化公司，1992 年 3 月，初版
    一刷。

33. 張紀仲：《山西歷史政區地理》，山西：山西人民出版社，1992 年 9 月，
    一版一刷。

34. 蕭相愷：《古代小說評介叢書》第二輯，瀋陽：遼寧教育出版社，1992 年
    10 月，一版一刷，收入《世情小說史話》。

35. 蔡國梁：《諷喻小說史話》，瀋陽：遼寧教育出版社，1992 年 10 月，一版
    一刷。

36. 林辰：《神怪小說史話》，瀋陽：遼寧教育出版社，1992 年 10 月，一版一
    刷。

37. 李稚田：《古代小說與民俗》，瀋陽：遼寧教育出版社，1992 年 10 月，一
    版一刷。

38. 李德芳、于天池：《古代小說與民間文學》，瀋陽：遼寧教育出版社，1992
    年 10 月，一版一刷。

39. 侯忠義、劉世林：《中國文言小說史稿》下冊，北京：北京大學出版社，
    1993 年 2 月，一版一刷。

40. 楊義：《中國歷朝小說與文化》，臺北：業強出版社，1993 年 8 月，初版。

41. 張國風：《中國古代的小說》，臺灣：商務印書館股份有限公司，1993 年
    10 月，初版一刷。

42. 石昌渝：《中國小說源流論》，北京：三聯書店，1994 年 2 月，一版一刷。

43. 周振甫：《小說例話》卷一，臺北：五南圖書出版有限公司，1994 年 5 月，
    初版一刷，收入《古詩文例話集》（三）。

44. 周振甫：《小說例話》卷二，臺北：五南圖書出版有限公司，1994 年 5 月
    初版一刷，收入《古詩文例話集》（三）。

45. 吳禮權：《中國筆記小說史》，臺灣：商務印書館股份有限公司，1994 年 8 月，初版一刷。

46. 陳文新：《中國筆記小說史》，臺北：志一出版社，1995 年 3 月，初版。

47. 李悔吾：《中國小說史》，臺北：洪葉文化事業有限公司，1995 年 4 月，初版一刷。

48. 黃清泉、蔣松原、譚邦和：《明清小說的藝術世界》，1995 年 5 月，初版一刷。

49. 方祖燊：《小說結構》，臺北：東大圖書股份有限公司，1995 年 10 月，初版。

50. 李壽菊：《狐仙信仰與狐狸精故事》，臺北：臺灣學生書局，1995 年 10 月，初版。

51. 陳文新：《中國傳奇小說史話》，臺北：正中書局，1996 年 3 月，臺初版。

52. 王恒展：《中國小說發展史概論》，山東：山東教育出版社，1996 年 5 月，一版一刷。

53. 張樹棟、李秀領：《中國婚姻家庭的嬗變》，臺北：南天書局有限公司，1996 年 8 月，初版一刷。

54. 寧稼雨：《中國文言小說總目提要》，山東：齊魯書社，1996 年 12 月，一版一刷。

55. 盧潤祥、沈偉麟編：《歷代志怪大觀》，上海：三聯書店，1996 年 12 月，一版一刷。

56. 歐陽健：《中國神怪小說通史》，江蘇：江蘇教育出版社，1997 年 8 月，一版一刷。

57. 郭英德：《明清傳奇綜錄》，河北：河北教育出版社，1997 年 7 月，一版一刷。

58. 于玉安編著：《中國歷代畫史彙編》，河北：天津古籍出版社，1997 年 12 月，一版一刷。

59. 凌紹雯等纂修，高樹藩重修：《新修康熙字典》下冊，臺北市：啟業書局，1998 年元月，初版二刷。

60. 陸林主編：《清代筆記小說類編》奇異卷，安徽：黃山書社，1998 年 1 月，一版二刷。

61. 苗壯、王渙敏著：《中國歷代小說》，瀋陽：遼海出版社，1998 年 7 月，初版一刷。

62. 漢語大字典編輯委員會：《漢語大字典》，臺北市：建宏出版社，1998 年 10 月，初版一刷。

63. 林辰：《神怪小說史》，杭州：浙江古籍出版社，1998 年 12 月，一版一刷。

64. 王增斌、田同旭：《中國古代小說通論綜解》，中國：文聯出版公司，1999年1月，一版一刷。

65. 徐建融：《宋代名畫藻鑑》，江蘇：上海書店出版社，1999年11月，一版一刷。

66. 韓秋白、顧青：《中國小說史》，臺北：文津出版社，2000年3月，初版二刷。

67. 張曼娟：《白話中國古典小說全集》〔清〕直須看盡洛城花～人情事相，臺北：麥田出版，2000年12月，初版一刷。

68. 許麗芳：《古典短篇小說之韻文》，臺北：里仁書局，2001年3月，初版一刷。

69. 程毅中、石繼昌、于炳文編：《古體小說鈔》清代卷，北京：中華書局，2001年6月，一版一刷。

70. 張德澤：《清代國家機關考略》，北京：學苑出版社，2001年7月，一版一刷。

71. 羅敬之：《文學論文寫作講義》，臺北市：里仁書局，2001年10月，初版。

72. 鄭紹基主編：《明清小說文言小品》，北京：時代文藝出版社，2001年11月，一版一刷。

73. 王瓊玲：《古典小說縱論》，臺北：臺灣學生書局，2002年3月，初版一刷。

74. 郭松義：《清朝典章制度》，東北：吉林文史出版社，2002年4月，初版二刷。

75. 林慶彰、劉春銀：《讀書報告寫作指引》，臺北：萬卷樓圖書股份有限公司，2002年8月，再版。

76. 陳文新：《文言小說審美發展史》，湖北：武漢大學出版社，2002年10月，一版一刷。

77. 孟瑤：《中國小說史》下冊，臺北：傳記文學出版社有限公司，2002年12月1日，再版。

78. 魯迅：《魯迅小說史論文集：中國小說史略及其他》，臺北市：里仁書局，2003年9月，增訂一版。

79. 張堂錡：《現代小說概論》，臺北：五南圖書出版公司，2003年9月，初版。

80. 石昌渝主編：《中國古代小說總目》文言卷，太原：山西教育出版社，2004年9月，一版一刷。

81. 馮爾康：《清代人物傳記史料研究》，天津：天津教育出版社，2005年1月，一版一刷。

82. 張冰總編：《五百種明清小説總覽》，上海：上海辭書出版社，2005 年 7 月，一版一刷。

83. 朱一玄、寧稼雨、陳桂聲編著：《中國古代小説總目提要》，北京：人民出版社，2005 年 12 月，初版一刷。

84. 吳禮權：《古典小説篇章結構修辭史》，臺北：臺灣商務印書館股份有限公司，2005 年 12 月，二版一刷。

85. 古鴻廷：《清代官制研究》，臺北：五南圖書出版有限公司，2005 年 12 月，二版一刷。

86. 紀昀：《閲微草堂筆記》，臺北縣：弘揚圖書有限公司，2006 年 1 月，再版一刷。

87. 黃慶萱：《修辭學》，臺北：三民書局，2006 年 1 月，增訂三版。

二、碩博士論文

1. 陳麗宇：《清中葉志怪類筆記小説研究》，指導教授：李豐楙，國立臺灣師範大學，國文研究所博士論文，1998 年。

2. 吳玉惠：《袁枚《子不語》研究》，指導教授：李田意，東海大學，中國文學研究所碩士論文，1988 年。

3. 徐夢林：《《螢窗異草》研究》，指導教授：喬衍琯，國立政治大學，中國文學研究所碩士論文，1997 年。

4. 陳秀香：《《諧鐸》研究》，指導教授：王三慶，國立成功大學，中國文學研究所碩士論文，1999 年。

5. 彭美菁：《《聊齋志異》影響之研究》，指導教授：陳益源，國立中正大學，中國文學系碩士論文，2003 年。

6. 李月琪：《蘇軾《東坡志林》研究》，指導教授：游秀雲，銘傳大學，應用中國文學所碩士論文，2004 年 6 月。

7. 王文革：《和邦額及其《夜譚隨錄》研究》，指導教授：馬冀，內蒙古大學，中國古典文學研究所碩士論文，2005 年 5 月。

8. 楊士欽：《《聊齋志異》與其後的傳奇小説比較研究——以《夜譚隨錄》、《諧鐸》、《螢窗異草》、《夜雨秋燈錄》、《夜雨秋燈續錄》爲例》，指導教授：張稔穰，曲阜師範大學，中國古典文學研究所碩士論文，2006 年 4 月。

9. 紀芳：《《夜譚隨錄》、《螢窗異草》報恩主題作品的文化闡釋》，指導教授：王立，遼寧師範大學，中國古典文學研究所碩士論文，2006 年 5 月。

10. 吉朋輝：《和邦額及其《夜譚隨錄》考論，蘇州大學，中國文學系碩士論文，2007 年 7 月。

11. 梁慧：《《夜譚隨錄》研究》，暨南大學，中國語言文學所碩士論文，2008

年 7 月。

三、期刊論文

（一）《夜譚隨錄》相關論文

1. 李紅雨：〈清代滿族作家和邦額與《夜談隨錄》〉《滿族研究》，1986 年一期，頁 43～47。

2. 韓錫鐸、黃岩柏：〈阿林保與《夜譚隨錄》〉，《滿族研究》，1987 年一期，頁 61～64。

3. 方正耀：〈和邦額《夜譚隨錄》考析〉，《文學遺產》，1988 年三期，頁 103～110。

4. 王同書：〈〈在頌揚和陶醉中滑坡～就《夜譚隨錄》、三談《聊齋》和《閱微草堂筆記》的優劣〉，《明清小說研究》，1990 年第三～四期，頁 294～303。

5. 薛洪勣：〈《夜譚隨錄》並沒有「己亥本」〉，《文學遺產》，1991 年一期，頁 133～134。

6. 鄭海軍：〈《夜談隨錄》險遭彈劾〉，《明清小說研究》1994 年四期，頁 158。

7. 唐大潮：〈論明清之際「三教合一」思想的社會潮流〉，《宗教學研究‧道教研究》，1996 年二期，頁 29～38。

8. 張佳訊：〈論《夜譚隨錄》〉，《滿族研究》，1997 年四期，頁 70～頁 67。

9. Charles E. Hammond：（Autumn 1999）"Yetan Suilu：Casual Records of Night Talks" Tamkang Review：A Quarterly of Comparative Studies Between Chinese and Foreign Literatures，30 No.1, pp. 125～167。

10. （Charles E. Hammond 1999 年秋，〈夜譚隨錄〉收入《淡江評論》三〇卷一期，頁 125～167）。

11. 戴力芳：〈和邦額評傳〉，《廈門教育學院學報》，2004 年一期，頁 28～三30。

12. 蕭相愷：〈和邦額文言小說《霽園雜記》考論〉，《文學遺產》，2004 年三期，頁 101～160。

13. 蕭相愷：〈由《霽園雜記》到《夜談隨錄》──論和邦額對作品的修改〉，《廈門教育學院學報》，2006 年三期，頁 1～頁 5。

14. 管謹嚴：〈《夜譚隨錄》對清中期京旗生活的描畫〉，《民族文學研究》，2008 年三期，頁 132～137。

（二）其他論文

1. 薛洪勣：〈清代滿族作家的文言小說創作與評論〉，《明清小說研究》，1988

年一期，頁 149～151。

2. 張念穰：〈論中國古代小說情節藝術的演進軌跡〉，《濟南師專學報》，1991
   年 2 月，頁 25。

3. 李正民、曹凌燕《中國古典小說中的狐意象》，《山西大學學報（哲學社會
   科學版）》，1994 年第二期，頁 64～66。

4. 張永華：〈《聊齋志異》的修辭藝術初探〉，《蒲松齡研究》，1994 年第二期，
   頁 51～58。

5. 張國昌：〈清代官學與義學〉，《滿族文化》，1994 年五期，頁 43～44

6. 張國昌：〈清代的教育〉，《滿族文化》，1994 年六期，頁 43～44。

7. 張佳生：〈滿族文學及其發展〉，《滿族文學》，1994 年八期，頁 45～下轉
   頁 25。

8. 詹頌：〈乾嘉文言小說作者閱讀視野與作品故事來源〉，《首都師範大學學
   報（社會科學版）》，2003 年四期，頁 92～頁 97。

9. 韋樂：〈「詩狐」故事與清代才女現象〉，《廣州大學學報（社會科學版）》，
   第五卷第八期，2006 年 8 月，頁 46～頁 50。

10. 卓美惠：〈論筆記小說《客窗閒話》醫藥類故事的情節特色〉，2008 年健
    康與管理學術研討會共同教育組身心靈健康大會手冊，新竹：元培科技大
    學，2007 年 12 月 20 日。

11. 尚繼武：〈《聊齋志異》反諷敘事修辭簡析〉，《蒲松齡研究》，2008 年一期，
    頁 38～頁 46。

12. 曾朝陽：〈多具人情，忘為異類——說《聊齋志異》之狐〉，《湖南科技學
    院學報》，第二九卷第二期，2008 年 2 月，頁 35～頁 37。

13. 楊世欽：〈詩詞歌曲在《聊齋志異》中的作用和地位〉，《現代語文》，2008
    年七期，頁 42～44。

14. 張守榮：〈「瓜棚下的怪談」——試論《聊齋志異》的敘事藝術〉，《新余高
    專學報》，第十三卷第六期，2008 年 12 月，頁 50～52。

15. 王海洋：〈論清代仿《聊齋》派傳奇小說的文學觀〉，《合肥師範學院學報》，
    第二七卷第一期，2009 年 1 月，頁 95～99，下轉頁 128。

16. 李如玉、李廣彬：〈《聊齋志異》的人情化描寫〉，《文史藝苑》，2009 年 2
    月，頁 83～頁 84。

附　錄

附錄一　和邦額大事紀

西　元	帝　次	事　蹟
一七三五年	乾隆元年	出生。
一七五○年	乾隆十五年	自三秦入七閩。
一七五二年	乾隆十七年	和明病故。入咸安宮官學。
一七五五年	乾隆廿年	郭浚甫爲《一江風傳奇》作序。
一七七四年	乾隆卅九年	中舉，任山西省樂平縣（今山西省昔陽縣）令。
一七七九年	乾隆四十四年	《夜譚隨錄・自序》落款。
一七八六年	乾隆五十一年	永忠爲《蛾術齋詩稿》作序。
一七八九年	乾隆五十四年	雨窗爲《夜譚隨錄》作序。
一八○五年	嘉慶九年	鐵保所編輯《熙朝雅頌集》完成，收錄和邦額詩作，和邦額在此之前已仙逝。

附錄二　名家評註篇目表 （依評論篇數多寡為序）

評論者	篇　目
閒齋曰	〈崔秀才〉、〈碧碧〉、〈梨花〉、〈香雲〉、〈蘇仲芬〉、〈婁芳華〉、〈噶雄〉、〈某倅〉、〈修麟〉、〈雜記五則之一〉、〈雜記五則之二〉、〈雜記五則之五〉、〈閔預〉、〈章佖〉、〈高參領〉、〈潘爛頭〉、〈獺賄〉、〈棘闈誌異八則之八〉、〈貓怪三則之一〉、〈丘生〉、〈陸水部〉、〈白萍〉、〈某太醫〉、〈三李明〉、〈宋秀才〉、〈護軍女〉、〈玉公子〉、〈柴四〉、〈某王子〉、〈堪輿〉、〈某別駕〉、〈某太守〉，共三十二篇。
蘭岩曰	〈崔秀才〉、〈碧碧〉、〈梨花〉、〈香雲〉、〈李翹之〉、〈洪由義〉、〈某僧〉、〈邵廷銓〉、〈賣餅翁〉、〈蘇仲芬〉、〈紅姑娘〉、〈陳寶祠〉、〈張五〉、〈阿鳳〉、〈婁芳華〉、〈噶雄〉、〈劉鍛工〉、〈蝟精〉、〈小手〉、〈王京〉、〈詭黃〉、〈梁生〉、〈某倅〉、〈倩霞〉、〈落漈〉、〈伊五〉、〈段公子〉、〈戀子〉、〈某馬甲〉、〈米薌老〉、〈韓生〉、〈修麟〉、〈來存〉、〈雜記五則之二〉、〈雜記五則之三〉、〈雜記五則之四〉、〈雜記五則之五〉、〈永護軍〉、〈朱外委〉、〈鍋人〉、〈某掌班〉、〈屍異〉、〈紅衣婦人〉、〈阿稚〉、〈閔預〉、〈章佖〉、〈麻林〉、〈怪風〉、〈張老嘴〉、〈柏林寺僧〉、〈薛奇〉、〈呂琪〉、〈某諸生〉、〈潘爛頭〉、〈癲犬〉、〈嵩柒蒿〉、〈獺賄〉、〈烽子〉、〈陳景之〉、〈陳守備〉、〈青衣女鬼〉、〈汪越〉、〈棘闈誌異八則之一〉、〈棘闈誌異八則之二〉、〈棘闈誌異八則之三〉、〈棘闈誌異八則之四〉、〈棘闈誌異八則之五〉、〈棘闈誌異八則之六〉、〈棘闈誌異八則之七〉、〈棘闈誌異八則之八〉、〈回煞五則之一〉、〈回煞五則之二〉、〈回煞五則之三〉、〈回煞五則之四〉、〈回煞五則之五〉、〈夜星子二則之一〉、〈夜星子二則之二〉、〈屍變二則之一〉、〈屍變二則之二〉、〈貓怪三則之二〉、〈貓怪三則之三〉、〈驢〉、〈異犬〉、〈那步軍〉、〈施二〉、〈丘生〉、〈陸水部〉、〈馮鷁〉、〈戴監生〉、〈佟觭角〉、〈譚九〉、〈陸珪〉、〈劉大賓〉、〈莊斸松〉、〈額都司〉、〈孝女〉、〈某太醫〉、〈地震〉、〈紙錢〉、〈三李明〉、〈霍筠〉、〈趙媒婆〉、〈三官保〉、〈倩兒〉、〈白衣怪〉、〈某領催〉、〈護軍女〉、〈秀姑〉、〈螢火〉、〈柴四〉、〈吳喆〉、〈周琰〉、〈傻白〉、〈孿生〉、〈某王子〉、〈王侃〉、〈台方伯〉、〈瓦器〉、〈梁氏女〉、〈鐵公雞〉、〈多前鋒〉、〈骷髏〉、〈姚植之〉、〈新安富人〉、〈維揚生〉、〈市媒人〉、〈鼠狼〉、〈巨人〉、〈白蓮教〉、〈鬼哭〉、〈堪輿〉、〈尤大鼻〉、〈董如彪〉、〈某別駕〉、〈雙髻道人〉、〈阮龍光〉、〈鄧縣尹〉、〈靳總兵〉、〈藕花〉，共一三八篇。
恩茂先曰	〈蘇仲芬〉、〈張五〉、〈詭黃〉、〈梁生〉、〈張老嘴〉、〈柏林寺僧〉、〈棘闈誌異八則之八〉、〈白萍〉、〈請仙〉、〈霍筠〉、〈三官保〉、〈靳總兵〉，共八篇。
李齋魚曰	〈戀子〉、〈秀姑〉，共兩篇。
福霽堂曰	〈棘闈誌異八則之六〉一篇。

附錄三　故事內容篇目表（依篇目先後出現爲序）

故事內容	篇　　　　目
一、人狐結合	〈碧碧〉、〈阿鳳〉、〈雜記五則之二〉、〈雜記五則之三〉、〈梁生〉、〈阿稚〉、〈丘生〉、〈陸水部〉、〈玉公子〉、〈王侃〉、〈董如彪〉共十一篇。
二、助人之狐	〈崔秀才〉、〈紅姑娘〉、〈噶雄〉、〈小手〉、〈雜記五則之五〉、〈戴監生〉、〈某太守〉共七篇。
三、戲人之狐	〈段公子〉、〈雜記五則之四〉、〈鐵公雞〉共三篇。
四、動物型態變化	〈龍化〉、〈張老嘴〉、〈大眼睛〉、〈薛奇〉、〈癩犬〉、〈獺賄〉、〈陳景之〉、〈貓怪三則之一〉、〈貓怪三則之二〉、〈貓怪三則之三〉、〈驢〉、〈那步軍〉、〈陸珪〉、〈周琰〉、〈鼠狼〉、〈靳總兵〉共十六篇。
五、動物與人結合	〈陳寶祠〉、〈婁芳華〉、〈猬精〉、〈章佖〉共四篇。
六、鬼魂作祟	〈清和民〉、〈永護軍〉、〈朱外委〉、〈某掌班〉、〈屍異〉、〈紅衣婦人〉、〈某諸生〉、〈青衣女鬼〉、〈棘闈誌異八則之五〉、〈屍變二則〉、〈佟觭角〉、〈額都司〉、〈趙媒婆〉、〈骷髏〉、〈姚植之〉、〈鬼哭〉〈阮龍光〉共十七篇。
七、鬼魂奪人性命	〈邵廷銓〉、〈某馬甲〉、〈紅衣婦人〉、〈青衣女鬼〉、〈施二〉、〈馮勰〉、〈劉大賓〉、〈某領催〉、〈螢火〉、〈傻白〉、〈台方伯〉、〈梁氏女〉共十篇。
八、鬼魂助人	〈張五〉、〈某倅〉、〈譚九〉共三篇。
九、民間習俗	〈回煞五則〉、〈夜星子二則〉共二篇七則。
十、潛心修練道術	〈賣餅翁〉、〈呂琪〉、〈汪越〉、〈宋秀才〉、〈周琰〉共五篇。
十一、假道術行惡	〈詭黃〉、〈潘爛頭〉、〈雙髻道人〉共三篇。
十二、地理景觀	〈蜃氣〉、〈落漈〉、〈來存〉、〈怪風〉、〈瓦器〉共五篇。
十三、民間信仰	〈李翹之〉、〈閔預〉、〈呂琪〉、〈春秋樓〉、〈棘闈誌異八則之八〉、〈維揚生〉共六篇。
十四、奇人異術	〈劉鍛工〉、〈王京〉、〈伊五〉、〈鍋人〉、〈柏林寺僧〉、〈烽子〉、〈請仙〉、〈地震〉、〈朱佩茝〉、〈袁翁〉、〈市煤人〉、〈堪輿〉共十二篇。
十五、權貴惡行	〈張五〉、〈倩霞〉、〈棘闈誌異八則之二〉、〈棘闈誌異八則之四〉、〈棘闈誌異八則之七〉、〈白萍〉、〈某王子〉、〈巨人〉、〈姚愼之〉等十篇。
十六、生活面貌	〈梨花〉、〈米薌老〉、〈戀子〉、〈孝女〉、〈白蓮教〉共五篇。
十七、奇境遭遇	〈香雲〉、〈韓樾子〉、〈修鱗〉、〈霍筠〉、〈柴四〉共五篇。

附錄四　故事分類表（依篇目先後出現爲序）

　　鬼——五十一篇；狐——二十九篇；人——二十八篇；敘事——十六篇；仙、貓——五篇；虎——四篇；魚、僵屍——三篇；豚、馬、驢——二篇；穿山甲、雉、獐、獼、風、雞、蝙蝠、蛤蟆。黑物。蟻、蠍、獺、犬、熊、猿、兔、蛇、妖、鼠、蓮——一篇

種　　類	篇　　　　　目
鬼	〈邵廷銓〉、〈張五〉、〈清和民〉、〈某倅〉、〈落漈〉、〈某馬甲〉、〈永護軍〉、〈朱外委〉、〈某掌班〉、〈屍異〉、〈紅衣婦人〉、〈麻林〉、〈高參領〉、〈某諸生〉、〈潘爛頭〉、〈青衣女鬼〉、〈汪越〉、〈春秋樓〉、〈棘闈誌異八則之四〉、〈棘闈誌異八則之五〉、〈棘闈誌異八則之七〉、〈棘闈誌異八則之八〉、〈回煞五則之一〉、〈回煞五則之二〉、〈回煞五則之三〉、〈回煞五則之四〉、〈回煞五則之五〉、〈屍變二則之一〉、〈屍變二則之二〉、〈施二〉、〈馮勰〉、〈佟觭角〉、〈譚九〉、〈劉大賓〉、〈額都司〉、〈趙媒婆〉、〈倩兒〉、〈白衣怪〉、〈秀姑〉、〈某領催〉、〈螢火〉、〈傻白〉、〈台方伯〉、〈梁氏女〉、〈骷髏〉、〈姚植之〉、〈鬼哭〉、〈某別駕〉、〈阮龍光〉、〈鄧縣尹〉、〈王塾師〉，共五十一篇。
狐	〈崔秀才〉、〈碧碧〉、〈香雲〉、〈蘇仲芬〉、〈紅姑娘〉、〈阿鳳〉、〈噶雄〉、〈小手〉、〈梁生〉、〈段公子〉、〈雜記五則之一〉、〈雜記五則之二〉、〈雜記五則之三〉、〈雜記五則之四〉、〈雜記五則之五〉、〈阿稚〉、〈章佖〉、〈嵩棻蒿〉、〈丘生〉、〈陸水部〉、〈戴監生〉、〈莊斸松〉、〈玉公子〉、〈吳喆〉、〈鐵公雞〉、〈尤大鼻〉、〈某太守〉、〈董如彪〉，共二十八篇。
其他動物	〈龍化〉、〈洪由義〉、〈婁芳華〉、〈陳寶祠〉、〈獼精〉、〈章佖〉、〈張老嘴〉、〈大眼睛〉、〈薛奇〉、〈癩犬〉、〈獺賄〉、〈陳景之〉、〈貓怪三則之一〉、〈貓怪三則之二〉、〈貓怪三則之三〉、〈驢〉、〈異犬〉、〈那步軍〉、〈陸珪〉、〈周琰〉、〈鼠狼〉、〈靳總兵〉，共二十二篇。
人、敘事	〈碧碧〉、〈某僧〉、〈賣餅翁〉、〈劉鍛工〉、〈蜃氣〉、〈王京〉、〈詭黃〉、〈倩霞〉、〈伊五〉、〈戀子〉、〈米薌老〉、〈韓生〉、〈來存〉、〈怪風〉、〈呂琪〉、〈高參領〉、〈陳守備〉、〈棘闈誌異八則之六〉、〈佟觭角〉、〈孝女〉、〈請仙〉、〈某太醫〉、〈地震〉、〈三李明〉、〈三官保〉、〈護軍女〉、〈孿生〉、〈瓦器〉、〈巨人〉、〈白蓮教〉、〈袁翁〉、〈堪輿〉，共三十二篇。

附錄五　故事主題分類表 （依篇目先後出現爲序）

故事主題	篇　　目
一、君臣觀	〈戀子〉、〈棘闈誌異八則之七〉、〈陸水部〉、〈倩兒〉、〈某太守〉、〈鄧縣尹〉 共六篇。
二、父子觀	〈阿鳳〉、〈婁芳華〉、〈段公子〉、〈阿稚〉、〈閔預〉、〈汪越〉、〈孝女〉、〈秀姑〉、〈某王子〉〈某太醫〉、〈新安富人〉、〈王塾師〉 共十二篇。
三、夫妻觀	〈香雲〉、〈米薌老〉、〈韓樾子〉、〈阿稚〉、〈章佽〉、〈白萍〉、〈屍變二則之一〉、〈秀姑〉、〈再生〉、〈王侃〉 共三篇。
四、兄弟觀	〈阿稚〉、〈章佽〉、〈汪越〉、〈霍筠〉、〈孿生〉、〈雙髻道人〉 共五篇。
五、朋友觀	〈崔秀才〉、〈邵廷銓〉、〈麻林〉、〈三官保〉、〈玉公子〉、〈某別駕〉 共六篇。。
六、媒妁之言婚姻	〈碧碧〉、〈梁生〉、〈丘生〉、〈孝女〉、〈玉公子〉、〈陸水部〉、〈趙媒婆〉 共七篇。
七、相戀而合婚姻	〈香雲〉、〈噶雄〉、〈阿鳳〉、〈阿稚〉、〈白萍〉、〈王侃〉 共五篇。
八、其他形式婚姻	〈米薌老〉、〈霍筠〉〈吳喆〉、〈梁氏女〉〈董如彪〉 共五篇。
九、報恩	〈崔秀才〉、〈洪由義〉、〈紅姑娘〉、〈陳寶祠〉、〈噶雄〉、〈小手〉、〈雜記五則之五〉、〈獺賄〉、〈異犬〉、〈丘生〉、〈馮甦〉、〈伊五〉、〈戀子〉、〈董如彪〉 共十四篇。
十、報應	〈張五〉、〈韓生〉、〈詭黃〉、〈高參領〉、〈癲犬〉、〈陳景之〉、〈棘闈誌異八則之一〉、〈棘闈誌異八則之二〉、〈棘闈誌異八則之六〉、〈異犬〉、〈白萍〉、〈馮甦〉、〈某太醫〉、〈趙媒婆〉、〈三官保〉、〈某王子〉、〈鐵公雞〉、〈再生〉、〈梁氏女〉、〈多前鋒〉、〈新安婦人〉、〈維揚生〉、〈袁翁〉、〈王塾師〉、〈鄧縣尹〉 共二十五篇。
十一、勸誡諷諭	〈驢〉、〈異犬〉、〈周琰〉、〈癲犬〉、〈獺賄〉、〈貓怪三則之一〉、〈鼠狼〉 等七篇。
十二、異類求合避災	〈婁芳華〉、〈梁生〉、〈丘生〉、〈王侃〉、〈阿鳳〉、〈玉公子〉、〈藕花〉 等七篇。